MEURTRE D'ANNIVERSAIRE

DU MÊME AUTEUR

Pourquoi tuer un maître d'hôtel ?, Champs-Élysées, 1984 (Le Masque — Les Maîtres du roman policier).
Noël tragique à Lexham Manor, Champs-Élysées, 1984 (Le Masque — Les Maîtres du roman policier).

Georgette Heyer

MEURTRE D'ANNIVERSAIRE

roman

traduit de l'anglais par
DENISE MEUNIER

Fayard

Cet ouvrage est la traduction intégrale, publiée pour la première fois en France, du livre de langue anglaise :

THEY FOUND HIM DEAD

édité par William Heinemann Ltd and Granada.

CHAPITRE PREMIER

Miss Allison trouvait qu'en somme, la fête en l'honneur des soixante-cinq ans de Silas Kane se passait beaucoup mieux qu'on aurait pu s'y attendre. Dans sa haute sagesse, elle considérait que ces réunions de famille — les Mansell étaient en relations d'affaires depuis si longtemps avec les Kane qu'on pouvait presque les inclure dans le clan — devaient susciter les pires appréhensions. Et celle-ci n'avait rien auguré de bon dès ses prémices. D'abord Silas se trouvait en opposition polie avec le vieux Mansell — problème purement commercial, mais si Joseph existait comme époux et comme père en dehors des bureaux de Kane & Mansell, Silas ne faisait qu'un avec sa maison. Dans le meilleur des cas, il n'avait déjà rien d'un boute-en-train. Invariablement courtois, dans un style suranné qui semblait parfaitement en accord avec son impériale bien taillée et ses cravates-plastrons, il pouvait écouter avec une égale patience une discussion sur le surréalisme ou la description de la faune aviaire dans les îles Farnes dont Agatha Mansell était en train de le régaler. Les deux sujets l'ennuyaient fort, mais, la tête penchée pour simuler l'intérêt, il souriait froidement tout en glissant des « Vraiment ? » ou des « Par exemple ! » aux moments voulus.

Passant d'un coup d'œil de ce mince visage pâle avec sa bouche austère et ses yeux calmes à celui de Mrs. Mansell, Miss Allison se demanda si une telle indifférence à sa conversation arriverait à troubler la magnifique assurance d'Agatha — dans le cas où elle s'en apercevrait. Sans doute pas. Cette dernière avait fréquenté l'Université en un temps où une telle distinction valait automatiquement à une femme le titre de bas-bleu et le droit de se juger supérieure à ses sœurs moins fortunées. Elle avait préservé pendant trente ans cette agréable conviction et une voix si dangereusement cultivée qu'elle pouvait dominer sans le moindre effort un nombre illimité d'accents moins impérieux.

« Nous avons été très déçus de ne pas voir de fous, annonça-t-elle. Bien sûr, l'année dernière à Iona, nous en avions vu des quantités.

— Ah, vraiment ? dit Silas Kane.

— J'ai vu un film un jour où il y en avait des tas », remarqua soudain le jeune Harte, ajoutant d'un ton peu enthousiaste : « Il était pas trop moche ! »

Ni Silas ni Mrs. Mansell n'ayant prêté la moindre attention à cette annonce, l'intervenant, qui allait sur ses quinze ans, se remit à dépecer un pilon de volaille, nullement contrit.

Il ne faisait pas vraiment partie de la famille, mais ayant épousé en premières noces le neveu de Silas, James, sa mère était acceptée comme une Kane par les autres membres du clan. James père avait été tué pendant la Grande Guerre et la famille, qui n'éprouvait d'ailleurs aucune hostilité envers Sir Adrian Harte, n'avait jamais compris pourquoi Norma, disposant d'une confortable aisance, s'était mis en tête de l'épouser.

Ni elle ni son mari n'étaient là. La première, qui, la trentaine sonnée, avait été prise d'une passion irrésistible pour les expéditions dans les parties les plus inaccessibles du monde, se trouvait, croyait-on, parmi les pygmées et les gorilles du Congo belge ; invité à la réunion, le second avait invoqué fort courtoisement un vague engagement. Mais il avait envoyé à sa place son fils Timothy, sous la haute surveillance de Jim Kane, son beau-fils, alors tout occupé à tenter d'attirer l'attention de Miss Allison par-dessus les fleurs du surtout.

Timothy était venu pour un séjour. Jim l'avait amené dans sa voiture de sport crème avec un petit mot charmant de Sir Adrian, qui s'était providentiellement remémoré une imprudence de Silas : celui-ci, lors de la dernière visite du jouvenceau, l'avait invité à revenir quand il le voudrait et à rester autant qu'il le voudrait. Affronté à la perspective de distraire son fils pendant les huit semaines des vacances d'été, Sir Adrian avait décidé que le moment où Timothy aurait envie de revoir Cliff House était venu. Miss Allison, tout en évitant modestement de rencontrer le regard de Jim Kane, se demandait ce que le jeune Harte pourrait bien trouver à faire dans une maison où tout tournait autour des exigences d'une dame de quatre-vingts ans passés et de Silas Kane. Il la renseigna incontinent : « Est-ce qu'il y a des films à peu près potables ce mois-ci à Portlaw, Miss Allison ? Pas des trucs débiles avec de l'amour et des histoires comme ça, mais des films super, avec des gangsters et des types du FBI, des machins comme ça ? »

Miss Allison avoua son ignorance, mais assura qu'elle se procurerait une liste des divertissements souhaités.

« Oh, merci bien, mais je peux aller à Portlaw en moins de deux, avec mon vélo. Je l'ai envoyé par le train et je pense qu'il doit être à la gare maintenant. Quoique, quand vous envoyez les affaires par le train, elles arrivent des années après vous. » Réconforté par une grosse gorgée de bière sans alcool, il ajouta en lançant un regard noir de l'autre côté de la table : « C'était complètement idiot, d'ailleurs, de l'envoyer par le train, mais il y a des gens qui ne s'occupent que de leur sale peinture. »

Jim Kane, à qui s'adressait cette remarque pleine d'amertume, sourit aimablement et recommanda à son demi-frère de la boucler.

Le regard de Miss Allison glissa jusqu'à l'extrémité de la longue table où trônait son employeur. La vieille Mrs. Kane avait été descendue au rez-de-chaussée pour présider aux festivités en l'honneur de son fils, non pas contre son gré (elle aurait jugé impossible qu'une réception quelconque eût lieu à Cliff House sans sa présence), mais en niant fermement par avance toute perspective d'agrément.

« J'aurai Joseph Mansell à ma droite et Clement à ma gauche », avait-elle décrété.

Miss Allison, qui remplissait le rôle multiple de secrétaire-demoiselle de compagnie auprès d'Emily Kane, s'était risquée à suggérer qu'on pourrait lui trouver des voisins de table plus agréables, mais la vieille dame avait répondu d'un ton morne : « La place d'honneur revient à Joseph Mansell et Clement est plus âgé que Jim. »

C'est ainsi qu'elle se tenait, très droite, dans son fauteuil en bout de table, flanquée de Joseph Mansell, gros bonhomme lourdaud au rire tonitruant, et de Clement, le petit-neveu qui était l'antithèse vivante du précédent, mais tout aussi déplaisant aux yeux de la douairière.

Au reste, celui-ci, mince jusqu'à la dessication, la trentaine finissante et le cheveu en voie de disparition, ne semblait pas faire beaucoup d'efforts pour divertir sa grand-tante. Il restait figé tout en émiettant son pain, les yeux continuellement tournés vers sa femme, assise de l'autre côté de la table entre Joe Mansell et le gendre de celui-ci, Clive Pemble. Miss Allison, séparée de Rosemary Kane par la masse de Clive Pemble, ne voyait pas cette beauté orageuse, mais savait qu'elle était venue au dîner « mal lunée », selon l'expression de la famille. Des lunes, elle en avait beaucoup. Les bons jours, elle était capable d'animer la réunion la plus morne par l'exemple contagieux de son entrain déchaîné, mais ils devenaient de plus en plus rares, si bien que pendant les six derniers mois, selon les estimations de Miss Allison, on l'avait vue bien plus souvent comme elle était ce soir-là, les yeux voilés, la bouche sensuelle en point d'orgue, l'ennui et l'insatisfaction inscrits dans chacune des lignes de son corps superbe.

Membre associé de la société Kane & Mansell, Clement avait une fortune considérable et, comme héritier de son oncle, des espérances qui ne l'étaient pas moins. Miss Allison supposait que Rosemary l'avait épousé pour ces raisons-là, car il ne semblait pas y en avoir d'autres. Il l'agaçait très visiblement, et elle affichait cette impatience avec aussi peu de gêne que sa prédilection pour un certain Trevor Dermott. Mr. Kane, qui tenait Clement pour un pauvre type, s'était arrogé les prérogatives du grand âge pour dire à celui-ci deux jours auparavant que s'il ne surveillait pas mieux sa femme, elle filerait avec ce Dermott.

A coup sûr, les tensions dans le ménage étaient en train de devenir gênantes. Dans le salon, avant le dîner, Rosemary s'était assise un peu à l'écart, préoccupée et malgracieuse, tandis que Clement, qui essayait de prendre un air détaché, ne la quittait pas des yeux. Comme deux personnages dans une pièce à thèse, se dit Miss Allison qui préférait les drames sur la scène. Quelle incommodité, quand deux membres d'une famille très ordinaire se comportaient ainsi en névrosés ! Même Clive Pemble, peu sensible aux subtilités de l'atmosphère, semblait avoir conscience de la tension. Il fit plusieurs tentatives vigoureuses pour entraîner Rosemary dans la conversation, mais si ses lèvres souriaient mécaniquement, ses réponses étaient monosyllabiques et décourageantes. Pendant un instant, Miss Allison soupçonna la belle Mrs. Clement Kane de se voir dans un rôle tragique et chassa noblement cette mauvaise pensée. « Chipie ! » se dit-elle à part soi.

De l'autre côté de la table, Betty Pemble bavardait avec Jim Kane, non sans faire appel de temps en temps à son mari pour appuyer ses dires. Pas trace chez elle de la majesté de sa mère. Jeune fille, elle avait eu un certain succès grâce à une ingénuité naturelle, jolie chez une débutante mais un peu fastidieuse chez une femme de trente-cinq ans.

Dotée d'une grande vivacité dans ses propos, de manières plaisantes et d'un bon cœur, elle n'en était pas moins éreintante au bout d'une heure ou deux peuplées par les récits interminables et incohérents de ses expériences personnelles. Heureusement, Clive Pemble se méfiait comme de la peste des femmes intelligentes et, si la conversation de sa moitié le rasait parfois, il était amplement dédommagé par la foi aveugle qu'elle avait dans l'omniscience de son conjoint. Elle répétait volontiers qu'il était un roc et lui, conscient qu'il n'en était rien — ce qui l'humiliait affreusement —, trouvait cette confiance éperdue à la fois touchante et réconfortante. Aussi, quand Betty dit à Jim qu'elle ne pouvait pas fermer l'œil lorsqu'il y avait la moindre menace d'orage dans l'air et demanda inévitablement : « N'est-ce pas, Clive ? », celui-ci répondit-il avec une parfaite bonne humeur : « Oh oui, plutôt ». Miss Allison se dit que d'autres auraient assommé sur place une pareille buse.

Assis entre Betty et sa mère, le dernier membre de l'assemblée s'intéressait poliment à une anecdote sur les enfants de la jeune femme et, sachant que toute l'attention de celui-ci était requise, Miss Allison se permit un rapide coup d'œil à l'admirable profil de Mr. James Kane.

L'arbre généalogique de la famille était touffu et, si Silas était le dernier représentant de la branche aînée, Jim était le dernier de la branche cadette — et l'on ne pouvait imaginer deux hommes plus différents.

Le fondateur de la fortune familiale avait laissé quatre fils. L'aîné, marié à Emily Fricker, avait eu un fils, Silas ; Clement était le petit-fils du deuxième ; le troisième, émigré en Australie, avait dérivé hors du cercle familial ; le quatrième avait eu une fille morte célibataire et un fils tué à Gallipoli. C'est de ce fils marié à Norma qu'était né Jim, dernier des Kane.

Il ne ressemblait guère aux autres membres du clan et ne faisait pas partie de la firme Kane & Mansell. Grand, blond, le sourire franc, il avait des yeux gris habituellement tournés dans la direction de Miss Allison. Il travaillait au ministère des Finances et, bien que cette situation fût très respectable, ses cousins Silas et Clement ne parvenaient pas à le tenir pour quelqu'un de vraiment sérieux et responsable. Il ne manifestait aucun intérêt pour la fabrication des filets et consacrait une grande partie de son temps à des sports qui n'attiraient pas du tout ses cousins. A Cambridge, il avait été sélectionné dans l'équipe de rugby, ce que Silas et Clement avaient d'ailleurs jugé tout à fait louable encore qu'inattendu pour un Kane. Mais quand il continua de jouer les samedis après-midi après avoir quitté l'université, ils se prirent à redouter qu'il ne se fixât jamais, ce dont ils étaient désolés parce qu'ils l'aimaient bien. Selon Clement, il était intelligent et pourrait réussir si seulement il prenait la vie au sérieux ; quant à Silas, regardant avec étonnement la façon dont Jim manœuvrait son hors-bord, il conclut que le pauvre garçon ressemblait à sa mère. Il désapprouvait vigoureusement le hors-bord autant que la voiture de sport, mais enfin il laissait Jim l'amarrer dans son abri au pied de la falaise et, bien que parfaitement incapable de comprendre l'attrait de tels sports, il éprouvait un inexplicable plaisir à raconter les exploits de son jeune cousin à des gens comme Joe Mansell, dont les neveux et cousins ne battaient pas de records de vitesse et ne se cassaient pas de membres à Twickenham.

Comme, sur sa droite, le jeune Harte était très occupé par la dégustation du gâteau de riz et, sur sa gauche, Clive Pemble perdu dans les méandres des anecdotes de sa femme, Miss Allison avait le loisir d'observer le dernier des Kane. Elle avait décidé quelques mois auparavant que tomber amoureuse d'un membre quelconque de la famille de son employeur ne faisait pas partie des devoirs d'une secrétaire-demoiselle de compagnie et s'était donc persuadée qu'elle était totalement insensible aux charmes de Mr. James Kane. Elle avait même pris la résolution de lui prouver sa parfaite indifférence, mais il ne semblait même pas s'apercevoir des rebuffades et malgré un accueil très froid lors de son arrivée à Cliff House, il avait eu l'audace d'essayer d'attirer son attention par trois fois pendant le dîner. Elle se réjouissait de penser qu'à chaque occasion elle avait pu éviter son regard.

A ce moment, le sujet de ses réflexions tourna la tête et Miss Allison fit la démonstration instantanée de son indifférence en devenant rouge comme braise, après quoi elle se consacra exclusivement à Timothy.

Le temps parut bien long avant que la vieille Mrs. Kane se levât de table. Jim tint la porte aux dames qui sortaient de la pièce et c'est alors que le bon cœur de Miss Allison triompha de son jugement. Il avait l'air assez soucieux et certainement décontenancé. Elle craignit tout à coup de l'avoir blessé par une négligence aussi étudiée et, au lieu de passer sans faire la moindre attention, elle leva les yeux vers lui en souriant faiblement. Le front de James se déplissa et il lui rendit son sourire avec une telle chaleur qu'elle en regretta presque son élan purement humanitaire.

Dans le salon, sa première tâche était d'installer Mrs. Kane confortablement dans son fauteuil favori, un tabouret sous les pieds, sa cane d'ébène à portée de la main — tâche rendue un peu plus difficile par Betty qui disait : « Oh, je vais le faire ! », apportait un tabouret trop haut et essayait de glisser un coussin derrière le dos de son hôtesse. Comme celle-ci faisait partie d'une génération à la colonne vertébrale farouchement rectiligne et méprisait les femmes qui ne pouvaient pas se passer de ces soutiens mous, l'attention ne reçut pas un accueil favorable. Et le propos suivant de Mrs. Pemble ne fit rien non plus pour accroître sa popularité. « Oh, je trouve Mr. Kane tout simplement *merveilleux !* »

Les yeux bleu fané d'Emily la fixèrent, glacials. « En quoi » ? demanda-t-elle.

Oubliant qu'elle s'adressait à une dame de quatre-vingts ans passés, Mrs. Pemble lança : « Quand on pense que c'est son soixantième anniversaire, je veux dire, ça ne paraît pas *possible !* »

Emily la regarda avec mépris et se borna à lui assener deux syllabes assassines : « Vraiment ? » Puis, se tournant vers Miss Allison, elle la pria de fermer une des fenêtres.

« Il monte un vilain brouillard, annonça-t-elle. Je le sens.

— Rien qu'une petite brume de mer, je crois, dit Mrs. Mansell.

— Vous pouvez croire ce que bon vous semble, Agatha, dit Emily. Moi j'appelle ça un vilain brouillard.

— Oui, je pense que c'est un genre de brouillard », dit Betty.

Emily la regarda avec une aversion renouvelée. Betty se laissa tomber sur le tabouret dédaigné et enchaîna : « Il faut absolument que je vous dise ce que Peter m'a dit quand je lui ai dit que j'allais au dîner d'anniversaire d'oncle Silas. Les enfants l'appellent toujours oncle Silas, vous savez. Ils l'adorent, mais bien sûr, il est absolument merveilleux avec les enfants, n'est-ce pas ? Je veux dire, il a la manière. C'est une sorte de magnétisme, je suppose. Je remarque qu'ils vont toujours vers lui. Je veux dire, même une petite timide comme ma Jennifer. On croirait que c'est plus fort qu'elle. »

Ce portrait de son fils sous les apparences d'un boa constrictor ne sembla pas faire un plaisir marqué à Emily qui coupa court : « Et qu'a dit Peter ?

— Oh Dieu ! » murmura Rosemary, qui s'arracha à son fauteuil profond, traversa la pièce en direction de Miss Allison et lui proposa d'aller dans la serre.

Miss Allison se rendit compte avec une légère angoisse qu'elle allait être obligée d'écouter des confidences. Quelques mois plus tôt, Mrs. Clement Kane avait semblé prise à son égard d'une grande sympathie, qu'elle exprimait en lui racontant ses diverses crises émotionnelles avec une remarquable franchise. « Quelle réunion sinistre ! lança-t-elle dès qu'Emily ne put plus l'entendre. Je me demande comment vous pouvez vivre ici jour après jour. »

Miss Allison examina le problème. « Oh, ce n'est pas aussi terrible que vous pourriez l'imaginer. C'est même une vie plutôt agréable, dans l'ensemble. »

Rosemary la regarda avec stupeur. « Mais cet ennui écrasant ! Je deviendrais folle.

— Oui, mais moi je suis assez placide, vous savez, répondit Miss Allison comme pour s'excuser.

— Vous avez bien de la chance. Une cigarette ? »

Miss Allison en prit une.

« Ce doit être magnifique de pouvoir accepter ce qui se présente comme vous le faites, poursuivit Rosemary. Je voudrais bien être comme ça. Mais il faut regarder les choses en face : je ne le suis pas.

— Oh, je ne veux pas dire que j'aurais choisi d'être demoiselle de compagnie si j'avais pu faire autrement. Mais je suis incapable de sténographier et je n'ai aucun talent.

— Je pense que si, dit Rosemary vaguement, les yeux fixés sur un bouquet d'héliotropes qu'elle ne voyait pas. Je vous ai dit que j'arrivais au bout du rouleau, n'est-ce pas ? Eh bien, je crois que j'y suis. »

Comme cette déclaration ne semblait pas comporter de réponse, Miss Allison essaya de prendre un air compréhensif.

« L'ironie de la chose, c'est que le fait de m'avoir ne rend pas Clement heureux. Il serait mieux sans moi. Je crois que je suis le genre de personne qui ne devrait jamais se marier. Je suis probablement une courtisane manquée. Je me connais si terriblement bien, vous comprenez — c'est sans doute mon sang russe qui refait surface.

— Je ne savais pas que vous en aviez, dit Miss Allison, modérément intéressée.

— Mon Dieu, oui ! Mon grand-père était russe. Dites-moi, ça vous ennuierait que je vous appelle Patricia ?

— Pas du tout, répondit Miss Allison, polie.

— Et je vous en prie, appelez-moi Rosemary. Vous ne pouvez pas savoir ce que je hais ce " Mrs. Kane ". Il n'y a que " Mrs. Clement " qui soit encore pire. » Elle jeta sa cigarette à moitié consumée et ajouta avec un petit sourire. « Vous devez me trouver féroce, n'est-ce pas ? C'est vrai, d'ailleurs, je le sais bien. Ne croyez pas que je ne voie pas mes défauts. Je sais que je suis égoïste, capricieuse, dépensière et jamais satisfaite. Et le pire, c'est que je crois que ça fait partie de ma nature. Même si je pars avec Trevor, ce qui me semble aujourd'hui la seule façon d'être heureuse, ça ne durera pas.

— Dans ce cas, il vaut beaucoup mieux rester avec votre mari », déclara sagement Miss Allison.

Rosemary soupira. « Vous ne comprenez pas. Je ne suis pas faite pour cette vie monotone dans une ville qui est un vrai trou, cernée par la belle-famille, sans jamais assez d'argent, avec des bonniches qui rendent perpétuellement leur tablier, toutes ces horreurs sordides. Au moins, si je pars avec Trevor, j'échapperai à tout ça. Nous irions probablement vivre à l'étranger et de toute façon il ne commettrait pas l'erreur fatale de compter sur moi pour vérifier les factures du boucher. Ce n'est pas que je ne *veux* pas le faire, c'est que je ne *peux* pas. Je ne suis pas faite pour ça. Je suis de celles qui ne peuvent pas se passer d'argent. Si Clement était riche — je veux dire vraiment riche —, je pense que je ne réagirais pas comme ça du tout. On peut dire ce qu'on veut, mais l'argent arrange bien les choses !

— Sûrement, mais j'avais l'impression que vous en étiez assez bien pourvue », lança brutalement Miss Allison.

Rosemary haussa les épaules. « Tout dépend de ce que vous entendez par là. Je suppose que beaucoup de femmes seraient parfaitement heureuses avec les revenus de Clement. Le drame, c'est que j'ai des goûts de luxe effrénés — je le reconnais volontiers — et je souhaiterais ardemment ne pas les avoir, mais le fait est que je les ai. C'est mon sang russe. Une vraie malédiction.

— En effet, convint Miss Allison. Mais enfin, vous avez beaucoup plus de sang anglais. Vous devriez vous concentrer sur cet aspect-là. »

Rosemary la regarda d'un air à la fois intéressé et mélancolique, puis dit simplement : « Bien sûr, vous êtes terriblement *froide*, n'est-ce pas ? »

Miss Allison, se rendant compte que toute protestation serait vaine, répondit : « Oui, j'en ai bien peur.

— C'est sans doute pour ça que je vous apprécie tant, poursuivit Rosemary, rêveuse. Nous sommes si totalement dissemblables. Vous êtes intensément pratique et je suis irrémédiablement irréaliste. Vous n'avez pas une sensibilité exacerbée comme moi, et vous n'êtes pas impulsive ; sans doute pas terriblement passionnée non plus, n'est-ce pas ?

— Non, non, pas du tout, répondit Miss Allison.

— Vous avez bien de la chance, dit Rosemary très sombre. En fait, évidemment, je pense que la racine de tout le mal, c'est que Clement n'a jamais pu me satisfaire, sur le plan émotionnel. Je ne sais pas si vous avez la moindre idée de ce que je veux dire ? C'est difficile à exprimer avec des mots. »

Espérant éviter une explication plus précise, Miss Allison se hâta d'assurer qu'elle comprenait parfaitement.

« Je ne crois pas, en réalité, dit Rosemary, songeuse. Tout ça est si effroyablement complexe et vous méprisez les gens complexes, n'est-ce pas ? Je veux dire, j'ai la redoutable faculté de toujours percevoir le point de vue de l'autre. Je voudrais beaucoup ne pas l'avoir, ça rend tout mille fois plus difficile.

— Vraiment ? J'aurais cru exactement le contraire.

— Non, parce qu'alors on est déchiré intérieurement, on souffre deux fois plus et ça fait beaucoup de mal. Je veux dire, même pendant que je vis un enfer, je ne peux pas m'empêcher de voir combien c'est pénible pour Clement et ça double la difficulté. Je vis sur les nerfs. »

Miss Allison, qui s'était sentie devenir de plus en plus terre à terre depuis le début de la conversation, déclara platement :

« Vous avez besoin d'un changement d'air. De faire le point. Vous, vous... teniez forcément à votre mari quand vous l'avez épousé, alors... »

Rosemary l'interrompit.

« C'est justement. Je ne crois pas, en fait. » Elle s'arrêta le temps d'allumer une autre cigarette et reprit, méditative : « Je ne suis pas une personne agréable, vous savez, mais au moins je suis honnête avec moi-même. Je pensais que je pourrais m'entendre avec Clement et je savais qu'il n'était pas question pour moi d'épouser un homme pauvre. Je veux dire, même avec la meilleure volonté du monde ça ne marcherait pas. Je savais qu'il hériterait à la mort de son cousin, mais je ne me rendais pas compte du tout que Silas allait durer des années et des années — ce qu'il va faire. Regardez grand-tante

Emily. Je n'ai sans doute pas formulé tout ça explicitement, mais j'ai dû penser dans mon subconscient que Clement allait hériter d'un jour à l'autre. Tout le monde dit que Silas a le cœur malade — je n'en crois rien, d'ailleurs.

— Est-ce que l'argent ferait une telle différence pour vous ? demanda Miss Allison avec curiosité.

— Je ne sais pas. Je crois. En tout cas, ne pas en avoir assez me rend totalement invivable. Je ne suis pas une bonne maîtresse de maison. Je hais toutes les tâches domestiques. Je ne suis pas faite pour ça. Je ne peux pas m'empêcher de faire des dettes parce que je vois des choses sans lesquelles je ne pourrais pas vivre une heure de plus — comme ce bracelet par exemple —, je les achète sans réfléchir et ensuite je me hais de l'avoir fait, parce que je vois bien que c'est très mal de ma part.

— Il ne vous vient pas à l'idée, je pense, dit sèchement Miss Allison, que vous pourriez les rendre ?

— Non, parce que j'ai *besoin* de jolies choses. C'est mon atavisme slave. C'est plus fort que moi. Je dois dire que Clement le sait. Il ne me refuse rien ; seulement il est inquiet de ne pas pouvoir joindre les deux bouts. Maintenant, voilà qu'il dit que nous allons être obligés de prendre une maison plus petite et seulement deux bonnes. Je ne peux pas arriver à me persuader que cela ne me fait rien. Je sais que je ne pourrais pas le supporter. J'ai déjà l'impression d'étouffer.

— Quand quittez-vous Red Lodge ? demanda Miss Allison dans le vain espoir d'orienter la conversation vers des sujets moins introspectifs.

— Pour le terme, je suppose. Je crois que les gens

qui l'ont achetée voudraient emménager plus tôt, mais je ne sais pas au juste. Nous n'en parlons pas. »

Ce superbe détachement stupéfia Miss Allison, qui demanda, toujours pratique : « Mais vous ne cherchez pas une autre maison ? Vous pourriez vous trouver en difficulté si vous n'avez rien. »

Rosemary haussa les épaules : « A quoi bon ? »

Se sentant incapable de résoudre le problème, Miss Allison s'excusa : il lui fallait retourner au salon.

« Je me dis souvent, conclut Rosemary en se préparant à la suivre, que les gens placides comme vous doivent trouver la vie très facile. Je les envie. »

Ne jugeant pas cette observation digne d'une réponse, Miss Allison sourit et s'effaça pour la laisser passer dans le salon.

Leur réapparition coïncida avec l'arrivée des messieurs. Quand la porte de la salle à manger s'ouvrit, la vieille Mrs. Kane tourna les yeux vers elle, abandonnant tout semblant d'intérêt pour l'alimentation des enfants de Betty Pemble. Au repos, son visage ridé, avec une bouche mince et pâle, des yeux assez proéminents, avait une expression rébarbative. Mais quand son regard se posa sur Jim Kane, tous ses traits semblèrent s'adoucir et la bouche se détendit en l'un de ses rares sourires. Elle ne dit rien, mais quand il traversa la pièce pour venir vers elle, elle parut contente et fit un petit geste en direction d'une chaise près de la sienne.

Il s'arrêta devant une table pour écraser sa cigarette, puis s'assit sur le siège indiqué.

« Eh bien, qu'est-ce que tu as à me dire ? » demanda Emily.

Il sourit : « On croirait que j'ai fait quelque chose de mal. C'est le cas ? »

Elle eut un petit rire sardonique. « Sûrement. Quand viens-tu passer quelques jours ici ?

— La semaine prochaine. Je peux ? »

Elle hocha la tête : « Ils ne vous donnent pas assez de congé au ministère. Et ta mère ? Où est-elle allée courir la prétentaine ?

— Congo belge. Et ne me demandez pas où exactement, parce que personne n'a pu déchiffrer l'adresse sur sa dernière lettre.

— Quelle ânerie ! dit Emily, mais sans rancœur. A son âge. Le gamin — comment diable s'appelle-t-il ? — tu le laisses ici ?

— C'est ce qui était envisagé, dit Jim. Du moins par Adrian, pas par moi. Ça vous ennuie ? Adrian dit que cousin Silas a eu la gentillesse de l'inviter.

— Je n'en doute pas. Il ne me gênera nullement. J'aime bien avoir des jeunes dans la maison. Miss Allison s'occupera de lui. » Une lueur malicieuse glissa dans son regard et elle ajouta : « Tu ferais bien d'en parler avec elle. » Elle fit un petit signe impérieux en direction de sa demoiselle de compagnie, qui s'approcha aussitôt. « Mon petit-neveu veut vous parler de son frère », annonça-t-elle.

Jim Kane, qui s'était levé à son arrivée, fit un geste de dénégation en voyant son regard étonné.

« Non, pas du tout. Je veux dire, pas de Timothy.

— Enfin j'espère que tu n'as pas envie de parler avec une vieille femme quand tu peux le faire avec une jeune, dit Emily. Miss Allison, montrez donc l'oranger de la serre à mon petit-neveu. »

Jim Kane appuya aussitôt. « Je voudrais bien. Je n'ai pas encore pu échanger deux mots avec vous.

— Filez », dit Emily d'un ton sans réplique.

Et c'est ainsi que pour la deuxième fois ce soir-là, Miss Allison entra dans la serre pour un tête-à-tête. Mr. James Kane, qui avait la déconcertante habitude d'aller droit au but, dit tout à trac : « Je vous ai fâchée ?

— Moi ? demanda Miss Allison avec une désinvolture très étudiée. Mon Dieu, non. Pourquoi est-ce que je serais fâchée avec vous ?

— Je ne sais pas, dit Jim. J'ai eu l'impression, pendant le dîner, que je vous déplaisais plutôt.

— Quelle bêtise ! » Accents énergiques.

« Vraiment ?

— Bien sûr. Je veux dire — vous avez vu le magnolia blanc ?

— Oui, merci. Pourquoi m'avez-vous snobé ?

— Je n'en ai pas l'impression, dit faiblement Miss Allison.

— Vous savez très bien que si. »

Elle se dit que ce tête-à-tête était pire que le précédent et tenta d'enchaîner, un peu haletante : « Eh bien, il ne faut pas oublier que je... je suis dans une position un peu difficile. Je suis la demoiselle de compagnie de Mrs. Kane, vous comprenez. »

Un instant perplexes, ses yeux se plissèrent. « Compris. Il ne faut pas que je demande en mariage la demoiselle de compagnie de ma grand-tante. C'est bien victorien, vous ne trouvez pas ?

— Du tout. Ne soyez pas ridicule.

— Je ne suis pas ridicule. Voulez-vous m'épouser ?

— Non, sûrement pas », déclara Miss Allison avec une énergie tout à fait inutile.

Sans paraître exagérément perturbé par ce brusque refus, Mr. James Kane demanda : « Parce que vous ne voulez pas, ou parce que vous êtes demoiselle de compagnie ?

— Les deux », répondit très vite Miss Allison.

Un silence. Puis Jim dit d'un ton uni : « Je vois. Bon. Désolé. Allons voir le magnolia. »

Ayant l'impression d'avoir commis un meurtre, elle le conduisit au magnolia.

« Irréelles, ces fleurs, vous ne trouvez pas ? dit Jim.

— Oui, on les croirait faites en cire. L'oranger est par là.

— J'ai perdu tout intérêt pour les orangers. Croyez-vous que vous pourrez venir à bout de mon jeune frère jusqu'à ce que je revienne ?

— Ah, vous revenez ? dit involontairement Miss Allison.

— La semaine prochaine. Pas si ça vous ennuie.

— Bien sûr que non. Ne soyez pas absurde !

— Voyons, voyons, voilà qui est beaucoup plus encourageant. Au moins, vous ne me détestez pas. »

Pas de réponse.

« Je persévérerai, dit Jim.

— Si jamais je me marie, déclara Miss Allison, ce sera avec un millionnaire.

— Bien. J'en vois des tas qui déambulent à travers la ville. Mais enfin, à défaut d'un millionnaire, un jeune homme à l'aise ne pourrait pas faire l'affaire ?

— Non. » Grande fermeté. « Il me faut des masses d'argent. J'en ai *besoin.* »

Jim sourit en fin connaisseur. « Vous avez parlé avec Rosemary. » Elle rit.

« Oui, mais je n'aurais pas dû dire ça.

— La vie d'une demoiselle de compagnie semble hérissée d'interdits, remarqua-t-il. Plus tôt vous en changerez et mieux ça vaudra. Est-ce que le consentement de tante Emily arrangerait les choses ? »

Elle secoua la tête.

« Alors c'est bien pure aversion ?

— Mais non, s'exclama Miss Allison avant d'avoir pu se retenir. Je veux dire — je veux dire... Je retourne au salon. »

Mr. James Kane se posta entre elle et l'issue de secours. « Chaque chose en son temps. Qu'est-ce que vous voulez dire ? »

Miss Allison dit avec amertume : « Vous êtes de ces horribles créatures qui prennent long comme le bras quand on leur a donné long comme le doigt.

— Mon portrait tout craché, affirma Jim, serein. Mais mettons bien les choses au point. Si vous n'étiez pas la demoiselle de compagnie de ma grand-tante, est-ce que vous me repousseriez ? »

Au lieu de lui assurer qu'elle n'y manquerait pas, Miss Allison sombra dans l'incohérence. « Ce n'est pas tant Mrs. Kane. Il y a aussi votre mère. Elle pourrait bien... elle ne serait sans doute pas contente de vous voir emberlificoté avec une demoiselle de compagnie sans le sou.

— Seigneur, c'est tout ? demanda Jim, soulagé. Ne vous inquiétez surtout pas au sujet de ma mère. Elle s'en souciera comme d'une guigne. Vous aimez les pierres de couleur, ou vous préférez les diamants ?

— Je déteste tous les bijoux, répondit Miss Allison.

— Ah, dit Mr. Kane, je vois que nous allons faire une Épouse Économique. »

Avant que Miss Allison ait trouvé une riposte adéquate, leur intimité fut troublée par le jeune Harte qui entra dans la serre avec l'air de quelqu'un qui est sûr d'être bien reçu et demanda :

« Salut, qu'est-ce que vous faites ?

— Oh, nous regardons le magnolia, répondit Miss Allison. Qu'est-ce que tu en penses ? »

Réponse assez inattendue du jouvenceau : « Vachement terrible.

— Si tu commences à balancer ton argot ici, tu vas te faire éjecter, l'avertit Jim.

— Que tu dis, répliqua Mr. Harte, indulgent. Dites donc, Miss Allison, vous savez à quoi je pense ?

— Eh bien, je viens de me dire que je ne serais pas surpris du tout si quelqu'un était assassiné ici ce soir. »

Si Miss Allison fut quelque peu interloquée, Jim, habitué aux processus morbides qui gouvernaient l'intellect de son demi-frère, répliqua promptement :

« Moi non plus. Et même, je sais qui sera le cadavre.

— Ha, ha, très drôle, dit Timothy.

— Mais enfin, pourquoi faudrait-il qu'il y ait un assassinat ? demanda Miss Allison.

— Oh, je ne sais pas, répondit vaguement Timothy. Sauf que c'est exactement le décor pour.

— Idiot ! dit Jim.

— Je sais bien qu'il n'y en aura pas, en fait ; mais quand même, ce serait rien chouette », déclara Mr. Harte, nostalgique.

CHAPITRE 2

Quand elle rentra dans le salon, Miss Allison comprit mieux pourquoi l'idée d'un meurtre était venue à Timothy. Une certaine ambiance de drame semblait s'être répandue dans la pièce. Et les Clement Kane y contribuaient pour une large part, lui en regardant avidement sa femme chaque fois que l'occasion s'en présentait, elle en lançant dans la mare de la conversation des remarques destinées à convaincre l'assemblée que son mariage était au bord de la rupture. Elles étaient accueillies par quelques rebuffades non déguisées d'Agatha et le regard lourd de mépris de la vieille Mrs. Kane. Mais Betty Pemble, qui trouvait Rosemary « intéressante », ne tarda pas à prendre un siège à côté d'elle et à engager le dialogue — échanges curieux d'ailleurs, parce que Rosemary, jugeant irrémédiablement petite-bourgeoise une femme qui, non contente de vivre en bons termes avec son mari, lui avait donné deux beaux enfants, la méprisait, tandis que Betty massacrait le récit des expériences spirituelles de l'insatisfaite en leur opposant les siennes, narrées avec une égale conviction.

« J'étouffe à Portlaw, annonça Rosemary en réponse à l'éloge des vertus roboratives de l'air fait par Mrs. Pemble. J'ai l'impression que je ne peux pas respirer.

— Je sais exactement ce que vous voulez dire, appuya Betty. J'éprouvais ça aussi quand nous habitions un appartement en ville. Il était minuscule — on ne pouvait *littéralement* pas s'y retourner — et je disais toujours à Clive que je me sentais absolument comme dans une cage.

— Je ne trouve pas que l'espace lui-même ait une telle importance ; ce qui compte, c'est que le moi essentiel ait la place de se développer, déclara Rosemary, supérieure.

— Oui, je suis absolument de votre avis, répliqua Betty. L'atmosphère a une importance incroyable pour moi. Je veux dire, je suis incroyablement sensible à la beauté et, c'est amusant, mes deux enfants aussi, même Peter qui n'a que trois ans et demi. Je veux dire, si un cadre est de travers, je ne *peux* pas m'empêcher de le remettre droit. Ça me fait positivement mal.

— Je craindrais de ne même pas m'en apercevoir, dit Rosemary avec un sourire dédaigneux.

— Oui, je suis terriblement distraite aussi. Je m'évade dans une sorte de rêve et j'oublie tout. Je me dis souvent que c'est de moi que tient ma petite Jennifer — la façon dont cette enfant rêve éveillée est tout à fait extraordinaire ! D'ailleurs tout le monde le dit, il n'y a pas que moi. Les enfants adorent venir chez bonne-maman et bon-papa au bord de la mer. Ils *vivent* sur la plage. Pour moi, bien sûr, c'est le retour au bercail et Clive a exactement la même impression que moi, bien plus en fait qu'avec ses propres parents. C'est passé en proverbe dans la famille, ça nous fait beaucoup rire ! »

L'air légèrement dégoûtée par cet échantillon de l'humour pratiqué au foyer des Mansell, Rosemary prononça d'une voix vibrante de passion : « Comme c'est étrange que vous soyez contente de revenir ici, alors que je vendrais mon âme pour pouvoir m'en aller ! Cette monotonie... ! Elle ne vous brise pas les nerfs ? Mais vous ne souffrez sans doute pas autant des nerfs que moi ? »

Comment supposer que Betty Pemble pût laisser passer une assertion aussi offensante ? Elle répliqua aussitôt qu'elle était un paquet de nerfs. « Je ne parle jamais de moi, parce que je trouve que les gens qui parlent de leurs misères sont absolument affreux, mais en réalité je ne suis pas très forte. J'ai des migraines terribles entre autres. Je veux dire, je hurlerais de douleur bien souvent et je crois que c'est la tension nerveuse. Mes deux enfants sont exactement comme moi. Effroyablement sensibles, un rien les bouleverse. Ils ressentent les choses intensément comme moi et ils les refoulent. » Entendant par hasard cette remarque, sa mère intervint énergiquement : « Quelle bêtise ! Tu les gâtes, ma chère petite, tout vient de là. »

Mrs. Pemble rosit d'indignation et engagea aussitôt le fer avec sa génitrice, déclarant qu'Agatha ne comprenait pas et que tout le monde disait qu'elle, Betty, élevait ses enfants mieux que quiconque. Comme Mrs. Mansell ne semblait nullement émue par ce consentement universel, Betty fit aussitôt appel à Clive pour qu'il la soutienne, l'interrompant au milieu d'une discussion avec Jim Kane sur le résultat probable de la rencontre Surrey contre

Gloucester. Quand les propos critiques de Mrs. Mansell lui eurent été répétés et divers incidents illustrant l'art de Betty pour élever sa progéniture, rappelés, Joe Mansell, Mrs. Kane et Clement se trouvaient tous mêlés à la discussion : le premier pour dire qu'il aimait voir les enfants s'amuser, le deuxième, qu'il déplorait de ne pas en avoir (regard appuyé en direction de sa femme) et la troisième, que de son temps ils n'avaient pas de nerfs.

Cette dernière observation ne pouvait que déchaîner l'ire de la mère la plus placide et comme Mrs. Mansell se hâtait de l'approuver, Betty Pemble préalablement confortée par les déclarations d'une armée de sages rangés sous le vocable un peu vague de « gens », s'attela à la tâche redoutable de convaincre deux piliers de l'ère victorienne qu'ils ne comprenaient pas les enfants.

Pendant que la bataille faisait rage, Rosemary se replongea dans un silence boudeur, Jim Kane saisit l'occasion pour engager la conversation avec Miss Allison, et Joe Mansell traversa la pièce pour rejoindre Silas et lui demander un petit moment d'entretien.

« Mais certainement, Joe, lui répondit sans hâte le maître de maison, avec sa courtoisie habituelle. Dans mon bureau, nous serons tout à fait tranquilles. »

Les deux hommes se rendirent donc dans cette pièce austère qui donnait sur des bosquets et Joe remarqua que Betty et ses enfants mettaient beaucoup de vie pendant leur séjour aux Gables.

« Ah, dit Silas. Et ils restent longtemps ?

— Oh, à peu près un mois, je pense. Betty aime bien un changement complet pour les enfants. Encore que Golder's Green soit très sain, d'après ce qu'on dit — très sain. Mais enfin, ce n'est pas la mer. Entre nous, il est heureux que nous puissions les avoir, parce que la Bourse n'est pas brillante en ce moment. Nous craignons, ma femme et moi, que la trésorerie de Clive soit un peu à l'étroit en ce moment. Un petit peu.

— Ah, c'est très possible, dit Silas, contemplant tristement le monde d'après-guerre. L'époque est bien troublée.

— Oui, acquiesça Joe, aucune stabilité, nulle part. Mais enfin, ce n'est pas de ça que je voulais vous parler. »

Il fit tomber la cendre de son cigare dans la cheminée vide et s'éclaircit la voix. « Est-ce que vous avez repensé à la proposition de Roberts ? »

Les yeux gris et froids de Silas prirent une expression d'invincible obstination. Il les fixa sur son associé et répondit : « Non. Je suis d'avis que ce n'est pas le moment de se lancer dans des spéculations aventureuses.

— Pour ma part, j'estime que les perspectives sont excellentes. L'expansion, Silas, l'expansion ! Il faut évoluer avec son temps et il n'y a aucun doute — à mon sens, aucun doute — que si nous décidons de nous implanter en Australie, notre investissement initial sera amplement rentabilisé en peu d'années.

— Oui ? dit Silas en croisant les doigts. Vous avez peut-être raison, Joe, mais je dois dire que le projet de Roberts ne me séduit pas.

— Clement y est favorable, hasarda Joe Mansell.

— C'est possible, répondit Silas, assez ironique. Mais je me dis que ce n'est pas lui qui aurait à supporter le poids de cet investissement initial dont vous avez parlé. Désolé de vous contrecarrer, Joe, mais je ne vois pas la possibilité de m'engager. »

Joe Mansell le regarda avec animosité, se disant qu'il était facile pour un vieux célibataire sans personne à charge de serrer les cordons de la bourse et de dire que le moment n'était pas favorable à la spéculation. Il était pingre, voilà son défaut. Pingre comme son père et son grand-père avant lui. Encore qu'à en juger d'après la fortune qu'il avait laissée, le vieux Matthew Kane ne devait pas hésiter à dépenser de l'argent s'il prévoyait des rapports intéressants. Il avait changé en or tout ce qu'il touchait, ce fondateur de la firme. Joe se sentait plus amer que jamais quand, en regardant autour de lui, il voyait partout les marques de la fortune des Kane et pensait à leur part dans l'affaire comparée à la sienne. Et au moment où se présentait une possibilité d'expansion, il allait être obligé de regarder une autre maison sauter sur l'occasion, simplement parce que Silas était trop conservateur pour envisager de nouvelles idées et trop riche pour juger utile d'explorer d'autres marchés. Il écouterait toutes les discussions avec ce sacré sourire poli qu'il avait, il conviendrait qu'il y avait peut-être là quelque chose d'intéressant, de très intéressant même, mais quand on en arriverait au solide, aux capitaux qu'il devrait avancer pour démarrer, alors on se heurterait à un mur.

Mais Silas, observant Joe les yeux mi-clos, se disait que cela avait toujours été la même histoire avec lui. Il n'avait pas de jugement ; il se lançait tête baissée, sans réfléchir. C'était bien de lui de se laisser embobiner par ce type insinuant avec son accent américain. Il était généreux avec l'argent des autres, le gros Joe. Clement aussi, dont il attendait mieux, manquait de jugement. Il n'avait qu'une idée : faire de l'argent pour que cette Rosemary futile et superficielle puisse le dépenser. Ce n'était certes pas par ces moyens-là que l'affaire avait prospéré. Il le dit, avec son habituelle courtoisie.

« Il faut être de son temps, répéta Joe. Je suis persuadé que vous en tireriez d'excellents rapports.

— Peut-être, peut-être, dit Silas, mais à mon âge je ne crois pas que j'en verrais la couleur. »

(Allons bon, il va être question de son cœur, se dit Joe. Je suis persuadé qu'il vivra indéfiniment.)

« Ma foi, Silas, je ne vous cacherai pas que je suis très favorable au projet. En fait, j'ai quelques difficultés actuellement avec des dividendes qui ont diminué et Clive qu'il faut aider à franchir un mauvais pas. Sans compter les ennuis de Paul.

— Vraiment ? J'en suis désolé. » Silas se demandait bien ce qu'il avait à voir avec les mauvais placements de Joe, ou les embarras d'argent de son gendre, ou la pension alimentaire qu'il fallait payer à sa bru.

« Je souhaiterais beaucoup que vous voyiez la possibilité de vous engager.

— Oui, moi aussi je le souhaiterais, puisque vous y tenez tant. »

C'était le genre de remarque qui vous donnait envie de décerveler Silas sur place. Joe Mansell se contint, non sans effort, et s'arracha à son fauteuil. « Enfin j'espère que vous réfléchirez sérieusement avant de refuser, dit-il. Roberts revient de Londres ce soir et voudra connaître votre décision. Paul aussi est tout à fait pour, vous savez ; et ce n'est pas parce que c'est mon fils, mais je dois dire qu'il a bien la tête sur les épaules. A propos, il a été désolé de ne pas pouvoir venir ce soir.

— Nous aussi, nous l'avons regretté », déclara Silas qui n'en pensait pas un mot. Il n'aimait pas Paul Mansell, dont l'habileté en affaires ressemblait dangereusement à de l'indélicatesse et qui était divorcé. Bien mauvais genre avec ses cheveux gominés, ses vestes cintrées et sa manie de courir après Patricia Allison. Pas de doute qu'il se verrait très bien à la tête de l'affaire en Australie. Ce serait du joli !

Ils retournèrent au salon. La vieille Mrs. Kane avait l'air fatiguée, les rides de son visage s'étaient creusées, ses traits, durcis, et elle ne faisait aucun effort pour suivre la conversation. Agatha Mansell, constatant qu'elle n'obtenait que des monosyllabes, avait reporté son attention sur Rosemary et lui faisait un cours magistral sur toutes les occupations qu'elle aurait profit à entreprendre. Quand son mari entra dans la pièce devant Silas, elle le questionna des yeux puis, après avoir enregistré un signe de dénégation à peine esquissé, se leva en déclarant qu'il se faisait tard.

Clive et Betty Pemble partirent avec les Mansell, suivis quelques minutes après par les Clement Kane, Clement s'étant attardé pour demander à Silas ce qu'il avait décidé au sujet du projet australien. Quand son cousin lui eut déclaré qu'il n'en était pas partisan, il répondit d'un ton las : « Vous avez peut-être raison. Mais tout de même, nous aurions pu avoir de gros profits. Dommage que Mansell ne soit pas en mesure d'avancer lui-même les capitaux.

— J'imagine qu'aucun de vous ne serait très

chaud pour risquer son propre argent », dit sèchement Silas.

Clement rougit. « Je ne crois pas qu'il y aurait grand risque. Mais enfin, vous avez parfaitement le droit de refuser. Viens, Rosemary, tu es prête ? »

Silas les accompagna jusqu'à la porte d'entrée et Emily sortit de sa torpeur pour dire brusquement à Jim : « Il y a un vilain brouillard. Tu ferais mieux de rester coucher ici. »

Il secoua la tête. « Merci, tante, mais il faut que je rentre. Il n'est pas assez épais pour m'inquiéter. D'ailleurs, je le laisserai derrière moi.

— Comme si je ne le savais pas », dit-elle très sèchement, ajoutant : « Cet enfant devrait être au lit depuis longtemps. »

L'affront était sévère, mais Timothy avait bien trop peur d'Emily pour protester. Au reste, il éprouvait les pires difficultés à garder les yeux ouverts.

« Seigneur, oui ! s'exclama Jim découvrant la présence de son parent. Monte vite, Timothy. »

Avec une dignité considérable et des accents assourdis, Mr. Harte indiqua à Jim qu'il n'avait pas besoin de mettre ses grands pieds dans le plat. En fait, il nourrissait une profonde affection pour son demi-frère dont il admirait passionnément les prouesses en athlétisme, le citait en toute occasion et jouissait des réverbérations de sa gloire en détaillant ses exploits sur les terrains de rugby ou les cendrées ; mais il aurait jugé inconvenant de lui laisser deviner cette vénération. Aussi, quand Jim lui dit en partant : « Je reviens la semaine prochaine », se contenta-t-il d'indiquer qu'il essaierait de tenir jusque-là.

Silas entra dans la pièce au moment où Jim prenait congé de sa grand-tante. Il avait l'expression satisfaite d'un homme qui vient de voir partir son dernier invité et remarqua que la soirée s'était, semblait-il, très bien passée.

« Hum ? » fit Emily. Elle le regarda sous ses gros sourcils : « Joe a essayé de te faire avancer de l'argent pour son projet abracadabrant. J'espère que tu l'as envoyé promener. Quelle ineptie !

— Je crains bien que nous ne voyions pas les choses du même œil, Joe et moi, répondit Silas. Tu t'en vas, mon petit ?

— Il ferait mieux de rester ici. Il y a du brouillard.

— Ah, certainement. Mais ce n'est qu'une petite brume, mère. Rien d'inquiétant. Je vais faire ma promenade habituelle.

— Toujours fidèle à votre principe, mon oncle ? demanda Jim en souriant.

— Sans cela je ne fermerais pas l'œil de la nuit, répondit Silas. Par n'importe quel temps, il me faut mon petit tour avant d'aller me coucher.

— Sornette ! dit Emily, exaspérée. Si tu ne t'étais pas persuadé que tu as de l'insomnie, tu ferais le tour du cadran. Je n'ai pas d'insomnie, moi. Alors pourquoi en aurais-tu ?

— Je voudrais bien le savoir, dit Silas.

— Un de ces jours, tu attraperas la mort. Et ne dis pas que je ne t'ai pas prévenu. Miss Allison, ayez la gentillesse de sonner. Je suis fatiguée. »

Jim Kane attendit que l'on eût aidé Emily à passer dans une manière de chaise à porteurs, puis, pendant que maître d'hôtel et valet gravissaient lentement l'escalier, il parvint à échanger encore quelques mots avec Miss Allison. Il sortit ensuite braver les dangers de la brume et la jeune fille, portant la canne d'Emily, le plaid qu'elle se mettait sur les genoux et son sac à main, monta lentement les degrés derrière la chaise à porteurs.

Avec sa demoiselle de compagnie et sa femme de chambre, Emily occupait une suite de pièces dans l'aile ouest de la maison. Miss Allison arriva pour voir Ogle, la femme de chambre, l'installer dans un fauteuil de la chambre à coucher. Elle déposa ses diverses charges et s'apprêtait à la laisser aux soins jaloux de la cabériste quand Emily lui dit : « Ne vous en allez pas. Qu'est-ce que cette péronnelle vous a dit dans la serre ?

— Pas grand-chose, répondit Patricia. De toute façon, j'ai déjà entendu ça cent fois.

— Elle va filer avec ce Dermott, prononça Emily. Moi, je dirais bon débarras. Non pas que je veuille d'un scandale dans la famille. Laissons-ça aux Mansell avec leur précieux fils ! Écoutez mon conseil et faites-lui tourner les talons prestement.

— Je le ferai sûrement », promit Patricia.

Emily se mit à boire le verre de Horlick que Ogle lui avait mis entre les mains. « Si mon fils prenait quelque chose de très chaud avant de se coucher, ça lui ferait plus de bien que d'aller traîner sur la falaise à des heures pareilles. De l'air frais ! Je vous demande un peu. Je trouve qu'on dit beaucoup de bêtises au sujet de l'air frais, ces temps-ci. Ça m'impatiente. Je me demande comment il n'attrape pas une pneumonie.

— Je pense qu'il est endurci maintenant, dit Patricia, consolante.

— Ça reste à voir. Il est aussi entêté que son père.

Je n'ai jamais connu un Kane qui ne le soit pas. Jim ne vaut pas mieux qu'eux, je vous avertis. Tenez, prenez ça. »

Ogle la débarrassa du verre vide et sortit en l'emportant. Emily déclara : « J'ai eu une soirée particulièrement assommante. Ne vous avisez pas de faire la discrète avec moi, jeune fille. Cette péronnelle prépare un mauvais coup, ou je ne m'y connais pas. Qu'est-ce qu'elle a ?

— Oh, pour autant que je sache, elle veut plus d'argent. A cause de son sang russe. »

D'abord interloquée, Mrs. Kane poussa un gloussement sec comme des feuilles mortes. « Ah oui ! Ça lui ferait plus de bien d'avoir quelques enfants et vous pourrez le lui dire de ma part. »

Patricia rit : « Je pense que vous le lui direz vous-même, Mrs. Kane. »

Ogle revint et se mit à préparer ostensiblement une robe de chambre. Patricia souhaita le bonsoir à la vieille dame et se rendit dans sa propre chambre.

La proposition de Mr. James Kane lui occupa l'esprit pendant assez longtemps, mais ne troubla pas ses rêves. Elle dormit aussi profondément que d'habitude et ne s'éveilla qu'à huit heures moins le quart, quand la bonne entra avec le thé du matin. « Oh, mademoiselle, Pritchard voudrait vous dire un mot », annonça la jouvencelle, trouvant évidemment la requête étrange.

Miss Allison cligna des yeux et demanda encore à moitié endormie : « Pritchard veut me dire un mot ? Mais à quel sujet ?

— Je ne sais pas, mademoiselle, il n'a pas dit, mais il a un drôle d'air », répondit Doris.

Miss Allison se redressa : « Il est malade ?

— Oh non, je ne crois pas, mademoiselle. Il n'a pas dit du tout qu'il était malade, mais je suis sûre qu'il est arrivé quelque chose. Moi et puis Mallard, on a trouvé qu'il avait l'air vraiment drôle. »

Miss Allison conclut qu'il devait effectivement se passer des choses graves pour que Pritchard, le maître d'hôtel quasi parfait, demandât un entretien avant qu'elle soit sortie du lit. Elle se leva et glissa les pieds dans ses pantoufles.

« C'est bien. Je vais le voir tout de suite. Dites-lui de monter.

— Il est là, mademoiselle, il attend sur le palier. »

Miss Allison enfila sa robe de chambre et opéra une sortie dans le corridor. Pritchard attendait en haut de l'escalier. Elle lui trouva un air non pas drôle mais certainement troublé. En la voyant, il s'excusa de la déranger à une heure aussi peu convenable et lui dit à voix basse : « Je ne vous aurais pas fait demander, mademoiselle, si je n'avais pas pensé que la chose était sérieuse — pour ne pas dire inquiétante. Monsieur n'est pas dans sa chambre, mademoiselle, et le lit n'est pas défait. »

Miss Allison le fixa, le regard vide, cependant que les explications les plus diverses lui traversaient l'esprit pour être aussitôt rejetées. Machinalement, elle lui demanda :

« Vous êtes sûr ?

— Voyez vous-même, mademoiselle », répondit Pritchard en la précédant vers la chambre de Silas.

La vue des couvertures impeccablement retournées, des oreillers sans un pli, du pyjama déplié sur la courtepointe, était curieusement angoissante. Aucun doute : Silas n'avait pas couché dans son lit. Miss Allison se ressaisit et dit d'un ton décidé :

« Avez-vous envoyé des domestiques chercher aux alentours de la maison ? Mr. Kane était allé faire sa promenade habituelle hier soir, ça, je le sais. Il a peut-être eu une crise cardiaque.

— Oui, mademoiselle. J'y ai pensé tout de suite. On n'a pas encore trouvé la moindre trace, mais j'ai envoyé Edwards et Pullman dans le chemin le long de la falaise. Je crois que Monsieur allait généralement par là. J'ai pensé qu'il était préférable de vous prévenir tout de suite, à cause de Madame.

— Certainement. Inutile d'inquiéter Mrs. Kane avant que nous en sachions davantage. Est-ce que vous avez vu Mr. Kane sortir hier soir ?

— Pas précisément, mademoiselle. Je l'ai vu quand Mr. James est parti et j'ai compris d'après ce qu'il a dit qu'il avait l'intention de faire sa promenade habituelle. Je lui ai signalé qu'il y avait beaucoup de brume, mais Monsieur n'y a pas fait attention. Vous savez comment il est, mademoiselle. Il m'a dit de ne pas l'attendre et je suis donc monté me coucher, ce qui fait que je ne l'ai pas vu sortir de la maison. »

Miss Allison approuva d'un hochement de tête et retourna sur le palier où elle arriva au moment précis où Timothy ouvrait la porte de sa chambre. Il avança dans le corridor une tête ébouriffée et demanda la raison de tout ce chahut.

Miss Allison laissa passer cette description grossièrement injuste de son colloque discret avec le maître d'hôtel et se contenta de répondre qu'il n'y avait rien. Timothy, après l'avoir regardée ainsi que Pritchard, d'un œil sévère, dit avec un nasillement très américain : « Pas de ça, Julia ! On me la fait pas. »

A quoi Miss Allison, décidée à ne pas se laisser dépasser, riposta : « Dis donc, p'tit mec, si tu mettais les bouts ? »

Timothy sourit largement et, interprétant apparemment cette requête comme une invitation, sortit sur le palier. « Je pensais bien que vous étiez chouette. Vous en aviez l'air. Honnêtement, qu'est-ce qui se passe ? »

Pritchard toussota discrètement, mais Miss Allison jugea plus sage de mettre Timothy dans la confidence : « Nous ne savons pas exactement, mais nous avons peur que Mr. Kane ait eu un malaise pendant sa promenade hier soir, ou un accident. Il semble qu'il ne soit pas rentré. »

Timothy ouvrit des yeux ronds, mais l'observateur le plus partial aurait eu peine à discerner dans leur expression autre chose qu'une profonde jubilation : « Pas *possible !* Je vous l'avais bien dit, hein ? Je parie que j'ai eu comme un instinct.

— Ne sois donc pas ridicule ! coupa Miss Allison, impatientée. Comment est-ce que tu aurais eu un instinct, comme tu dis, que Mr. Kane allait avoir une crise cardiaque ? D'ailleurs, tu n'as pas dit ça du tout.

— Mais si, rétorqua Timothy. Peut-être pas une crise cardiaque. Mais j'ai dit que je ne serais pas étonné si quelqu'un était assassiné ce soir-là, ça je me rappelle très bien. En réalité, je n'ai jamais pensé que ce serait oncle Silas, mais j'ai quand même eu un genre de pressentiment. »

Le maître d'hôtel eut l'air indigné, mais Miss Allison, nullement impressionnée, répliqua : « Si tu trouves que c'est une fine plaisanterie, moi pas. Il n'est pas question d'assassinat, mais nous sommes inquiets au sujet de ton oncle et ce genre de suggestion n'est pas du meilleur goût.

— Désolé, déclara Timothy. Il n'est pas vraiment mon oncle. En fait, nous ne sommes pas parents du tout.

— Bon, eh bien, va donc t'habiller, répondit Miss Allison, et ensuite tu pourras aider à le rechercher. »

Timothy jugea le conseil judicieux, lança un « D'ac » convaincu et disparut dans sa chambre.

« Je vais en faire autant, déclara la jeune fille. Vous avez averti Ogle, j'espère, pour qu'elle ne dise rien à Mrs. Kane ? Je ne pense pas du tout d'ailleurs qu'elle le ferait.

— Le personnel féminin ne sait encore rien, mademoiselle. J'ai jugé préférable de vous parler d'abord.

— Alors, ne dites rien avant que nous sachions exactement ce qui s'est passé. Je vais descendre dans quelques instants. »

Elle s'habilla en hâte, mais fut battue de dix minutes par le jeune Harte, qui avait décidé que des ablutions excessives dans ce moment de tension auraient une apparence frivole.

Sans attendre l'arrivée de Miss Allison, il était sorti pour participer aux recherches et juste au moment où elle descendait dans le hall, il rentrait, tout pâle, et dit d'une voix entrecoupée : « Je les ai rencontrés. Dites donc, c'est drôlement moche, Miss Allison. Il est mort. »

Sur le moment, elle ne répondit rien. Cette mort était une possibilité qu'elle avait déjà prise en compte et la nouvelle ne faisait que la confirmer.

« Ils le ramènent à la maison, dit Timothy.

Honnêtement, Miss Allison, je n'ai jamais pensé qu'il arriverait une chose comme ça.

— Non, bien sûr. » Elle se tourna vers Pritchard, qui arrivait alors de l'aile des domestiques, et lui dit aussi calmement qu'elle le pouvait : « Monsieur Timothy vient de me dire, Pritchard. Que s'est-il passé ? Vous avez une idée ? »

Le maître d'hôtel semblait bouleversé. « On l'a trouvé au pied de la falaise. Juste à l'endroit où le sentier longe le bord. Avec le brouillard, il a dû faire un faux pas. Vous m'excuserez, mademoiselle, mais je suis tout retourné. Je crois bien que je n'ai jamais été aussi retourné. Penser qu'on était tous dans nos lits pendant que le pauvre Monsieur s'était écrasé comme ça sur les rochers ! Si seulement il n'était pas sorti. Je n'arrête pas de me répéter ça. Madame en mourra. »

Miss Allison répondit machinalement. Elle jugeait Mrs. Kane d'une autre trempe et fort capable de résister non seulement au choc mais au chagrin ; cependant, lui annoncer la mort de Silas était une tâche redoutable que la jeune fille décida de repousser jusqu'après le petit déjeuner, et dans cette intention elle partit à la recherche d'Ogle.

Celle-ci mettait un point d'honneur à contredire en toute occasion Miss Allison, dont elle était affreusement jalouse, mais dans ces circonstances, son adoration pour Emily lui fit accepter la décision de Patricia, non sans profiter de l'occasion pour déclarer qu'elle connaissait Mrs. Kane mieux que personne et qu'elle pouvait assurer qu'Emily supporterait ce choc-là comme elle en avait tant supporté pendant sa longue vie.

Elle avait raison. Quand Miss Allison, debout à

côté de son lit, lui dit : « J'ai une bien mauvaise nouvelle à vous annoncer, Mrs. Kane », la vieille dame la regarda d'un œil perçant et lui lança : « Eh bien, ne tournez pas autour du pot ! Qu'est-ce que c'est ? »

Patricia le lui dit. Emily ne poussa pas de hauts cris, ne versa pas une larme. Seulement, son visage parut se durcir encore et ses yeux se fixèrent sur quelque chose que Patricia ne pouvait voir. Ses mains maigres, les doigts déformés par la goutte, restèrent immobiles sur la courtepointe et elle garda le silence pendant quelques instants, puis elle tourna enfin son regard vers Miss Allison et lui dit, la voix dure : « Qu'est-ce que vous attendez ? Il y a autre chose ?

— Non, Mrs. Kane. Préférez-vous que je m'en aille ? »

Emily eut un sourire amer : « Vous voudriez, je suppose, me prendre la main et me dire de pleurer un bon coup ?

— Non, pas du tout, répondit franchement Patricia. Je suis là pour faire exactement ce que vous voulez. Seulement il faut me le dire, parce que je ne me suis encore jamais trouvée dans une situation de ce genre-là et je ne sais pas ce qu'il faut faire.

— Bien, approuva Emily. Vous trouvez sans doute que je suis une vieille femme sans cœur, hein ? Quand vous aurez mon âge, vous saurez que la mort n'a plus autant d'importance que vous le croyez aujourd'hui. Descendez et rendez-vous utile en bas. » Elle s'arrêta, et pour la première fois Patricia vit une émotion énigmatique lui contracter le visage. « Clement, dit-elle. Oui, Clement. »

Miss Allison hocha la tête : « Bien sûr. Je vais l'appeler immédiatement. »

Emily la regarda, une expression assez curieuse sur le visage. « Il va venir ici, lui et cette femme.

— Vous ne serez pas obligée de les voir, Mrs. Kane. »

Un brusque mouvement de colère secoua Emily. « Petite sotte, j'aurai Clement ici pendant le restant de mes jours.

— Je n'y avais pas pensé, avoua Patricia. Mais enfin, si vous ne pouvez pas supporter l'idée de vivre sous le même toit que lui, vous pourriez toujours avoir une maison à vous, n'est-ce pas ? »

Emily plissa les yeux : « Si vous croyez que je vais me laisser chasser d'une maison qui a été à moi pendant plus de soixante ans, vous vous trompez. Quand je la quitterai, ce sera dans mon cercueil, je vous le promets. »

D'après ce qu'elle savait de Clement Kane, Patricia jugeait extrêmement peu probable qu'il fît la moindre tentative pour déloger sa grand-tante, mais elle s'abstint sagement de le dire et s'en alla pour l'informer de la tragédie.

Elle trouva en bas Timothy qui l'attendait. La mort de Silas l'avait assez secoué pour qu'il eût gardé le silence pendant tout le petit déjeuner, mais il semblait désormais avoir retrouvé son aplomb naturel, bien qu'il lui parût convenable de s'exprimer avec des accents étouffés. Pendant que Patricia s'entretenait avec Clement au téléphone, il resta à la regarder le front plissé sous l'effet de la pensée, puis quand elle reposa l'appareil, il lui dit d'un ton lourd de suspicion :

« Dites donc, Miss Allison, est-ce qu'il y aura une enquête publique ?

— Je suppose, oui, répondit Patricia.

— Ah, dit Timothy d'un air profond. Eh bien, vous savez ce que je pense ?

— Oui.

— Quoi donc, alors ? demanda-t-il, désarçonné.

— Tu as comme un instinct que Mr. Kane a été assassiné. »

Déconcerté, il dit, avec un certain embarras :

« Eh bien, oui. Et même je parie que j'ai raison. Vous ne croyez pas que j'ai probablement raison ? Honnêtement, dites, Miss Allison ?

— Non, répondit Patricia. Et à ta place je n'en parlerais plus. Ça fait plutôt débile. »

Cette réplique offensa si gravement Timothy qu'il quitta la place, non sans informer au passage un fauteuil XVIIe qu'il y avait des gens qui n'étaient pas capables de voir ce qu'ils avaient sous le nez et qui auraient l'air plutôt débiles eux-mêmes quand on découvrirait la vérité.

CHAPITRE 3

Clement Kane reposa très doucement le combiné et resta assis une minute ou deux sans bouger. Avec Miss Allison il avait enchaîné les exclamations conventionnelles de surprise et de chagrin, mais leur brève conversation terminée, ni la surprise ni le chagrin n'apparaissaient sur son visage, singulièrement dépourvu d'émotion. Il resta les yeux fixés sur le téléphone, puis respira profondément, se leva, alluma une cigarette et traversa la pièce pour déposer soigneusement l'allumette éteinte dans un cendrier. Il fuma ainsi, debout, pendant plusieurs minutes, puis écrasa le reste de la cigarette, tira sur ses manchettes et monta chez sa femme.

Rosemary déjeunait toujours au lit. Elle savait, disait-elle volontiers, qu'elle était parfaitement intolérable le matin, et comme elle ne voyait pas la possibilité de s'améliorer, il était plus raisonnable qu'elle restât dans sa chambre. Clement la trouva avec les reliefs de son déjeuner repoussés de côté et un gros bouquet d'œillets sur les genoux. Il ne se permit pas de les regarder plus d'une seconde : il savait d'où ils venaient, mais il ne voulait pas s'abaisser à la prier de ne pas encourager les avances de Mr. Trevor Dermott — ce qui n'eût d'ailleurs pas manqué de déclencher une scène.

Rosemary prit les œillets dans ses bras, deux fleurs rose pâle lui caressèrent la joue. « Ravissantes choses ! Étrange que certains ne puissent pas comprendre à quel point les fleurs sont une nécessité vitale pour quelqu'un comme moi.

— Dans ce cas, je m'étonne que tu ne t'occupes pas plus du jardin », répondit Clement d'un ton assez aigre. Elle haussa les épaules : « Je t'ai dit cent fois qu'il était inutile de compter que je ferais des choses de cette sorte. Ce n'est pas mon genre et je n'ai pas été élevée comme ça. »

Il vit une expression boudeuse trop connue descendre sur son visage et dit très vite : « Je sais. Je ne te fais pas de reproche. D'ailleurs, je ne suis pas venu te parler de cela. Miss Allison vient de me téléphoner. C'est si inattendu et si atterrant que je n'arrive pas à réaliser. Silas est mort. »

Elle laissa tomber les fleurs : « *Quoi* ?

— Oui, oui. Un terrible accident. La mort a dû être instantanée, d'après ce qu'on me dit. Il est allé faire sa promenade habituelle hier soir, malgré le brouillard — il y avait énormément de brouillard, n'est-ce pas ? Tu te rappelles que nous avons été obligés d'aller très lentement ? Donc, comme je disais, dans le brouillard, il a dû quitter le sentier juste à l'endroit où il est le plus près du bord de la falaise — et il est tombé. On n'ose pas y penser, n'est-ce pas ? »

Elle le fixa, les yeux largement ouverts et brillants :

« Mort ? Cousin Silas vraiment *mort* ? Clement, je ne peux pas le croire.

— Non, ça paraît impossible, n'est-ce pas ? Je suis vraiment navré que pareille chose ait pu arriver.

— Oui, bien sûr. Mais j'estime qu'on doit être parfaitement honnête avec soi-même et tu dois bien voir, Clement, que ça fera une différence phénoménale pour nous. C'est presque comme s'il y avait une providence pour intervenir quand on est au bord du désespoir. Comme cette chose que Maman a commencée l'année dernière : la Pensée Droite ou quelque chose de ce genre-là : on fixe son esprit sur ce qu'on veut et on croit de toutes ses forces que ça vous arrivera, et ça vous arrive, à condition qu'on ne fasse absolument rien pour ça. »

Clement se demanda si les tenants de cette étrange croyance apprécieraient la description qu'en faisait Rosemary. Il ne pensait pas non plus que fixer son esprit sur la mort d'un parent pût vraiment être considéré comme une Pensée Droite et se hasarda à le dire, mais très doucement, ajoutant qu'il comprenait parfaitement ce qu'elle voulait dire, mais qu'elle devrait veiller à ses propos. Il ne fallait pas paraître insensible.

Elle eut un geste d'impatience : « Mon cher Clement, je sais que j'ai plein de défauts, mais au moins je suis honnête. Je ne peux pas faire semblant de regretter la mort de cousin Silas, parce que ce n'est pas vrai. Je suis peut-être insensible. Je me demande parfois si je n'ai pas au-dedans de moi quelque chose de tout à fait froid. Mais enfin, je n'ai aucune raison de regretter cousin Silas. Je ne l'aimais pas et il ne m'a jamais comprise. Je pense que tu vas être le directeur de l'affaire, maintenant ?

— Eh bien, je crois... c'est-à-dire que j'aurai la plus grosse participation. Je n'y ai pas encore vraiment pensé.

— Et Cliff House ? poursuivit-elle. C'est à toi aussi, n'est-ce pas ?

— Oui, répondit-il avec hésitation. Oui, je suppose. »

Elle se renversa sur ses oreillers, les mains sur les yeux.

« Plus de vilaines petites maisons de quatre sous ! Plus de ces affreuses économies de bouts de chandelle ! Tu sais, Clement, je crois honnêtement que toutes ces préoccupations sordides tuaient l'Essentiel en moi. »

Il regarda longuement les lignes ravissantes du visage levé : « C'est pour ça que j'ai toujours voulu la fortune, Rosemary, pour te donner les choses qui te rendront heureuse. »

Elle murmura : « Mon chéri, tu es terriblement gentil avec moi. »

Penché sur elle, écrasant les œillets, il lui embrassa la gorge, le menton et les lèvres entrouvertes.

« Tu es si belle, dit-il d'une voix rauque. Il faut que tu aies tout ce que tu veux. Grâce à Dieu, je vais pouvoir enfin te combler.

— Chéri », soupira Rosemary, en se dégageant doucement.

Il partit pour son bureau, heureux comme il ne l'avait pas été depuis des semaines, en pensant à ce que son héritage représentait comme perles pour Rosemary, comme fourrures pour Rosemary, comme énormes voitures pour Rosemary.

La nouvelle l'avait précédé. Des visages dûment catastrophés l'accueillirent et le chef de service le pria d'une voix étranglée d'accepter les condoléances du personnel. Il se rendit aussitôt dans le bureau de Joseph Mansell, où il trouva également le fils de celui-ci, Paul, et un homme grand, mince, avec une barbiche grise qui n'était autre qu'Oscar Roberts. Tous trois étaient en grande conversation, mais s'interrompirent quand il entra. Joe Mansell se leva lourdement de son fauteuil et s'avança en disant : « Je suis heureux que tu te sois senti en mesure de venir au bureau, Clement. Quelle terrible affaire ! Pauvre vieux Silas ! Et dire qu'hier encore nous étions à Cliff House pour fêter son soixantième anniversaire ! Je sais ce que tu dois éprouver. J'étais justement en train de dire que Silas était comme un père pour toi. Pauvre, pauvre garçon ! Son cœur, je suppose ?

— Je ne sais pas, répondit Clement. Je viens seulement d'être averti par téléphone et je n'ai pas demandé de détails. J'étais si frappé en réalité que je pouvais à peine réaliser qu'il était mort.

— Pas étonnant, pas étonnant ! Quand j'ai appris la nouvelle, je ne pouvais pas en croire mes oreilles. Complètement chamboulé. Je ne peux pas penser au nombre d'années — je l'ai connu au berceau, en fait. Quelle perte pour la firme ! »

Paul Mansell, qui s'était absorbé dans la contemplation de ses mains soigneusement manucurées, leva les yeux et marmonna son accord avec ce sentiment. Le quatrième personnage, qui observait le père et le fils avec une lueur amusée dans le regard de ses yeux enfoncés, dit d'un ton légèrement nasillard : « Eh bien, je pense que parler n'arrangera rien. Je vous présente mes sincères condoléances, Mr. Kane. Même si le vieux monsieur ne voyait pas toujours les choses comme moi, je le respectais, sûrement. Ça peut paraître déplacé d'être ici pour parler affaires, mais je dois penser aux intérêts de ma maison. »

Joe soupira bruyamment : « Oui, oui, nous comprenons votre point de vue. Silas aurait été le dernier à vouloir que nous négligions les affaires, hein, Clement ? Mon Dieu, ça va paraître bizarre de ne pas l'avoir à la tête de la maison.

— Bizarre et regrettable, dit Paul en regardant le haut de la fenêtre.

— Oui, vraiment. Enfin, nous allons compter sur toi maintenant, mon cher Clement, pour tenir sa place. Et très efficacement, j'en suis sûr. Nous avons souvent dit entre nous que tu ressemblais beaucoup à Silas. Tu as son jugement, sans son — comment dire ? — son conservatisme. Le pauvre ! Il se faisait vieux. J'ai trouvé plusieurs fois qu'il baissait. Oui, il commençait à baisser — un petit peu. »

Clement, l'air de plus en plus accablé, dit précipitamment : « Je n'ai pas encore eu le temps d'envisager l'avenir. J'aurai à considérer ma situation évidemment, mais pour l'instant je n'y ai pas pensé.

— Bien entendu, dit Joe débordant de sympathie. Nous nous rendons tous compte de ce que tu dois éprouver, j'en suis sûr. Mais comme je l'ai dit à Paul, tu seras le premier à comprendre la position de Roberts. En fait, je crois que je peux dire que nous sommes tous les trois d'accord sur le sujet ? » Il s'interrompit, mais comme Clement restait muet, les yeux fixés sur le plancher, il jeta un coup d'œil à son fils et reprit sur un ton faussement jovial : « Bon, bon, nous en avons parlé si souvent qu'il est inutile d'y revenir maintenant. Comme tu le sais, Roberts est venu de Londres hier soir pour connaître la réponse définitive de Silas. Bien entendu, tout sera bloqué jusqu'à l'homologation du testament, mais j'imagine que nous n'aurons pas de difficulté pour nous mettre d'accord sur la politique future de la maison et donner à notre ami la réponse qu'il attend. Qu'est-ce que tu en penses, Clement ? »

Bref silence. Clement pensait à ce qu'allait lui coûter l'entretien et la rénovation probable de Cliff House, les droits de succession et la taxe exceptionnelle, les perles de Rosemary. Silas avait eu raison. Le projet australien était risqué. Il obligeait à immobiliser de gros capitaux sans la moindre certitude d'un rendement convenable. C'était facile pour les Mansell d'en parler avec autant de désinvolture ; ils ne risqueraient rien. Il releva la tête et dit : « Vraiment, je ne crois pas être en mesure de donner une réponse définitive pour le moment. Il va falloir que j'examine le dossier de très près. La situation s'est complètement modifiée. Il me semble que je ne dois pas m'engager avant de savoir exactement où j'en suis. Mr. Roberts comprendra, j'en suis persuadé, que je ne peux pas lui donner une réponse aujourd'hui. »

Celui-ci répondit avant même que Joe Mansell pût intervenir. « Mais bien sûr, Mr. Kane, ce ne serait pas raisonnable d'attendre une décision comme celle-là d'une minute à l'autre.

— Exactement ! Ce drame est tellement inattendu que je ne sais plus où j'en suis. Je ne suis venu au bureau que pour t'informer de la mort de Silas, Joe, au cas où tu ne l'aurais pas déjà apprise. Je remonte immédiatement à Cliff House pour voir ma grand-tante et prendre — hum ! — les dispositions nécessaires. » Il jeta un coup d'œil à sa montre : « Eh oui, je vois que je suis déjà en retard. Il faut que je prenne ma femme en passant. Je vous prie de m'excuser. »

Il partit en hâte. Oscar Roberts ne broncha pas, ses longues jambes croisées, un petit sourire imperturbable sur les lèvres. Mais Paul Mansell dit d'un ton déplaisant : « Alors, c'est comme ça que ça va être ? »

Joe, qui était resté piqué assez sottement, les yeux fixés sur la porte par où Clement était sorti, se tourna vers son fils et lui répondit vigoureusement : « Quelle bêtise, mon petit ! C'est tout naturel qu'il se sente perdu au début. Mr. Roberts le comprend très bien.

— Sûr, dit l'autre, aimable. Je ne veux pas le précipiter. Vous connaissez ma position, Mr. Mansell. Je veux ce qu'il y a de mieux pour ma maison et c'est vous qui le fabriquez. Si je peux conclure avec vous, j'en serai très content. Si je ne peux pas, eh bien, je négocierai pour ce qu'il y a de mieux après vous.

— Absolument, absolument, répondit Joe. Nous comprenons parfaitement. Je crois que je peux dire — en fait, j'en suis sûr — que nous pourrons vous donner une réponse définitive à une date rapprochée. »

Sur cette note d'optimisme, ils se séparèrent. Mais Oscar Roberts avait à peine quitté la pièce que Paul lança, furieux : « Foutu salopard ! Je pense que tu vois ce qui va se passer, maintenant qu'il a mis la main sur le magot ?

— Ne nous hâtons pas de juger. Il n'a pas encore eu le temps de se retourner. C'est tout.

— Ah, c'est tout ! Il n'a pas encore eu le temps de

se retourner. Eh bien, si tu veux mon avis, il se retourne sacrément trop vite. Quand je pense qu'on ne s'est débarrassé de ce vieil abruti de Silas que pour tomber sur le sieur Clement ! »

Perdant un peu de ses belles couleurs, Joe l'interrompit : « Paul ! Mon petit ! Paul ! Tu dis des folies.

— Oui, et je *suis* fou, lui rétorqua son fils. Fou de rage. Comme un imbécile, j'ai cru qu'une fois Silas éliminé, on aurait la voie libre. Maintenant, on a... »

Joe frappa du plat de la main le bureau qui les séparait. « Tais-toi. » Il vit Paul qui le regardait les yeux ronds et ajouta d'un ton plus doux : « C'est très ennuyeux, mais je ne désespère pas du tout de Clement. Il y viendra. Voyons, il a été en faveur du projet depuis le début. Mais cette — cette tragique affaire de la mort de Silas, mon cher petit, tu ne saurais faire trop attention à ce que tu dis. En t'entendant, n'importe qui pourrait croire...

— ... que j'ai trempé dans la mort de Silas ? » demanda Paul en le regardant droit dans les yeux.

Joe fit un geste, d'une main : « Bien entendu, ce serait complètement absurde mais il ne faut pas donner aux gens la moindre raison de soupçonner que nous souhaitions sa mort. Alors, quand tu dis que tu croyais, une fois la piste dégagée — c'est bien imprudent mon petit, bien, bien imprudent. »

Paul alluma une cigarette et jeta l'allumette dans la cheminée. « Je voulais seulement dire que nous avions tellement entendu parler du cœur de Silas que j'étais bien forcé d'envisager la possibilité de sa mort, voilà tout.

— Naturellement, naturellement. Mais enfin, même si l'idée est absurde, il faut être prudent. Il y aura forcément une enquête et nous devons éviter la moindre possibilité de soupçon — encore que jamais une personne sensée ne pourrait imaginer un instant...

— Je pense, répondit Paul d'une voix très suave, que si la police soupçonne un crime, elle s'intéressera plus aux mouvements de Clement hier soir qu'aux miens. » Il s'arrêta, inhala une grosse bouffée de fumée et reprit : « Qu'est-ce qui te fait penser qu'il y a eu crime ? »

Joe sursauta : « Moi ? Grand Dieu, je ne le pense pas du tout. Absolument pas. Qui est-ce qui pourrait avoir une idée pareille ? Il suffisait de connaître Silas ! »

Il se trompait. Mr. Timothy Harte, après avoir passé une heure aussi instructive qu'impressionnante à suivre les évolutions de la police qui examinait le lieu de l'accident, puis interrogeait Pritchard et Ogle, déclara à Miss Allison que Silas avait été buté, il en avait désormais l'intime conviction. Miss Allison, indignée par l'usage de ce terme vulgaire et brutal, répondit aussitôt qu'il disait des bêtises.

Il la regarda d'un œil sagace : « Vous pouvez bien dire que ce sont des bêtises, si vous voulez, mais je parie que vous aussi vous pensez que c'est un crime.

— Sûrement pas, dit Patricia avec force. Je pense que tout ça est horrible et que tu le rends encore pire en essayant d'en faire un polar à quatre sous ! » Elle le planta là pour monter l'escalier en direction des appartements de Mrs. Kane, non sans souhaiter — évitant de s'y attarder, bien sûr — que Mr. James Kane soit là pour endiguer son demi-frère.

Il en fallait beaucoup pour troubler le calme de la jeune personne, mais elle sentait bien que les événements de cette journée fatale lui portaient sur les nerfs. Policiers et ambulances, interrogatoires officiels, domestiques furtifs et chuchoteurs, ambiance de suppositions et de soupçons n'étaient guère propices à la sérénité. Et la présence de Mrs. Kane n'apportait aucun réconfort.

Elle se tenait dans son petit salon, carrée sans un mouvement dans un fauteuil, le regard vide et froid fixé droit devant elle, la bouche serrée comme si elle gardait des secrets. Miss Allison comprit qu'elle-même n'était pas dans son état normal quand elle eut l'impression bizarre que la vieille dame avait quelque chose d'impitoyable.

Emily tourna lentement la tête vers Patricia : « Eh bien, dit-elle. On l'a emporté ?

— Oui, répondit la jeune fille.

— Un beau scandale ! Des autopsies. Des enquêtes publiques ! Mon mari se retournerait dans sa tombe.

— C'est très déplaisant. Mais c'est pour la forme seulement, de la routine. »

Emily la regarda d'un air étrange : « Vous croyez ? »

Venant immédiatement après les propos sinistres de Timothy, ces deux mots inquiétants rendirent Miss Allison fort mal à l'aise. Elle soutint le regard de Mrs. Kane et lui demanda, au bout de quelques instants : « Qu'est-ce que vous voulez dire, Mrs. Kane ? Qu'est-ce que vous pensez ?

— Moi ? répondit Emily, très brusque. Je ne pense rien du tout. Tout ce que je sais, c'est que mon fils est mort. Ce que je pense ne lui rendra pas la vie. Oui, qu'est-ce que c'est ? »

Du seuil, Ogle annonça l'arrivée de Mr. et

Mrs. Clement Kane. Emily eut un petit rire bref et dit : « Faites-les monter. » Et à Patricia : « Ne partez pas. En fait, je veux que vous restiez. »

Au bout de quelques minutes, les Clement Kane faisaient leur entrée. Elle portait une robe de lin bleu, mais lui avait trouvé le temps de se procurer un brassard noir. Emily le vit aussitôt et lança : « Je me demande bien de quoi vous portez le deuil ! »

Début peu prometteur pour l'entretien. Clement répondit que le port du brassard était une marque de respect habituelle. Il essaya d'enchaîner avec quelques mots de condoléances, mais fut interrompu presque aussitôt :

« Laissez ça ! Je n'ai pas besoin de votre sympathie. Ni de celle des autres, d'ailleurs.

— Il me semble que je réagirais de la même façon, remarqua Rosemary d'un air critique.

— Vous ? répondit Emily. Vous passeriez un an à décrire vos émotions à tous les passants. Je vous connais. »

Rosemary accepta ce jugement de très bonne grâce, se contentant de dire avec un vif intérêt : « Je me demande. Vous trouvez que je m'analyse trop ? Avec mon type, c'est toujours un danger, évidemment. »

Miss Allison estima qu'en somme, Rosemary avait remporté le combat. Mrs. Kane ne put que la foudroyer du regard, les lèvres plus serrées que jamais.

Clement, toujours mal à l'aise en présence de sa grand-tante, se mit à parler de projets pour l'avenir. Quand il dit qu'il savait Emily désireuse de ne pas rester seule dans la maison, Miss Allison devina que Rosemary avait décidé de s'installer immédiatement à Cliff House. Elle redouta une explosion, mais Emily écouta dans un silence réfrigérant. En la regardant, la jeune fille eut l'impression que derrière le masque de l'âge un cerveau travaillait furieusement. Cette vieille dame épaisse et vigilante, si immobile et qui regardait avec des yeux bleu arctique si dépourvus d'expression, avait quelque chose d'assez terrible.

« Bien entendu, disait Clement, nous souhaitons faire ce qui vous sera le plus agréable, cela va sans dire. Mais enfin, je sais la surveillance qu'exige une propriété et il m'a semblé — c'est-à-dire je me suis demandé — si vous ne préféreriez pas que, sans attendre l'homologation du testament, qui peut demander un certain temps, nous venions nous installer auprès de vous dès que possible. »

Sous le regard fixe de sa grand-tante sa voix faiblit et finit par se taire tout à fait. Rosemary reprit le fil du discours : « Ce serait un peu sot de ne pas venir maintenant, vous ne trouvez pas ? D'autant que les gens qui ont acheté notre maison veulent entrer en possession le plus tôt possible.

— Je suppose, dit Emily, qu'une de vos bonnes a rendu son tablier ?

— Les deux, répondit Rosemary, candeur intégrale. Hier la cuisinière, parce qu'elle prétend qu'elle ne peut pas s'accommoder de son fourneau, et aujourd'hui ce *démon* de femme de chambre parce que le départ de la cuisinière l'a déstabilisée comme elle dit. Je veux dire, je ne peux absolument pas faire front.

— Vous pouvez vous installer ici quand vous voulez. »

Assise près de la fenêtre, Miss Allison leva les

yeux de sur sa broderie, frappée d'étonnement, puis les rebaissa aussitôt.

« Quel *ange* vous êtes ! s'exclama Rosemary. Vous me sauvez la vie.

— C'est très gentil... très gentil à vous, déclara Clement en regardant le plancher. Inutile de dire que pour nous cette maison est toujours la vôtre, tante Emily.

— Oh, absolument, renchérit Rosemary, enthousiaste. J'ai horreur de m'occuper d'une maison et je n'ai pas la moindre intention de me mêler de quoi que ce soit ici — sauf, bien entendu, quelques petits détails comme la décoration de mes pièces, c'est *indispensable.* Je suis ridiculement sensible aux couleurs et je sais que si je devais avoir un boudoir bleu, par exemple, je deviendrais probablement folle. Mais pour ce qui est de commander les repas ou de dire aux domestiques ce qu'ils doivent faire, je serais parfaitement désespérante. Je vais prier et supplier Patricia de ne rien changer à son programme. »

Miss Allison sourit, mais ne dit rien. Emily, qui avait écouté ce discours avec un air de mépris écrasant, se tourna vers Clement et lui annonça abruptement : « J'ai invité Jim à passer la semaine prochaine ici. Si ça ne vous plaît pas, tant pis.

— Ma chère tante, protesta Clement. Vous avez le droit d'inviter qui vous voulez, tous les droits, et pour ce qui est de Jim, je serai enchanté de le voir.

— Je le lui dirai, répondit Emily, sarcastique. Autre chose. Ce que tu fais de l'affaire ne me regarde pas, mais si tu as l'intention de t'acoquiner avec cet Américain, je tiens à te faire savoir que ton cousin y était absolument opposé. Je suppose que tu te crois très malin, et les Mansell aussi, mais à vous tous vous ne valez pas mon fils. »

Clement rougit et répliqua avec une certaine irritation :

« Vraiment, ma tante, ce n'est pas la peine de me dire ça. J'en avais parlé avec Silas hier soir et je peux vous dire qu'après réflexion, je suis tout à fait d'accord avec lui sur ce sujet. Non pas, d'ailleurs, que Roberts soit américain. Il a vécu quelques années aux États-Unis mais il est d'origine anglaise.

— Il ne s'agit pas de ça, répliqua Emily. Il a dîné ici la semaine dernière et il ne m'a pas plu. En outre, il parle comme un Américain. Ça me suffit. »

Clement s'autorisa un sourire quelque peu dédaigneux et un haussement d'épaules presque imperceptible avant de changer de sujet. Il annonça à sa grand-tante qu'il lui fallait se préparer aux désagréments d'une enquête, à quoi elle répondit qu'elle n'était pas tombée des dernières pluies.

Quand le couple prit congé, Clement était au moins arrivé à gagner la sympathie de Miss Allison. Elle trouvait qu'il faisait montre de beaucoup de patience et de retenue vis-à-vis d'Emily. Il avait même si bien accepté les rebuffades qu'elle s'enhardit après leur départ à demander à Emily ce qu'elle lui trouvait de désagréable.

« C'est un imbécile, répondit celle-ci durement. Un imbécile et un pleutre. Et cette bonne femme ! » Ses doigts froissaient la soie de sa robe. « Un joli couple pour succéder à mon fils ! Oui, un joli couple, et je vais être obligée de le supporter jusqu'à la fin de mes jours. » Une légère couleur lui monta aux joues et sous les paupières fripées le regard se fit lointain. « Je voulais Jim, dit-elle plus à elle-même qu'à Patricia. Tout devrait être à lui, tout. Clement ! Même pas un homme. »

Patricia ne dit rien. La haine qui durcissait la voix d'Emily était inexplicable et choquante. « Et son père ! ajouta la vieille dame avec un venin concentré. Même farine. Je les ai toujours détestés, tout ce ramassis. Jim est le seul qui vaille trois sous. » Elle resserra le châle sur ses épaules. « Je ne veux plus voir personne. Si l'un de ces Mansell vient, n'importe lequel, vous pourrez l'envoyer promener. »

Agatha et sa fille se présentèrent dans le courant de la journée, mais si Agatha exigea de voir Patricia, elle accepta sans commentaire que Mrs. Kane fût trop fatiguée pour recevoir des visites. Betty Pemble assura à la jeune fille qu'elle comprenait parfaitement et lui confia un bouquet de fleurs assez hirsute, touchante attention de ses enfants, qui (à l'entendre) y avaient pensé tout seuls quand ils avaient su que leur oncle Silas était mort.

« Je leur ai simplement dit que le cher oncle était parti faire un grand voyage. Ils sont si petits, vous comprenez, je ne leur parle jamais ni de la mort, ni des ogres, ni de choses comme ça et je ne veux pas qu'ils aient de vilains jouets. Je veux dire, je tiens terriblement à ce que leurs petites intelligences ne connaissent que de belles choses heureuses, vous ne trouvez pas ?

— Bien de la peine inutile, déclara Agatha. Les enfants sont singulièrement dépourvus de cœur. »

Non par conviction, mais pour empêcher Mrs. Pemble de se lancer dans une inextricable argumentation en vue de démontrer la sensibilité de ses rejetons, Miss Allison se hâta de prendre les fleurs et de convenir qu'il fallait épargner toutes les laideurs aux enfants. Betty, qui jusqu'alors l'avait crue dure et « ce-que-j'appelle-peu-sympathique », fut contente et lui raconta avec beaucoup de conviction qu'à Noël, une de ses tantes Pemble ayant envoyé un affreux polichinelle à Peter, elle le lui avait aussitôt enlevé pour lui donner un joli mouton frisé à la place.

« Oui, observa sentencieusement Agatha, et si j'avais été la maman, je lui aurais administré une bonne fessée pour la colère qu'il a faite à ce moment-là. Je me rappelle parfaitement l'incident, mais je ne vois vraiment pas le rapport entre un polichinelle et la mort de Silas. »

Elle se tourna vers Patricia et la pria de lui conter les circonstances exactes du drame. Elle ne semblait pas croire que celle-ci fût incapable de satisfaire sa curiosité, car elle continua à la questionner longtemps après que la jeune fille eut avoué son ignorance presque totale. Si majestueux était son maintien et si irrésistiblement distinguée sa voix, que Patricia en arriva à s'excuser de ne pas en savoir plus. Elle songea pourtant, mais seulement une fois libérée de l'accablante présence, que pour une personne qui méprisait les cancans et considérait les morts violentes sensationnelles, donc vulgaires, Agatha Mansell s'était montrée singulièrement préoccupée de connaître les moindres détails de l'affaire.

Deux autres visiteurs vinrent laisser cartes et messages de sympathie à Cliff House : Paul Mansell, qui trouva le moyen d'intercepter Miss Allison dans le jardin pour lui faire des propositions malhonnêtes, et Oscar Roberts, qui déclara naïvement qu'ayant profité de l'hospitalité de la vieille dame, il voulait faire ce qu'il fallait.

Mr. Harte, après avoir examiné Paul Mansell avec l'œil impitoyablement critique du jeune mâle, informa sans passion Miss Allison qu'il avait l'air d'être plutôt collant. Mais Oscar Roberts, rencontré dans l'allée, emporta instantanément ses suffrages. Au contraire d'Emily, Mr. Harte n'avait aucun préjugé à l'égard de l'Amérique. Pour lui, c'était un Eldorado peuplé dans ses régions les plus sauvages par des shérifs corrompus et des cow-boys héroïques, dans ses villes, par des contrebandiers, des gangsters, des kidnappeurs et des hommes du FBI. Il ignorait sereinement que la vie américaine eût d'autres aspects, aussi, quand Oscar Roberts l'interpella avec les accents de son acteur de cinéma favori, se crut-il en présence de quelqu'un qui pourrait faire jaillir un revolver de sa personne à n'importe quel moment ; il lui accorda donc une admiration révérencieuse — assez forte pour lui permettre de pardonner au nouveau venu de l'avoir appelé « fiston », incorrection éminemment regrettable.

La conversation s'engagea facilement, Roberts, apparemment amusé par une admiration aussi évidente, ayant eu le tact de ne pas abjurer la citoyenneté américaine et de ne pas corriger les vues de Timothy sur la vie aux USA. Une allusion polie à la mort de Silas Kane ouvrit les écluses des confidences juvéniles. Timothy redit sa conviction que Silas avait été buté et, s'il parut un instant décontenancé, Mr. Roberts ne fit aucune remarque désobligeante, mais écouta au contraire les diverses théories de son interlocuteur avec une parfaite gravité, allant jusqu'à se laisser conduire sur les lieux de l'accident. Fortement sollicité, il admit qu'une personne mal intentionnée aurait pu pousser Mr. Kane et le faire tomber du haut de la falaise.

« Eh bien, vous ne croyez pas que c'est probablement ce qui est arrivé ? » demanda Timothy, qui voulait à toute force se faire un allié.

Oscar Roberts lissa sa barbe en pointe et suggéra doucement que le meurtrier éventuel risquait gros en comptant que Silas irait se promener le long de la falaise ce soir-là. « Non, pas du tout, parce que tout le monde savait qu'oncle Silas y allait tous les soirs », déclara Timothy, triomphant de l'objection.

« Vraiment ? fit Roberts. Une sorte d'habitude chez lui, peut-être ?

— Oui, parce qu'il ne pouvait pas dormir sans ça.

— Ma foi, répondit Roberts en secouant la tête, je dirais que tu pourrais bien avoir raison, fiston. »

Timothy le regarda, l'œil brillant, et dans un élan de gratitude l'invita à venir prendre le thé.

Roberts déclina l'invitation, mais en traversant les jardins, ils rencontrèrent Miss Allison venue à la recherche de Timothy et celui-ci la pria aussitôt de se joindre à lui pour renouveler son offre. Cependant, avant qu'elle pût dire un mot, Roberts intervint et proposa au contraire à Timothy de l'accompagner à Portlaw pour prendre le thé à son hôtel.

Patricia ne pouvait qu'être reconnaissante à quiconque se proposait pour la délivrer de la société du jeune garçon pendant cette journée si éprouvante et, comme ce dernier semblait avoir grande envie d'aller avec son nouvel ami, elle accorda la permission, non sans poser comme condition qu'il aille d'abord se laver les mains et se brosser les cheveux.

Il partit au galop, la laissant cheminer paisiblement vers la grille avec Roberts. Elle lui dit : « C'est vraiment fort aimable à vous. Vous êtes sûr qu'il ne va pas vous ennuyer ? »

Roberts répondit avec son sourire lent : « Ma foi non, Miss Allison. J'aime bien les gamins de cet âge-là. Je ne sais pas trop quoi faire pour le moment et je serai très content de sa compagnie. » Son sourire s'élargit : « A mon avis, il espère que je suis un de ces bandits qu'il voit au cinéma. »

Elle rit, mais répondit avec une certaine appréhension : « C'est un enfant terriblement sanguinaire. J'espère qu'il ne vous a pas développé ses " théories " sur la mort de Mr. Kane ? J'ai fait tout ce que j'ai pu pour lui clore le bec, mais sans grand succès.

— A votre place, je ne m'inquiéterais pas. Les enfants ont ces idées-là tout naturellement. »

Elle se sentit poussée à ajouter : « Bien sûr, ça ne tient pas debout. C'est un accident. Je ne voudrais pas que Timothy vous donne une impression fausse. »

Il la regarda, un pétillement de malice dans les yeux : « Si j'ai une impression, je peux vous assurer qu'elle ne viendra pas de Timothy, Miss Allison », déclara-t-il d'un ton décidé.

CHAPITRE 4

A la grande déception de Timothy, l'enquête publique sur la mort de Silas Kane ne fit passer aucun frisson. Les jurés conclurent à un décès accidentel, l'autopsie ayant révélé que le défunt avait dû avoir une crise cardiaque. Son propre docteur vint donner des précisions hautement techniques et admit que si une crise était inattendue, il n'irait pas jusqu'à se dire surpris que Silas en ait eu une. L'excitation du dîner d'anniversaire jointe à un excès de fatigue avait pu la provoquer.

Joseph Mansell et son fils confirmèrent que Silas avait l'habitude de se surmener ; Joe ajoutant qu'à son avis, les facultés de son cousin baissaient depuis quelques mois.

Clement fut un témoin plus décevant encore. Interrogé, il ne voulut pas dire que la santé de son cousin s'était détériorée. Certes, il n'était plus jeune, il se fatiguait, mais lui-même n'avait pas parlé de ce problème avec Silas et n'avait remarqué aucun signe particulier de lassitude ou d'énervement le soir de sa mort.

Rien ni personne n'avait pu empêcher Timothy

d'assister à l'enquête, mais il se déclara écœuré par les résultats. Quand elle fut terminée, Oscar Roberts l'emmena — avec Miss Allison, venue sur ordre d'Emily — se rafraîchir avant de retourner à Cliff House. Apparemment très amusé par le jeune garçon, il lui permit non seulement de donner son avis, mais de dire une bonne fois pour toutes ce qu'il avait sur le cœur, et Timothy profita largement du conseil. Les méthodes de la police de Portlaw en particulier lui paraissaient « vachement débiles ». « Ils auraient dû trouver ce que faisaient tous les autres quand oncle Silas a été tué, dit-il avec amertume.

— C'est bien ce qu'ils ont fait, répondit Patricia. Tu sais très bien qu'ils ont pris tous les renseignements nécessaires. »

Timothy renifla d'indignation. « Moi, j'appelle pas ça faire une enquête, quand on demande juste aux gens où ils étaient et qu'on essaie pas de prouver qu'ils y étaient pas. Ils n'ont même rien demandé à Jim, et il était au souper.

— Vipère dénaturée ! D'ailleurs, qu'est-ce que Jim — je veux dire ton demi-frère — avait à gagner en tuant son cousin ?

— Je sais bien, mais...

— Le fait est, fiston, qu'on ne peut pas avoir un crime sans mobile, déclara Roberts.

— Il y en avait, des mobiles ! riposta instantanément Timothy. Regardez Clement ! Il écluse des tonnes de fric... »

Patricia retira de sa bouche la paille de sa citronnade pour protester : « Il ne faut absolument pas aller crier sur les toits que ton cousin Clement avait un motif pour tuer Mr. Kane !

— Ce n'est pas mon cousin. Je suis un Harte, rectifia Timothy, majestueux. Je parie que Mr. Roberts trouve qu'il avait une bonne raison.

— Certainement, mais j'ai comme une idée que si j'étais Mr. Clement Kane, je ne courrais pas le risque de supprimer un vieil homme qui a une maladie de cœur. J'attendrais que la nature fasse son œuvre. »

Timothy secoua le chef : « Pas si vous vouliez l'argent vraiment tout de suite.

— Ça n'était pas son cas, remarqua Patricia. Les Clement Kane sont très à l'aise. »

Silencieux un moment, Timothy se sentit assez réconforté par une grosse glace à la fraise pour repartir à l'assaut : « Bon, et les Mansell, alors ?

Patricia jeta un regard inquiet autour d'elle : « Pour l'amour du ciel, tais-toi ! supplia-t-elle.

— Oui, bon, mais *eux*, ils avaient un motif. Pour l'histoire australienne, je sais *tout*. Je parie que Mr. Roberts...

— Non, non, fiston, tu ne m'entraîneras pas sur ce terrain-là. Miss Allison n'aime pas du tout le sujet. Si nous en changions ? »

Patricia le regarda : « Je crois que vous ne valez pas mieux que lui.

— Non, non, mais quand quelqu'un tombe du haut d'une falaise, Miss Allison, les gens se posent des questions. C'est tout naturel. Vous ne pouvez pas empêcher ça.

— Mais enfin, vous ne pensez sûrement pas...

— Je ne connais pas assez la famille pour penser quoi que ce soit », dit-il avec une nuance de réserve dans la voix.

Quand elle eut été mise au courant des résultats de l'enquête publique, Emily sourit amèrement et déclara qu'elle ne s'attendait à rien d'autre. Quelque chose dans son ton incita Clement, qui avait ramené Patricia et Timothy en voiture, à lui demander assez sèchement ce qu'elle voulait dire.

« Si tu ne sais pas ce que je veux dire, ça ne te fera point de tort », rétorqua Emily.

Il rougit : « Ma foi, ma tante, je n'en sais rien, certainement. J'aurais cru évident que la mort de cousin Silas était due au brouillard, joint à l'une de ses crises cardiaques. »

Elle le fixa de ses yeux morts : « Et qui est-ce qui dit le contraire ? »

Sentant une alliée, Timothy lança : « Moi. »

Emily le regarda : « Ah, et pourquoi ?

— Eh bien, en partie parce qu'il était affreusement riche et en partie parce que j'avais un instinct qu'il allait y avoir un meurtre. »

Le mot sonna, redoutable. Derrière le lorgnon, les yeux de Clement lancèrent un éclair et il dit avec colère : « Comment oses-tu dire une chose pareille ! Il me semble que tu te laisses emporter par ton imagination stupide. Je pensais que tu étais assez grand pour avoir un peu plus de raison.

— Laisse ce petit tranquille, dit Emily. Il a le droit d'avoir une opinion tout autant que toi. Alors tu crois que mon fils a été tué, Timothy ?

— C'est-à-dire, je ne peux pas en être absolument sûr, répondit celui-ci avec un rien de prudence. Mais je pense que c'est drôlement suspect. D'ailleurs, j'ai idée que Mr. Roberts le pense aussi.

— Roberts ! s'exclama Clement. Qu'est-ce que Roberts vient faire là-dedans. Tu n'as pas le droit de parler de nos affaires avec un étranger ! Décidément, il est grand temps que Jim vienne te prendre en main. »

Mais quand il arriva, trois jours après l'installation de Clement et Rosemary à Cliff House, Mr. James Kane ne parut guère se soucier de prendre en main son demi-frère. Il consacra toutes ses énergies à Miss Allison, qui avait désormais une telle indigestion des Clement Kane, Paul Mansell et autres Trevor Dermott, qu'elle l'accueillit avec un plaisir non dissimulé. Circonstance qui poussa Mr. James Kane à tirer des conclusions injustifiables. Il eut l'audace de prendre Miss Allison dans ses bras et de l'embrasser non pas une mais plusieurs fois, l'intéressée ayant, semble-t-il, décidé qu'il eût été vain de lutter contre un homme aussi grand et musclé. Elle se soumit donc à ces mauvais traitements en se bornant à remarquer, dès qu'elle eut retrouvé son souffle, qu'elle détestait les gens qui prenaient un bras quand on leur avait donné un doigt.

Mr. Kane se contenta de rire, aussi Miss Allison, les deux mains sur la poitrine de son vis-à-vis pour le repousser, lui expliqua-t-elle sévèrement que le plaisir éprouvé lors de ce retour était uniquement dû à un ennui profond.

« Mon pauvre trésor ! dit tendrement Mr. Kane.

— Je vous en supplie, lâchez-moi ! supplia Miss Allison. Qu'est-ce qu'on penserait si l'on nous voyait ?

— On penserait que nous allons nous marier et on aurait raison.

— On penserait bien plutôt que vous flirtez avec la demoiselle de compagnie de votre grand-tante.

— Ouh, qu'elle est vulgaire ! s'exclama Mr. Kane en calant la main de Patricia sous son bras. Maintenant que la question est réglée, racontez-moi ce qui s'est passé ici.

— Pas grand-chose. Vous avez bien vu la situation à l'enterrement.

— Impression générale de grande piété, c'est tout. Qui est-ce qui vous porte sur les nerfs ? Rosemary ?

— Non, votre odieux petit frère. Vous allez être obligé de le scier. Il se propage partout à la recherche d'indices, en répétant que Mr. Kane a été assassiné. »

Jim parut intéressé : « Vraiment ? Qu'est-ce qui lui a mis cette idée-là dans la tête ?

— Les films qu'il voit, évidemment. Je fais ce que je peux pour le rembarrer, mais Mrs. Kane l'encourage et Mr. Roberts aussi — du moins je ne sais pas s'il l'encourage vraiment, mais j'ai l'impression désagréable qu'il soupçonne Timothy d'avoir raison.

— Minute ! interrompit Jim. Qui est Roberts ? Je le connais ?

— Non, je ne crois pas. C'est l'agent de la société australienne qui veut faire des affaires avec Kane & Mansell. Assez gentil et terriblement patient avec Timothy. Ils ont fait connaissance après la mort de Mr. Kane. Timothy l'invite ici et Clement l'évite quand il vient.

— Pourquoi ?

— Je n'en sais rien. Inutile de dire que Timothy a une théorie sur le sujet comme sur tant d'autres : selon lui, Mr. Roberts a flairé quelque chose et Clement a peur de le rencontrer. En réalité, je pense que Clement ne veut pas être harcelé à propos de l'affaire australienne.

— Timothy semble faire tout ce qu'il peut pour créer de l'animation », commenta Jim. Il conduisit Miss Allison vers un gros orme de l'autre côté de la pelouse et l'invita à s'asseoir. Puis il prit place à côté d'elle et demanda, en regardant son profil d'un œil connaisseur : « Maintenant, mon amour, dites-moi ce qu'il y a. »

Elle resta silencieuse et il lui prit la main : « Permettez-moi de vous rappeler que la clé d'un mariage heureux, c'est la Confiance Mutuelle. » Elle rit. « Je veux bien le croire. Je pense que j'ai sans doute exagéré les choses. C'est que — il me semble que les gens ne se comportent pas d'une façon normale. Il y a une ambiance dans cette maison — enfin, vous verrez bien vous-même. »

Elle refusa d'être plus explicite, mais il y avait bien des choses qu'elle aurait pu dire à son fiancé.

Il y avait d'abord l'attitude adoptée par Emily. Elle haïssait Clement et pourtant, quand il avait proposé de s'installer immédiatement à Cliff House, non seulement elle n'avait pas protesté mais, depuis son arrivée, elle avait cessé de poser ses banderilles. Patricia n'y trouvait certes rien à redire, mais quand elle surprenait Emily en train de regarder son neveu, elle sentait bien que l'implacable vieille dame ne lui pardonnerait jamais d'être là. Pourtant, après son premier éclat, elle n'avait jamais reparlé de son aversion, ni dit un seul mot contre l'épouse de Clement. Seulement, elle les observait tous les deux, visage de bois, murée dans son impassibilité.

Clement semblait mal à l'aise, mais Miss Allison se disait que les nouvelles responsabilités qui pesaient sur lui pouvaient l'expliquer. Souvent irritable, il s'agitait, fronçait les sourcils, récriminait pour des riens et semblait plus accablé que jamais. Une ou deux fois, il se plaignit de la stupidité de ses partenaires comme s'il invitait Emily à commenter la politique de la maison, et peut-être à le soutenir grâce aux impitoyables certitudes qu'elle avait. Miss Allison le découvrait faible, doutant de son propre jugement, incapable de prendre une décision avant d'être approuvé par une personnalité plus forte.

De toute évidence, il ne pouvait attendre aucune aide de Rosemary, qui traversait une crise. Elle avait annoncé à Patricia qu'elle était arrivée à un tournant dans sa vie et qu'elle en était déchirée. Patricia, qui la soupçonnait fort de jouir intensément du drame qu'elle avait créé, accueillit cette révélation avec un manque de sympathie marqué. Celle qu'elle éprouvait était réservée à Clement et à Trevor Dermott, tous deux pris au piège de la beauté, mais sa pitié était lourde de mépris. Elle les jugeait inexcusables de s'être ainsi laissés réduire en esclavage.

Pourtant, il y avait dans le caractère de Trevor Dermott, que Patricia détestait profondément, un trait que Rosemary risquait de trouver gênant si jamais Trevor découvrait le rôle qu'il était destiné à jouer dans la vie de celle-ci. En privé, Miss Allison l'appelait le Mâle Flamboyant, mais elle soupçonnait sa virilité affichée sans nuances d'être partie intégrante de lui-même et non pas une pose fabriquée pour s'assortir à sa beauté vigoureuse et à son corps puissant. Stupide, il l'était peut-être, mais ses yeux noirs brûlants exprimaient la volonté à défaut d'intelligence. Il était du genre qui saisit avidement ce dont il a envie et de toute évidence il désirait Rosemary, qui le tenait si délicatement en haleine au bout de sa ligne. « Vous ne pouvez pas continuer à vivre avec un pauvre type comme Kane, un type qui est déjà à moitié mort ! »

Rosemary le regardait, pensive, et il croyait qu'elle comparait son physique superbe à la silhouette mince et voûtée de Clement. Il ne se rengorgeait pas, non, mais il riait, sûr de sa supériorité. En fait, elle ne faisait aucun rapprochement. Il l'attirait violemment, elle répugnait à le laisser partir, mais Clement en possession de la fortune familiale ne pouvait lui être comparé. Elle dit sérieusement : « Clement a besoin de moi, Trevor. »

Et c'était vrai, elle ne se dissimulait pas qu'elle avait besoin de l'argent de Clement, mais elle commençait à se voir assez bien dans le personnage d'une sainte. Un reflet la nimbait ce jour-là quand elle leva les yeux vers Dermott, qui lui dit : « Et moi, je n'ai pas besoin de vous ? Allez-vous nous sacrifier tous les deux à un homme qui ne vous satisfait pas, qui ne vous comprend pas et qui ne vous comprendra jamais ? »

Elle soupira, se voyant immolée sur l'autel du devoir conjugal, victime d'une tragique histoire d'amour. Qu'elle fût habillée par Reville et portât un long sautoir de perles tristes rendait la vision plus pittoresque, mais n'en diminuait pas le pathétique. « Ce n'était qu'un beau rêve, Trevor », dit-elle sans grande originalité, mais avec une profonde émotion.

« Je ne rêve pas, répondit Dermott en lui prenant les bras au-dessus des coudes. Est-ce que Clement vous permettra de divorcer ?

— Non, jamais.

— Alors il faudra que ce soit lui qui prenne l'initiative.

— Mais enfin, Trevor, vous ne comprenez pas, s'exclama Rosemary, sincèrement inquiète. Il *faut* que vous compreniez combien il est important pour moi d'avoir de l'argent. Inutile de nier l'évidence : il est certain — je veux dire, je me connais si bien — que c'est le manque d'argent qui a gâché ma vie et celle de Clement, notre vie ensemble. Il faut que je regarde les choses en face. »

Il lui serra les bras jusqu'à lui faire mal et eut un rire incertain, tandis que ses yeux la déshabillaient à la recherche du réconfort dont il avait besoin.

« Plutôt mercenaire en somme.

— Si vous voulez.

— Je ne vois pas quel autre mot employer.

— Bien entendu, je sais — je l'ai toujours su — que je suis une personne haïssable, je ne cherche pas à m'excuser, je suis faite comme ça.

— Vous dites beaucoup de sottises, dit-il rudement. Avez-vous pensé à ce qui arrivera si vous décidez de rester avec ce pauvre fétu desséché qu'est votre mari ? »

Elle fit un léger effort pour se dégager, mais l'étreinte ne se desserra pas. Elle craignait que ses bras fussent meurtris, et pourtant cette sensation de force lui plaisait.

« Nous pourrons toujours nous voir, proposa-t-elle.

— Oh non, sûrement pas, riposta-t-il. Je ne suis pas un petit chien qu'on siffle quand on veut. Si vous choisissez Clement et sa fortune, bonsoir ma belle. »

Il la lâcha tout en parlant, si sûr de son pouvoir sur elle, de ce qu'elle allait décider, qu'il osa prononcer cette menace. Ses yeux brûlaient tandis qu'ils la fixaient, mais il ne voulut plus la toucher, bien que le besoin qu'il avait d'elle suppliciât sa chair. « Réfléchissez, dit-il. Je ne veux pas continuer comme ça. »

Il vit le beau visage se troubler, un jeu de lumière parut faire ressortir la finesse des os sous la peau délicate. « Oh mon aimée, ma splendeur ! Je ferais tout pour toi, je te donnerais tout, tu sais bien que tu m'aimes. »

Une douce mélancolie s'empara d'elle. Ses yeux s'emplirent de larmes. « Oui, dit-elle, je le sais. Cela me fait *mal*. Mais je dois penser à Clement. Je vous en prie, soyez raisonnable, Trevor. Vous ne savez pas comme tout ça est difficile, terriblement difficile. »

Déçu, frustré, il ne pouvait cependant croire qu'il risquait de la perdre. Il répéta : « Il faudra vous décider une fois pour toutes. Je le veux.

— Pas maintenant, Trevor, supplia-t-elle. Je ne peux pas. Inutile de me le demander. Je ne peux pas.

— Non, pas maintenant, mais cette semaine. Je vais à Londres demain ; je reviendrai samedi et j'exigerai votre réponse à ce moment-là. »

Il n'avait pas eu auparavant l'intention de faire ce déplacement, mais il se dit que son absence la déciderait peut-être. Alors que la seule perspective de quatre jours passés sans la voir lui serrait le cœur, il ne pouvait pas croire qu'elle les supporterait sereinement.

Elle fit une petite moue, mais accepta l'ultimatum sans murmurer. Il lui manquerait beaucoup, mais peut-être cette séparation provisoire serait-elle une bonne chose pour lui. Elle ne souhaitait pas le perdre complètement s'il était possible de faire autrement ; sans doute quatre jours passés loin d'elle l'assagiraient-ils assez pour qu'il acceptât ses conditions.

Tout cela ou presque fut narré à la plus décourageante des confidentes, Patricia Allison (« Je me demande vraiment ce que j'ai pour que des névropathes idiotes comme Rosemary me racontent l'histoire de leur vie », déclara cette jouvencelle au désespoir à Mr. James Kane).

« Ce que je ne peux pas supporter, disait Rosemary, intense, c'est l'idée que je vais faire souffrir Trevor. C'est *ça* que je dois affronter. »

Miss Allison était éreintée. Laissant Emily aux soins jaloux d'Ogle, elle était sur le point d'aller se coucher quand Rosemary l'avait interceptée et traînée dans sa propre chambre pour une conférence privée. « Si c'est tout ce que vous avez à affronter, répondit-elle, vous avez de la chance.

— Ah, mais vous ne voyez pas à quel point il est pire de faire du mal à Trevor qu'à moi ? »

Miss Allison secoua la tête en étouffant un bâillement.

Rosemary lui décocha un de ses longs regards critiques. « Je pense que vous êtes de ces heureuses personnes qui ne ressentent pas très profondément les choses. »

Miss Allison acquiesça, c'était le plus facile. « J'ai si terriblement besoin de votre avis, déclara Rosemary d'un ton convaincu. J'ai peur que Trevor ne fasse une folie.

— Je ne peux pas l'en empêcher, répondit Patricia. Il s'en remettra.

— Vous ne savez pas ce que c'est d'être victime d'une grande passion ! »

Miss Allison se sentait vidée. Rosemary glissa ses

doigts minces dans ses cheveux. « Par moments, j'ai l'impression que je vais devenir folle, annonça-t-elle, gardant, semblait-il, sa tête en place uniquement à la force du poignet. Qu'est-ce que je vais *faire ?*

— Lâcher les dés, recommanda Miss Allison enchantée d'emprunter la formule au vocabulaire de Timothy. Désolée d'être si peu compréhensive, mais d'après ce que j'ai vu de Trevor Dermott, je crois que vous devriez faire attention. Il ne m'a pas l'air d'être le genre d'homme qu'on peut mener en bateau impunément. »

Rosemary releva la tête : « Vous trouvez sans doute tout cela terriblement sot. Je suppose que cela vous paraît ainsi, mais vous ne savez pas ce que c'est d'être follement amoureuse. »

Cette fois, c'en était trop pour Miss Allison, qui rétorqua, indignée : « Étant donné que je viens de me fiancer...

— Oh, oui, mais c'est tellement différent, interrompit Rosemary avec un sourire supérieur. Je veux dire que vous êtes tombée amoureuse raisonnablement, n'est-ce pas ? Je vous envie terriblement. Je donnerais *n'importe quoi* pour pouvoir prendre les choses avec votre calme. Je sais que je me dépense trop. Cela m'use. Bien sûr, personnellement, je ne peux pas m'imaginer emportée par une passion irrésistible pour Jim. Je sais que ça ne vous contrarie pas que je dise ça, n'est-ce pas ? Ce n'est pas que je ne l'aime pas. Je le trouve très gentil dans le genre un peu ennuyeux. Ce que je veux dire, c'est qu'il ne sort pas du tout de l'ordinaire, n'est-ce pas ?

— Alors nous sommes faits l'un pour l'autre », rétorqua Miss Allison, vexée.

L'intérêt que Rosemary prenait aux affaires des

autres était toujours évanescent. Son esprit était déjà revenu au drame de sa propre vie et elle se contenta de sourire d'un air absent à cette remarque avant de dire : « Je ne crois pas que Clement pourrait vivre sans moi. Et vous ?

— Aucune idée, dit Miss Allison. Si vous n'y voyez pas d'inconvénient, je vais aller me coucher. J'ai assez sommeil.

— Ah, vraiment ? fit Rosemary, un peu étonnée. J'ai l'impression que je ne pourrai jamais dormir dans cette chambre. Je crois que c'est le papier. Je reste éveillée à compter ces sacrés paniers de fleurs.

— Vous pourriez peut-être essayer d'éteindre la lumière, suggéra Miss Allison.

— Ma chère, répondit Rosemary très convaincue, si je fais ça, ils m'encerclent, ils m'oppressent. Ce sont mes nerfs. J'ai dit à Clement qu'il fallait changer ce papier tout de suite. Je ne peux pas le supporter. Croyez-vous que j'aimerais un ton abricot dégradé ?

— Oui, certainement, déclara Miss Allison en obliquant vers la porte.

— Vous avez probablement un goût merveilleux, remarqua Rosemary. Ce qu'il y a de terrible avec moi, c'est que je crois aimer une chose et puis quand elle est faite, je m'aperçois que je la déteste. » Elle soupira : « Je pense que vous avez envie d'aller vous coucher. Moi pas du tout. Il me semble que mes nerfs sont tendus à craquer. Vous avez parfois cette impression-là ?

— Souvent, dit Miss Allison.

— Je ne crois pas. Sinon vous ne pourriez pas vivre sous le même toit que cette effroyable bonne de tante Emily. »

Miss Allison rit : « Oh, Ogle n'est pas dangereuse. Elle est jalouse de tous ceux qui essaient de s'interposer entre elle et Mrs. Kane, c'est tout.

— Elle me hait, déclara Rosemary. Elle m'espionne. Elle hait aussi Clement. J'ai une sorte de sixième sens qui me le dit.

— Je crois que vous vous trompez », dit Patricia, pas du tout parce qu'elle le pensait, mais dans l'espoir fallacieux de tuer cette obsession dans l'œuf. « Elle ne se soucie de personne, sauf de Mrs. Kane. »

Pourtant, l'aversion d'Ogle pour les Clement Kane était si forte qu'elle vainquit sa méfiance envers Miss Allison. Elle lui dit : « Des gens pareils à la place de mon maître ! Ils sont là à pousser ma chère dame dans sa tombe, avec leurs méchancetés.

— Quelle bêtise ! » répondit Miss Allison.

Ogle lui lança un regard noir de sous ses épais sourcils bas : « Vous pouvez bien dire que c'est des bêtises si vous voulez, mademoiselle. Je suis qu'une vieille femme ignorante qu'a jamais eu de belle instruction, mais je sais ce que je sais et personne me fera croire autrement. » Elle pliait les vêtements d'Emily avec des gestes aussi tendres que s'ils faisaient partie de sa maîtresse. « Quarante-cinq ans que je suis avec elle. Je la connais mieux que Mr. Silas, mieux que le vieux Monsieur. » Elle s'interrompit, puis ajouta, amère : « Il a été un mauvais mari pour elle. Pas de conduite. Mais elle disait jamais rien. Elle a jamais été pour parler de ses misères.

— Vous ne devriez pas me parler de ça.

— Y en a bien d'autres qui pourraient vous en

dire autant. Elle est trop vieille pour avoir encore des misères.

— C'est bien malheureux qu'elle n'aime pas Mr. Clement en effet, mais elle s'habituera peut-être à lui. Il est très gentil avec elle, après tout.

— Non, elle s'habituera pas, dit furieusement Ogle. Elle se rongera les sangs, avec personne vers qui se tourner, sauf moi ! Tout le monde la laisse, sauf moi. Personne s'occupe de ce qu'elle deviendra. Elle avait de l'amitié pour vous, mais vous allez pas rester. »

Patricia se sentit coupable. « Je vais me marier.

— Oui, mademoiselle, elle m'a dit. Vous allez vous marier avec Mr. James. Et pourquoi vous restez pas avec elle tous les deux ?

— Ce ne serait pas possible. C'est la maison de Mr. Clement maintenant. Mais bien sûr, je resterai jusqu'à ce qu'elle ait trouvé quelqu'un pour me remplacer. »

Ogle roula une paire de bas, les mains un peu tremblantes. « Une Madame de rien qui la tourmentera. Vous êtes la seule qu'était pas un tracassin et une intrigante ! Mais ça vous est bien égal. Personne s'occupe d'elle que moi. »

Miss Allison eut l'impression que ni Ogle ni Rosemary n'accueillaient la nouvelle de son hyménée avec un enthousiasme délirant.

Mais Emily, elle, avait paru contente et Clement, tout en trouvant évidemment que son cousin aurait pu mieux faire, félicita les deux intéressés et assura que le départ de Miss Allison serait une grande perte pour tous les habitants de Cliff House. Le jeune Harte, adversaire du mariage en général, était tenté de considérer celui de son demi-frère comme un nouveau cas de carrière prometteuse brisée dans l'œuf, mais il convint que la future était plutôt bien. « Rudement mieux en tout cas que la nana que tu avais à la bonne il y a deux ans », dit-il.

Cet élégant hommage ne plut pas. James répondit d'une voix suave : « Mon petit trésor, tu es un vrai don du ciel ! Ça t'intéressera peut-être de savoir que je ne me rappelle même pas à quoi ressemblait la nana en question.

— Un peu à l'autre que tu coursais aussi, dit Timothy, obligeant. J'ai oublié son nom, mais elle avait des ongles rouges et...

— Si tu ne la boucles pas et vite, je te tords le cou », annonça Mr. James Kane.

Cette menace féroce révéla soudain au jeune Harte qu'il y avait là matière à échanges fructueux. L'œil brillant, il lança : « Je parie que Miss Allison ne sait rien des autres.

— Il n'y en a pas eu d'autres, répondit Jim. N'essaie pas de faire le malin. »

Timothy enfonça les mains dans ses poches et dit avec un sourire malin : « Dis donc, mon pote, si on causait affaire ? »

Jim soupira, résigné : « Tu te trompes d'adresse, ma vie est un livre ouvert.

— Ouais, tu parles, Charles ! Enfin, bon. Tu m'emmèneras avec toi quand tu sortiras ton hors-bord ?

— Peut-être.

— Peut-être, mon œil. Je tiens le manche, faudrait pas l'oublier. »

Miss Allison arriva sur les lieux quelques minutes plus tard pour trouver Timothy, les cheveux hérissés et les vêtements en désordre, agrippé à une branche d'arbre hors d'atteinte de Jim. Elle secoua la tête, l'air navré : « Vous auriez dû lui tordre le cou pendant que vous le teniez.

— Je sais, répondit Jim. Son dernier racket, c'est le chantage.

— Tu jures de m'emmener chaque fois que tu prendras ton hors-bord ? demanda Timothy.

— Non, raconte ce que tu voudras.

— Quel sale rossard ! J'ai bien envie de manger le morceau.

— Ha, s'exclama Miss Allison. Je le savais ! Vous menez une double vie. Timothy, est-ce qu'il y a une autre femme dans sa vie ?

— Des centaines », répondit Timothy avec délice.

Miss Allison, apparemment accablée par cette révélation, trouva des accents bouleversants pour prier Mr. James Kane de ne pas la toucher.

« Misérable ! Tu m'as perdu ! gémit Mr. Kane en menaçant l'arbre du poing.

— Dis, James, tu m'emmèneras ? demanda Timothy, renonçant au chantage.

— Oui, et je te balancerai par-dessus bord avec une pierre au cou. Descends !

— Si je le fais, c'est la paix ? demanda Harte Junior, prudent.

— Oui, bon. »

Timothy descendit, donna une claque distraite à son pantalon et dit, très sombre : « J'en connais un qui va avoir une crise quand il saura que Miss Allison se marie avec toi.

— A propos de serpent venimeux..., coupa précipitamment la demoiselle.

— Hé, hé, du tout, dit Jim. Continue, Timothy, qui est-ce ?

— Mr. Mansell. Pas le vieux, l'autre. Ça ne m'épaterait pas du tout qu'il essaie de t'empoisonner ou quelque chose. Il est complètement dingue de Miss Allison.

— Comment, ce rasta ? demanda Jim. Le type qui a des cheveux ondulés et une taille de guêpe ? Pat, je n'aurais pas cru ça de vous !

— Et vous auriez eu raison, répondit-elle avec entrain. Je trouve que c'est une horreur.

— Ça c'est sûr, opina Timothy. Je voudrais rudement qu'il s'amène tout huileux avant qu'il sache que vous êtes fiancée à Jim. Alors Jim pourrait lui en filer une en plein dans la tronche. » Ce programme lui parut si séduisant dans sa simplicité qu'il enchaîna, l'œil brillant : « Ça serait vachement terrible s'il venait et s'il commençait à faire du plat à Miss Allison. Je parie que tu pourrais l'étendre en moins de deux, hein ? Dis donc, si on lui tendait un piège ? Je parie que Clement serait drôlement content que tu lui balances une ratatouille.

— Pourquoi ? demanda Miss Allison.

— Parce qu'il ne peut pas le piffer, bien sûr. Il s'est engueulé avec lui hier comac. Au téléphone. Je sais parce que j'étais dans la pièce et quand Clement a eu raccroché, il a râlé pendant je ne sais pas combien de temps que les gens le harcelaient, qu'ils auraient sa peau, qu'ils ne voyaient jamais que leur point de vue, et qu'il en avait ras le bol de la famille Mansell. »

Jim lui dit qu'il ne devait pas colporter ce genre de confidences, mais en fait, elles ne lui apprenaient rien. Clement s'était déjà confié à lui, se plaignant des droits de succession énormes qu'il aurait à payer, des responsabilités que Silas lui avait laissées et il avait même fait allusion au projet australien ; mais si Jim pouvait sympathiser, il ne se sentait absolument pas qualifié pour donner des conseils.

Clement lui avait laissé entendre très clairement qu'il subissait des pressions inacceptables. Jim avait l'impression qu'il était partagé à peu près également entre l'attrait et la méfiance pour le plan australien. Vacillant comme Silas ne l'aurait jamais fait, il se défiait de tous les arguments de Mansell en faveur du projet et finit par déserter son bureau sous prétexte qu'il avait trop à faire pour se mettre au courant des affaires personnelles de son oncle. L'ingéniosité qu'il déployait pour éviter Oscar Roberts donnait une certaine vraisemblance à la théorie de Timothy, mais l'homme d'affaires le coinça par un procédé très simple : il déclara calmement que lors de sa visite à Cliff House, où il avait été invité à prendre le thé le samedi après-midi, il espérait bien avoir un petit entretien avec Clement avant de se présenter à la table de son épouse. Clement accepta, plutôt satisfait de pouvoir exposer clairement sa position sans avoir à affronter les arguments et peut-être les récriminations de ses deux partenaires.

« Il va dire non, conclut Paul Mansell.

— J'en ai bien peur, j'en ai bien peur, répondit Joe. Je n'aurais jamais cru ça de lui, jamais. »

Paul sourit assez désagréablement, mais ne dit rien.

« Roberts arrivera peut-être à le convaincre, dit Joe mais sans grande conviction.

— Et pourquoi ? » Paul haussa les épaules. « Il ne

manque pas d'autres entreprises qui sauteront sur l'occasion si nous la laissons passer.

— Certainement, mais il n'y a qu'un Kane & Mansell. Je crois que nous n'avons pas d'égaux.

— Il ne s'arrêtera pas à ça. Il a dit qu'il voulait le meilleur, mais que s'il ne pouvait pas l'avoir, il se contenterait très bien de la pointure au-dessous. Tu vas voir.

— J'ai presque envie d'aller moi-même à Cliff House samedi, marmonna Joe. Après tout, je suis beaucoup plus âgé que Clement et s'il écoute quelqu'un, ce sera moi. Je peux très bien aller voir la vieille dame. Je lui dois une visite, en réalité. Je n'y suis pas allé depuis la mort de Silas. »

Il ne se doutait pas qu'Emily s'en félicitait et que si elle avait été prévenue de ce noir dessein, elle serait certainement restée dans sa chambre. Depuis l'arrivée de Clement à Cliff House, elle se tenait le plus possible à l'écart. Par les belles matinées, elle allait faire une promenade d'une heure dans un antique landaulet Daimler dont elle refusait obstinément de se séparer, puis déjeunait en général chez elle et descendait rarement ensuite. Pour Rosemary, qui attendait Trevor Dermott, seule la perversité incita la vieille dame à se faire transporter dans le jardin à trois heures, ce samedi-là. Convaincue qu'Emily était au courant de la visite et voulait l'espionner, elle se plaignit amèrement à Patricia que quand cette déconcertante personne était en circulation, on n'était jamais à l'abri, parce que, malgré toute cette mise en scène de fauteuil roulant, elle pouvait parfaitement marcher et le faisait très souvent.

Patricia, qui avait été plus d'une fois surprise par l'agilité d'Emily, ne put s'empêcher de rire en voyant l'air indigné de Rosemary. Elle devinait que cela amusait la vieille dame d'étonner sa famille par de soudains accès d'énergie, mais elle savait aussi que ces expéditions sans aucune aide la fatiguaient plus qu'elle ne voulait l'admettre. Elle convint volontiers qu'il serait impoli de présenter Trevor Dermott à Emily et parvint, en déployant beaucoup de tact, à l'installer confortablement du côté sud de la maison, invisible depuis l'allée centrale. Elle y fut rejointe par Jim, ce qui permit à la jeune fille de se glisser dans la maison pour arrêter les comptes de la semaine — une de ses tâches.

Rosemary, qui prévoyait une scène dramatique et peut-être violente, s'y était préparée en mettant une robe gris tourterelle et une capeline des plus seyantes. Comme Emily était assise à portée de voix du salon, que Clement travaillait dans le bureau et que Timothy manifestait une certaine tendance à entrer et sortir sans but, elle décida de déplacer l'entretien avec Dermott. Elle sortit donc de la maison et descendit l'avenue pour le retrouver, informant naïvement Miss Allison au passage qu'elle préférait que Clement ne voie pas cette voiture de sport provocante s'arrêter devant la porte.

Miss Allison était tout à fait de cet avis. Elle la vit se composer un air de martyre prête pour les joies éternelles, se permit un bon rire à ses dépens, et se retira dans la petite pièce qu'elle utilisait comme bureau pour se mesurer aux colonnes de chiffres.

Il ne lui fallut pas longtemps et, à trois heures et demie, elle avait fini. Elle prit la liste détaillée pour Clement et s'apprêtait à la lui porter lorsqu'elle entendit une sonnette dans le lointain et, en arrivant dans le hall, vit Pritchard qui se dirigeait vers la porte.

Il l'ouvrit, et Oscar Roberts entra en disant aimablement : « Bonjour. Je crois que Mr. Kane m'attend.

— Oui, monsieur. Monsieur veut-il me suivre ? »

Il le débarrassa de son chapeau et de sa canne.

Oscar Roberts sourit à Miss Allison et s'apprêtait à suivre le majordome quand, soudain, un coup de feu les cloua tous sur place. Pendant un instant, personne ne bougea. Puis Pritchard murmura : « Mon Dieu, qu'est-ce que c'est ? » et courut presque jusqu'à la porte du bureau, qu'il ouvrit violemment.

Clement Kane était effondré sur le bureau, l'un de ses bras pendant inerte à son côté, l'autre, replié sous sa tête.

CHAPITRE 5

Miss Allison ne hurla pas parce qu'elle n'avait pas l'habitude de se défouler par ce procédé, mais ses genoux flanchèrent et elle empoigna instinctivement un dossier de fauteuil.

Après un instant de recul, Pritchard s'avança vers le bureau et elle l'entendit répéter d'une voix éteinte : « Mon Dieu, il a une balle dans la tête ! Oh, mon Dieu ! »

Marmonnant un mot d'excuse, Oscar Roberts repoussa Miss Allison et entra dans la pièce à grandes enjambées. Sans perdre de temps à vérifier les dires de Pritchard, il jeta un coup d'œil rapide autour de lui, sauta par la fenêtre ouverte et plongea dans le bosquet qui s'étendait de l'autre côté d'une étroite allée gravillonnée — le tout en quelques secondes.

Miss Allison serra les dents et entra dans le bureau. Le maître d'hôtel, très pâle, lui fit signe de ne pas s'approcher du corps : « Ne venez pas, mademoiselle ! Je ne voudrais pas..., dit-il en s'essuyant le visage avec son mouchoir.

— La police. Il faut téléphoner à la police »,

déclara Miss Allison d'une voix anormalement calme, et elle prit l'appareil sur le bureau en évitant avec soin de regarder le corps affaissé.

Un pas rapide résonna dans l'entrée et, un instant plus tard, Jim Kane faisait irruption dans la pièce : « Qu'est-ce qui se passe ? demanda-t-il. J'aurais juré avoir entendu un... » Il s'interrompit, s'exclama : « Mon Dieu ! » et s'approcha aussitôt du bureau. Après s'être penché un bref instant sur Clement, il se redressa, presque aussi blanc que Pritchard : « Qui a fait ça ? » demanda-t-il durement.

Le maître d'hôtel secoua la tête. Miss Allison, en communication avec le poste de police, dit simplement : « Ici Cliff House. Mr. Clement Kane a été tué d'un coup de fusil. Voulez-vous envoyer quelqu'un tout de suite ? »

Oscar Roberts réapparut à la fenêtre, essoufflé, assez échevelé et rentra dans la pièce par le même chemin. « Ces foutus rhododendrons ! dit-il. Il a filé.

— Qui ça ? demanda Jim, incisif. Vous savez qui a fait ça ? Vous l'avez vu ?

— Pas ce qui s'appelle vu, répondit Roberts. J'ai entendu un froissement de branches là, dans ces buissons, et j'ai foncé, mais c'est une vraie jungle, et puis il avait de l'avance sur moi. A mon avis, il se dirigeait vers l'allée centrale. Vous avez un massif de ces rhododendrons qui fait bien six ou sept mètres le long de l'allée. Du gâteau pour le type. Ces foutus buissons jusqu'à l'allée, ensuite les rhododendrons — il avait fait le mur avant que j'arrive à l'allée. Dites, vous avez appelé la police ? »

Miss Allison fit signe que oui et Jim répéta : « Vous avez une idée ? Qui a fait ça ? »

Roberts se pencha pour faire tomber des feuilles sèches accrochées à son pantalon : « Si je le savais, je ne resterais pas là à attendre votre drôle de police, Mr. Kane », dit-il, énigmatique.

James le dévisagea, sourcils froncés : « Une idée sur la question ?

— Gros problème, Mr. Kane. Tout le monde peut avoir des idées, mais croyez-moi, on fait plus de mal à les répandre de droite et de gauche qu'à les garder pour soi. » Ses yeux enfoncés se posèrent sur Miss Allison et il dit d'un ton appuyé : « Vous aimeriez peut-être mieux que Miss Allison reste en dehors de tout ça ?

— Je suis très bien », dit celle-ci en pressant un mouchoir sur ses lèvres.

La voix de Timothy se fit entendre dans le jardin. « Dites-donc, qu'est-ce qui se passe ? J'aurais juré avoir entendu un coup de feu. »

Oscar Roberts se plaça rapidement devant la fenêtre pour masquer la vue au moment où le jeune Harte jaillissait du bosquet.

« Bonjour, Mr. Roberts, dit Timothy haletant. Qui est-ce qui fait des cartons ici ? »

Roberts répondit très vite : « Bonjour, fiston. Où étais-tu donc ?

— Eh bien, j'étais descendu vers le pavillon du gardien pour vous retrouver, mais...

— Bon, bon. Dis-nous, tu as vu quelqu'un ? »

Timothy ouvrit de grands yeux. « Non, rien que Mr. Dermott. Dites donc, qu'est-ce que... »

Miss Allison sursauta et reprit son dossier de chaise :

« Jim ! Il n'a pas pu...

— Taisez-vous, bien sûr que non ! répondit Jim rudement. Gardez votre calme !

— Mr. Dermott ? répéta Roberts de sa voix traînante. Je vois. Et qu'est-ce qu'il faisait ?

— Je ne sais pas. Il avait une tête impossible. Il a sauté dans sa voiture, et il a filé à 150 à l'heure. Il s'est empoigné avec Clement, ou quoi ? »

Jim dégagea sa main, que Miss Allison serrait convulsivement, et rejoignit Roberts à la fenêtre. « Va-t'en, Timothy, et ferme-la, veux-tu ? Il y a eu un accident, ou quelque chose. Clement a été tué par balle. »

Timothy ouvrit des yeux ronds, pour une fois sans voix. Jim lui dit : « Va tenir compagnie à tante Emily, mon vieux. Tu veux bien ?

— Mince alors ! souffla Timothy d'une voix étranglée et, plongeant sous le bras de Jim, il passa la tête et les épaules dans la pièce. Un instant plus tard, il les retirait, commençait à dire quelque chose et disparaissait finalement dans les buissons. Quand il reparut, assez livide, il ne fit plus aucune tentative pour regarder dans le bureau.

« Désolé, dit-il d'une voix chevrotante. Mangé un truc qui n'est pas passé. Qui... qui a fait ça ?

— On ne sait pas. Dégage et empêche tante Emily de venir par ici. Compris ? »

Harte Junior, exceptionnellement atténué, assura qu'il avait compris et s'en alla.

Jim se retourna vers la pièce : « Venez, Pat, vous ne pouvez rien faire ici. D'ailleurs il n'y a rien à faire avant l'arrivée de la police. Ne restez pas.

— Non, bien sûr, dit-elle en se levant. Je vais aller auprès de Mrs. Kane. Voulez-vous que je lui dise — ou... ou quoi ?

— Il me semble que vous seriez de loin la personne la plus indiquée. Vous vous sentez bien ?

— Parfaitement, merci. » Elle se dirigea vers la porte toujours ouverte, sortit et traversa le salon pour rejoindre la façade sud de la maison où elle avait laissé Emily.

Celle-ci, debout à côté de son fauteuil, appuyée d'une main sur sa canne d'ébène et de l'autre sur le bras de Timothy, regardait Ogle en train de plier une couverture pour servir de coussin à sa maîtresse, non sans force récriminations. « En voilà assez, coupa Emily très sèche. Je suppose que je peux me dégourdir les jambes si j'en ai envie, non ? On croirait que je suis complètement décrépite. J'ai fait un petit tour et je me sens beaucoup mieux. » Elle se laissa aller sur son fauteuil, un peu essoufflée, et regarda Ogle replier les bords de la couverture sur ses genoux.

« Vous pourrez dire à Jim qu'Ogle a apporté la couverture. » Ceci à l'adresse de Miss Allison.

Ogle, à genoux et en train d'envelopper tendrement les pieds d'Emily, leva la tête, belliqueuse : « Je savais qu'elle trouverait le vent frais. Pas eu besoin de me dire d'aller chercher sa couverture. Laissée toute seule comme elle était. »

Une fantasmagorie de suppositions cauchemardesques défila pendant un instant dans l'esprit de Miss Allison. Elle regarda le visage sombre de la bonne tourné vers elle, puis celui d'Emily, ridé, les mâchoires serrées, les yeux lointains, et dit très vite : « Mrs. Kane, je dois vous annoncer quelque chose. Une très mauvaise nouvelle. »

La bouche d'Emily se crispa, sardonique : « Je

pense que je pourrai la supporter. Qu'est-ce qu'il y a encore ?

— Mr. Clement a reçu un coup de fusil », répondit Patricia sans détours.

Un long silence. Ogle, la tête penchée sur son ouvrage, arrangeait la couverture avec des mouvements mécaniques. « Qu'est-ce que vous voulez dire ? demanda Emily. Il est mort ?

— Oui, Mrs. Kane.

— Assassiné ! précisa Timothy.

— Je ne pensais pas qu'il s'agissait d'un suicide. » La vieille dame le regarda, l'œil dur.

« Vous n'avez pas entendu un coup de feu ? Moi je l'ai entendu.

— Pas moi. » Les mains ridées se croisèrent sur ses genoux. « Ainsi Clement est mort. Petite perte. »

Voyant Rosemary qui s'approchait lentement d'eux, venant du lac, Miss Allison se rendit compte que tout le monde l'avait oubliée : « Oh, grand Dieu, Mrs. Clement ! »

Emily prit un air dédaigneux : « Oh, ça ne lui brisera pas le cœur. » Regardant la lente approche de Rosemary, elle demanda brusquement : « Où est ce Dermott ?

— Il est parti, répondit très vite Patricia, avant que Timothy pût parler.

— Hum !

— Je crois... si ça ne vous fait rien, que je vais aller voir ce qui se passe dans la maison, déclara le jeune homme.

— Je ne crois pas qu'on ait vraiment besoin de toi, dit Patricia, qui comprenait très bien son désir d'échapper à une scène prometteuse d'émotions violentes.

— Ah, bien, comme culot, ils peuvent s'aligner. » Timothy était indigné : « Qui est-ce qui a dit depuis le commencement que c'était un crime ? Je parie qu'il y en a quelques-uns qui doivent se sentir plutôt bêtes maintenant.

— Il a sans doute raison, dit Emily, alors qu'il disparaissait dans la maison. Je me demande où il a pris son bon sens. Sa mère n'en a jamais eu trace et j'ai toujours tenu son père pour un minus. Inutile de rester plantée là, Ogle. Je n'ai pas besoin de vous.

— Vous ne... vous ne faites sûrement pas de rapprochement entre ça et la mort de Mr. Kane ? demanda Patricia.

— Je n'ai jamais rien dit de pareil, n'est-ce pas ? » répliqua Emily. Elle attendit que Rosemary eût gravi les marches basses menant à la terrasse, puis lui fit un signe impérieux et la jeune femme, dont l'air de renonciation mélancolique proclamait clairement à ceux qui étaient au courant des circonstances qu'elle venait de donner son congé à Trevor Dermott, vint auprès d'elle. « Vous avez besoin de moi, tante Emily ? Je montais dans ma chambre. Je veux être seule pendant un petit moment. »

Ces propos invitaient indiscutablement les questions, mais Emily répondit sur son ton le plus incolore : « Autant que vous le sachiez avant d'aller plus loin. Votre mari a été tué — d'un coup de fusil. »

Rosemary la regarda, sans comprendre : « Mon mari ? *Clement ?*

— Vous n'en avez qu'un à ma connaissance », rétorqua Emily, agacée.

Sous son délicat maquillage, Rosemary était devenue très pâle et la peur se lisait dans ses yeux fixés sur Emily. Elle demanda d'une voix à peine audible : « Quand ?

— Maintenant, du moins j'imagine. » Elle regarda Patricia derrière son épaule : « N'est-ce pas ?

— Oui, il y a environ vingt minutes, je suppose. Voulez-vous vous asseoir, Mrs... je veux dire, Rosemary ? »

Elle secoua la tête en se mordillant les lèvres : « Non, je vais bien. Il me semble que je ne peux pas réaliser, pas tout à fait. J'ai l'esprit complètement engourdi. C'est une sensation extraordinaire. Comme si... »

Emily l'interrompit avec son habituelle cruauté : « Inutile de me raconter ce que vous éprouvez. Vos sensations ne m'ont jamais intéressée jusqu'à aujourd'hui, et le plus fort, c'est qu'elles ne m'intéresseront jamais.

— C'est trop terrible, trop abominable, dit Rosemary. Comment... Qu'est-ce qui s'est passé ? »

Elle regardait Patricia, mais ce fut Emily qui répondit :

« Ce sera à la police de le tirer au clair. »

Rosemary semblait sur le point de s'évanouir. Patricia se hâta de la prendre par le bras et lui dit : « Je vais vous conduire dans votre chambre. C'est un choc terrible pour vous. »

Rosemary fit un geste vague : « Tout semble *noir !* Je ne peux pas réaliser. Je ne peux pas me rendre compte. Tout ça. »

Emily ricana sous cape, mais ne dit plus rien. Miss Allison conduisit la jeune femme jusqu'au hall d'entrée, où elles furent arrêtées par la vue d'un brigadier de police en uniforme et d'un homme en civil qui parlait avec Oscar Roberts.

Rosemary sursauta et ses longs ongles pointus s'enfoncèrent dans le bras de Patricia, qui l'entendit reprendre péniblement son souffle.

Jim Kane se retourna : « Oh — un instant, Rosemary. Conduisez-la dans le petit salon, Pat. L'inspecteur veut lui poser une ou deux questions. »

Miss Allison ne put s'empêcher de penser que l'homme qu'elle connaissait s'était mué en un étranger assez rébarbatif. Il lui sourit presque imperceptiblement et traversa le hall pour ouvrir la porte du petit salon.

« Je ne sais rien, dit un peu trop fort Rosemary. Je me sens complètement abasourdie. Je ne peux pas *penser !* Pour l'amour du ciel, ne me laissez pas, Patricia.

— Ne vous inquiétez pas, je ne m'en irai pas », répondit Patricia, apaisante.

Jim referma la porte et Rosemary s'enfonça, frissonnante, dans un fauteuil. « Oh, mon Dieu que je me sens mal ! » Elle se pressa les tempes des deux mains. « Pourquoi est-ce qu'il veut me voir ? Je n'étais même pas dans la maison. Je ne peux rien lui dire. Je ne sais *rien.* Où allez-vous ? »

Le registre monta, annonciateur de panique.

« Juste chercher quelque chose pour vous aider à vous ressaisir. J'en ai pour une minute.

— Non, non, ne partez pas ! Je ne peux pas supporter ça. Il risque d'entrer d'une seconde à l'autre. »

Patricia revint vers elle, mais lui dit raisonnablement : « Il faut essayer de vous calmer. L'inspecteur ne va pas vous manger. Vous ne voyez pas que vous êtes l'une des premières personnes qu'il doit forcément interroger ? Honnêtement, il n'y a pas de quoi paniquer.

— Oh, je sais, mais quand les nerfs ont subi un choc aussi terrible, on n'est plus soi-même. J'ai vraiment l'impression que je vais être malade, ou m'évanouir, ou quelque chose. »

A cet instant, Jim entra, un verre à la main. Rosemary se balançait doucement en poussant des petits sanglots sans larmes. Il alla vers elle, lui entoura les épaules de son bras et tint le verre contre ses lèvres.

« C'est seulement un peu de cognac... Allez-y. »

Ses dents cliquetèrent contre le verre, mais elle avala l'alcool et dit d'une voix étranglée : « Merci. Qu'est-ce qu'il me veut, cet horrible bonhomme ?

— Il n'est pas horrible. Très humain, au contraire, répondit Jim.

— Il y a quelque chose chez les policiers qui me révulse, dit Rosemary. Je ne peux pas m'en empêcher. Dans une minute je serai remise.

— Est-ce qu'ils ont trouvé quelque chose, Jim ? » demanda Miss Allison à voix basse.

Leurs yeux se rencontrèrent au-dessus de la tête de Rosemary.

« Non, pas encore.

— Qu'est-ce qui va se passer ?

— Je ne sais pas. Une sale histoire, apparemment. Vous vous sentez en état de recevoir l'inspecteur Carlton maintenant, Rosemary ?

— A condition qu'il ne me demande pas de *penser* », répondit Rosemary sans s'engager.

Jim ressortit et, au bout de quelques minutes, l'inspecteur entra.

Son petit discours — sympathie pour la veuve et regret d'être obligé de la déranger en un pareil moment — ne contribua guère à rétablir l'équilibre de Rosemary. Elle cessa pourtant de se balancer et, posant un sourire épuisé sur ses lèvres, expliqua qu'elle était l'une de ces personnes excessivement impressionnables que leurs nerfs étaient incapables de soutenir au moment des catastrophes.

L'inspecteur lui dit qu'il comprenait très bien.

« Tout me semble vide, ajouta-t-elle en se passant la main sur les yeux.

— Personne ne pourrait s'étonner que vous ressentiez ça, madame. C'est sûrement un choc terrible. Je crois que vous ne vous trouviez pas dans la maison quand la chose est arrivée.

— Non, Dieu merci, répondit Rosemary en frissonnant. Je crois que je serais devenue tout à fait folle.

— Oui, certainement madame. Voudriez-vous me dire exactement où vous étiez à ce moment-là ?

— Je pense que je devais être au bord du lac. J'y suis allée, oh, vers trois heures. Miss Allison m'a vue, n'est-ce pas, Patricia ? »

Miss Allison confirma et constata que l'inspecteur la gratifiait d'un long regard très appuyé. « Miss Allison ?

— Oui.

— Vous êtes la secrétaire de Mrs. John Kane, je crois ?

— Oui.

— Vous étiez dans la maison au moment du crime ?

— Oui, dans la pièce à côté de celle-ci.

— Merci », dit l'inspecteur, prenant note dans son calepin. Il regarda de nouveau Rosemary. « Il y avait quelqu'un avec vous dans le jardin cet après-midi, madame ?

— Oh, oui, dit Rosemary, nerveuse. Un de nos amis est venu nous voir. Je suis restée assise à lui parler près du lac pendant un bon moment.

— Son nom ? » Crayon paré.

« Dermott. Mr. Trevor Dermott. Un très vieil ami à nous. »

L'inspecteur releva la tête : « Est-ce que Mr. Dermott est encore sur les lieux actuellement ?

— Non, oh non. Il y a déjà un moment qu'il est parti. Je veux dire, avant que j'aie eu la moindre idée de ce qui s'était passé... cette chose affreuse.

— A votre connaissance, Mr. Dermott n'a pas vu votre mari ?

— Non, j'en suis sûre. Il n'est pas venu jusqu'à la maison, à aucun moment. Mon mari avait un rendez-vous d'affaires et j'ai descendu l'allée pour accueillir Mr. Dermott. Il a tout simplement laissé sa voiture dans l'allée et nous sommes restés à bavarder au bord du lac jusqu'à l'heure du départ. »

L'inspecteur la regarda : « Vous attendiez Mr. Dermott cet après-midi ?

— Oui, d'une certaine façon, oui. Je veux dire, il avait dit qu'il viendrait peut-être me faire une petite visite aujourd'hui, s'il était revenu de Londres.

— Je vois. » L'inspecteur referma son calepin. « A votre connaissance, votre mari avait-il des ennemis, madame ? »

Rosemary ne répondit pas tout de suite, cependant que Miss Allison l'observait avec appréhension.

Enfin, elle leva les yeux vers l'inspecteur et répondit, avec hésitation : « Je ne sais trop quoi vous dire. En fait, il avait, je le sais, beaucoup de difficultés dans la société avec ses partenaires. Je ne comprends pas vraiment les affaires — je ne le prétends pas, d'ailleurs — mais je sais qu'ils étaient absolument décidés à faire quelque chose que mon mari n'approuvait pas.

— D'après mes renseignements, Mr. Clement Kane était le principal associé de l'affaire ?

— Oui, justement.

— Vous n'êtes pas au courant des différends personnels que Mr. Kane aurait pu avoir ?

— N-non. Pas exactement, mais enfin, je sais que sa grand-tante lui en voulait beaucoup parce qu'il avait hérité de tous les biens de Silas Kane et elle ne pouvait pas supporter que nous soyons ici, mais ils ne se querellaient pas. C'est bien à contrecœur que je vous dis cela, mais j'estime de mon devoir de ne rien vous cacher. En fait, sa grand-tante détestait Clement, ce n'est un secret pour personne. Tout le monde sait que celui qu'elle voulait voir ici, c'est James Kane. »

Les yeux fixés sur le paysage dehors, Miss Allison passait en revue tous les moyens d'infliger une mort lente et douloureuse à Mrs. Clement Kane. La voix de Rosemary continuait de couler comme un robinet d'eau tiède, mais l'inspecteur s'en alla enfin et Miss Allison put résumer en quelques phrases bien senties l'opinion qu'elle avait de Rosemary.

Mais ses remarques glissèrent sur l'armure de l'égotisme superbe de Rosemary. Désolée que l'on pût ainsi se tromper sur la pureté de ses intentions, elle expliqua sérieusement qu'elle s'était livrée à l'exercice familier qu'elle appelait : se-demander-ce-qu'elle-devait-faire. Miss Allison, qui savait que la mystérieuse entité si souvent invoquée, et invariablement d'accord avec Rosemary, était inspirée par le Très-Haut, coupa court et s'en alla.

Pendant ce temps, l'inspecteur, ayant rencontré Jim dans le hall, l'avait prié de l'accompagner dans le bureau — d'où le corps de Clement Kane avait été retiré entre-temps — pour lui poser quelques questions sur son emploi du temps pendant l'après-midi.

« Vous dites que vous êtes resté assis sur la terrasse en compagnie de Mrs. John Kane jusqu'à trois heures et demie environ, heure à laquelle le coup de feu a été tiré ?

— Oui.

— Quand vous avez quitté Mrs. Kane, où êtes-vous allé ?

— Dans sa chambre au premier. Elle voulait son plaid et je suis allé le demander à sa femme de chambre.

— Je crois savoir qu'elle n'était pas chez Mrs. Kane à ce moment-là.

— En effet.

— Alors, qu'est-ce que vous avez fait ?

— J'ai cherché le plaid, mais je ne l'ai pas trouvé. Je suis redescendu. Je suis allé dans la véranda, pensant qu'il y était peut-être.

— La pièce qui est du même côté de la maison que celle-ci ?

— Exact.

— Elle donne sur le jardin, je crois.

— Bien sûr. Je vais vous montrer.

— Vous avez dit, je crois, que vous étiez dans cette pièce quand vous avez entendu le coup de feu ?

— En effet, oui.

— Avez-vous eu à ce moment-là une idée de la direction d'où il venait ?

— Il m'a semblé qu'il avait tiré dehors, près de la porte-fenêtre.

— Qu'est-ce que vous avez fait ?

— Je suis parti aussitôt par la porte qui donne sur l'allée bordant la maison de ce côté-là et j'ai regardé de tous les côtés.

— Et vous n'avez vu personne, Mr. Kane ?

— Absolument aucune trace de qui que ce soit. »

L'inspecteur alla jusqu'à la fenêtre et regarda dehors. Puis il rentra de nouveau la tête : « Vous avez dit, il y a peu, que vous étiez sorti *immédiatement* quand vous aviez entendu le coup de feu. Dans ce cas il paraît très étrange que vous n'ayez pas aperçu quelqu'un de ce côté de la maison. Il ne semble pas douteux que votre cousin a été tué par un coup venant de la fenêtre. »

Jim plissa un peu le front : « Oui, admit-il. Bougrement bizarre. Je peux seulement supposer que le tireur est arrivé à se cacher dans le bosquet avant que je ne sorte. Je n'aurais pas pensé qu'il en avait le temps. Il a dû faire vite. »

L'inspecteur mesura de l'œil la distance entre l'allée et le bosquet, puis regarda de nouveau Jim et lui dit : « Ne voyant personne, est-ce que vous avez cherché dans les buissons, si peu que ce soit ?

— Non. J'ai attendu un instant et puis je suis rentré dans la maison. Là j'ai vu la porte ouverte et j'ai entendu le maître d'hôtel qui parlait avec Miss Allison.

— Vous avez attendu un instant ? Pourquoi ça ? »

Jim sourit. « A vous dire vrai, j'ai pensé que ce

pouvait être une mauvaise farce de mon jeune frère. Je l'ai appelé, mais il m'a répondu d'assez loin et j'ai compris qu'il ne pouvait rien avoir à faire avec la détonation. »

L'inspecteur écrivit une grande note dans son calepin et dit après une appréciable pause : « Mr. Clement Kane venait d'hériter de biens considérables. Je crois savoir que c'est vous l'héritier maintenant, n'est-ce pas ?

— Moi ? dit Jim. Non vous avez été mal informé. J'appartiens à la branche cadette de la famille. Après mon cousin Clement, la fortune ira à la branche australienne.

— Vraiment ? » L'inspecteur parut très intéressé. « Voudriez-vous me donner le nom de l'héritier actuel ?

— Désolé, mais je ne le connais pas. Ma grand-tante doit être au courant, par contre. Je crois que c'est une femme, mais je n'en suis pas absolument sûr. Voulez-vous voir Mrs. Kane elle-même ?

— S'il vous plaît, monsieur. » Et l'inspecteur s'effaça pour laisser Jim sortir de la pièce.

Dans le hall, Jim s'arrêta, car Pritchard se tenait auprès de la porte d'entrée ouverte, conversant à voix basse avec Joseph Mansell.

Ce dernier aperçut Jim et s'approcha aussitôt.

« Jim ! C'est effrayant. Je ne sais vraiment pas quoi dire ! J'étais venu rendre visite à Mrs. Kane et voilà que j'apprends cette nouvelle effondrante. Je — vraiment — je suis si bouleversé — si atterré ! Mon Dieu, c'est absolument... » Tout en parlant il s'essuyait le visage avec son mouchoir et Jim vit que sa main tremblait un peu. « Pritchard me dit qu'il a été abattu dans son bureau. Je suppose que vous n'avez pas la moindre idée du misérable qui a pu commettre un pareil crime ?

— Absolument aucune, mon oncle.

— Non, non, bien entendu. C'est inexplicable. J'aurais pensé qu'il n'avait pas un ennemi dans le vaste monde. Pauvre garçon ! Pauvre garçon ! » S'apercevant de la présence de l'inspecteur Carlton à côté de Jim, il lui adressa un petit signe de reconnaissance. « Quelle terrible affaire, on n'ose pas y penser. Et quelle perte pour l'entreprise aussi ! Un homme extrêmement capable, c'était magnifique de travailler avec lui, tout comme avec son cousin avant lui ! Quelle tragédie ! » Il secoua la tête, poussa un de ses énormes soupirs et dit : « Il vaut mieux que je m'en aille. Pas question de déranger Mrs. Kane dans un moment pareil. » Il jeta un regard hésitant à Carlton et ajouta : « Bien entendu, si je peux faire quelque chose, ou — ou si vous avez besoin de moi, inspecteur, vous savez où me trouver, n'est-ce pas ?

— Oui, monsieur. J'aurai une ou deux questions à vous poser.

— Certainement, certainement ! Tout ce que je pourrai vous dire — trop heureux de rendre service !

— Si vous voulez bien attendre un instant, je vais voir si ma grand-tante peut vous recevoir, inspecteur », dit Jim.

L'inspecteur s'inclina et s'en alla examiner une marine assez bitumeuse accrochée près de la porte d'entrée. Jim se rendit dans le salon, où il trouva non seulement Emily, mais Oscar Roberts, Timothy et Miss Allison.

La vieille dame, ayant décrété qu'elle ne voyait aucune raison pour que le thé ne soit pas servi comme d'habitude, était assise dans son fauteuil personnel, en train de manger une tranche de pain beurré. Derrière la table à thé, Miss Allison ne semblait pas avoir faim, mais Timothy et Mr. Roberts suivaient l'exemple d'Emily.

« Eh bien, dit celle-ci en levant les yeux vers son neveu favori, est-ce qu'ils ont fini ? Ton thé va être froid.

— Un instant, ma tante. L'inspecteur voudrait vous poser une question. Je peux le faire entrer ? »

Emily dit de sa voix la plus désagréable : « Je me demande ce qu'il croit que je peux lui dire. Tu peux le faire entrer si tu veux.

— C'est seulement à propos du cousin australien, expliqua Jim. Il voudrait connaître son nom. C'est une femme n'est-ce pas ?

— Qu'est-ce que la bande d'Australie peut bien avoir à faire avec lui ? demanda Emily ouvrant des yeux immenses.

— Je pense qu'il veut passer tout le monde en revue. » Il rouvrit la porte : « Voulez-vous entrer, inspecteur ? Mrs. Kane va vous recevoir. »

En demandant à l'interroger, l'inspecteur ne faisait que son devoir, mais il entra dans la pièce avec une certaine hésitation et, confronté à la vieille dame assise toute raide dans son fauteuil, une tasse à la main, il se répandit en excuses qu'elle accueillit avec un bref signe de tête et un regard capable de mettre à mal les nerfs les plus solides.

« Navré de vous déranger, madame. Mais si vous aviez la bonté de confirmer que vous êtes restée assise sur la terrasse avec Mr. — heu — James Kane jusqu'à trois heures et demie environ cet après-midi...

— Oui, c'est exact.

— Je crois que vous avez demandé à Mr. Kane d'aller vous chercher un plaid, à peu près au moment du crime ?

— Probablement. Encore que je ne sache pas quand il a été commis.

— Vous n'avez pas entendu le coup de feu ?

— Non. Si je l'avais entendu, je l'aurais dit.

— Oui, madame — bien sûr. » L'inspecteur toussota et ajouta, prudemment : « Je vous demande pardon — mais est-ce que vous entendez tout à fait bien ? — si je peux me permettre. »

Emily qui, comme tous les gens affligés d'une légère surdité, supportait très mal ce genre de suggestion, le foudroya du regard avant de riposter : « J'entends bien, très bien même — à condition qu'on ne marmonne pas. »

L'inspecteur reconnut l'amère petite restriction. Il l'avait souvent entendu de la bouche de son père et se hâta d'assurer à Emily qu'il comprenait parfaitement.

« Si je n'ai pas entendu le coup, c'est que je n'étais pas assez près, dit-elle. J'étais allée faire un tour pendant que mon petit-neveu cherchait le plaid. »

L'inspecteur la regarda avec attention. C'était une bien vieille dame et il y avait une canne appuyée au bras du fauteuil.

« Est-ce qu'il y a autre chose que vous voulez savoir ? demanda Emily.

— Juste une précision, madame. Pourrais-je avoir le nom et l'adresse de l'héritier actuel ? »

Silence. Emily dévisageait toujours l'inspecteur comme s'il se fût agi d'un intrus entré par erreur. Elle dit enfin : « Je ne comprends pas ce que vous voulez dire. »

Jim intervint : « La bande d'Australie, tante Emily. Il n'y a pas une cousine ou quelqu'un là-bas ? »

Elle tourna lentement son regard vers lui : « Et alors ?

— Eh bien, ce doit être elle l'héritière.

— Quelle sottise ! C'est toi, l'héritier. »

Ces mots firent sensation. Même Oscar Roberts qui, plein de tact, regardait le fond de sa tasse, leva les yeux ; Miss Allison dut reprendre son souffle et Timothy résuma la situation en s'exlamant d'une voix étranglée : « Mince ! »

Jim cligna des yeux. « Mais enfin, tante Emily, c'est impossible. Mon grand-père était le plus jeune fils. Cette Australienne passe forcément avant moi. »

Emily but son thé et reposa la tasse sur une petite table à côté d'elle. « Si tu avais pris la peine de lire le testament de ton arrière-grand-père, ce que de toute évidence tu n'as pas fait, tu saurais que tant qu'il y a un héritier mâle vivant, la fortune ne peut pas aller à une femme.

— Grand Dieu ! fit Jim, assommé. Vous voulez dire que Matthew Kane l'avait substituée ?

— Inutile de me parler de substitution, ou d'histoire de ce genre. Je n'y connais rien. Mais ce que je sais, c'est que la fortune ne va pas à une femme tant qu'il y a un Kane vivant. »

Un silence stupéfait tomba, qu'Oscar Roberts rompit : « Eh bien, je peux dire que ça dépasse tout ! Vous vous rendez compte ! Vous ne vous doutiez même pas que vous étiez le premier dans la ligne de succession, Mr. Kane !

— Je n'en avais pas la moindre idée, dit Jim. Je n'y avais jamais pensé.

— Et pourquoi y aurait-il pensé ? demanda Emily en regardant Roberts d'un œil féroce. *Lui* ne pouvait pas s'attendre à ce que ses deux cousins meurent à un mois d'intervalle, n'est-ce pas ?

— Sûrement pas, Mrs. Kane, répondit Roberts en souriant. Mais se trouver à la tête d'une fortune sans avoir la moindre idée qu'on était sur les rangs — ça, c'est un vrai roman ! »

CHAPITRE 6

« Et voilà pourquoi j'ai pensé — tout bien considéré — qu'il valait mieux confier l'affaire à Scotland Yard », dit l'inspecteur principal Maurice, mi-navré de ne pas avoir une vraie notoriété parmi ses pairs, mi-soulagé de se débarrasser d'une histoire qui promettait d'être non seulement désagréable mais très difficile.

Le commissaire Hannasyde, de Scotland Yard, hocha la tête, plein de compréhension, et son regard passa du colonel à l'inspecteur Carlton.

« Des gros bonnets du coin, vous comprenez, dit le colonel Maurice. Non pas que ça fasse une différence quelconque, mais enfin vous savez ce que c'est. »

Hannasyde le savait et le dit de sa belle voix grave.

« Bon, dit le colonel. Vous avez lu les notes de l'inspecteur ? Si vous voulez que nous en parlions ensemble... ?

— Oui, j'aimerais beaucoup. » Hannasyde adressa un bref sourire à l'inspecteur debout à côté du colonel. « Vous avez l'avantage de connaître les intéressés, inspecteur et je serais très heureux d'avoir votre aide.

— Bien entendu, l'inspecteur est entièrement à vos ordres. Approchez une chaise, Carlton et asseyez-vous. »

Pendant que l'inspecteur s'exécutait, Hannasyde posa une chemise sur la table et commença à parcourir les feuillets dactylographiés.

Le colonel se mit à bourrer une pipe. « Je crois que tout y est, dit-il.

— Oui. C'est parfaitement clair. Clement Kane a été tué par une balle de 11.43 tirée d'une distance de deux mètres au moins qui a pénétré dans le cerveau — oui. » Il tourna quelques pages et s'arrêta à un plan minutieusement tracé. « La conclusion étant que le meurtrier était dehors devant la fenêtre. » Il posa un doigt épais sur le plan et releva la tête.

« Pas de doute sur ce point, semble-t-il, Carlton ?

— Non, aucun. Le bureau fait un angle avec la fenêtre, Mr. Clement était assis là comme vous voyez, le côté gauche vers la fenêtre et la balle a pénétré dans la tempe gauche. Pas d'autre issue à la pièce que la porte donnant dans le hall. Quand le coup a été entendu, le maître d'hôtel, la secrétaire de Mrs. Kane et Mr. Roberts se trouvaient dans le hall, donc personne n'a pu sortir du bureau par la porte sans être vu par eux. Selon leurs dires, le maître d'hôtel et Mr. Roberts ont couru dans la pièce aussitôt qu'ils ont entendu la détonation, ou au plus trente secondes après. Le maître d'hôtel est allé droit au corps, mais Mr. Roberts a eu le bon réflexe : il a foncé vers la fenêtre. Il est arrivé trop tard, mais il affirme qu'il a très nettement entendu quelqu'un qui se déplaçait dans les buissons du bosquet. Vous verrez d'après le plan qu'il y a un vrai fourré de rhododendrons à moins de trois mètres de l'allée qui longe la maison. D'après moi, n'importe qui, posté devant la fenêtre du bureau, aurait pu se mettre à couvert avant que Mr. Roberts ait le temps d'atteindre la fenêtre en venant du hall où il était. » Il s'arrêta et regarda le plan en fronçant les sourcils. « Ce que je ne saisis pas, c'est comment Mr. James Kane, sortant de cette véranda immédiatement, comme il le dit, n'a aperçu personne. »

Le doigt de Hannasyde glissa jusqu'à la véranda séparée du bureau par des toilettes. « Mr. James Kane dit qu'il est sorti immédiatement. Les gens disent parfois ça quand ils veulent dire moins de trente secondes, vous savez. »

L'inspecteur secoua la tête : « J'y ai bien pensé, mais il soutient qu'il n'a pas perdu même trente secondes. D'ailleurs, à bien réfléchir, si son histoire est vraie, le coup a été tiré assez près pour le faire démarrer sec comme il prétend. » Méditatif, il se frotta le menton en lorgnant le plan : « Mais dans ce cas, je dois dire que je ne comprends pas comment il se fait qu'il n'ait rien vu, ni rien *entendu.* »

Hannasyde regarda de nouveau la dactylographie pour se rafraîchir la mémoire : « James Kane — c'est l'héritier, n'est-ce pas ?

— Oui, dit lentement Carlton, c'est lui, et là encore il y a quelque chose de curieux. On nous demande de croire qu'il n'en savait rien. Je dois dire que j'étais présent quand la vieille Mrs. Kane a lâché le morceau ; eh bien, s'il jouait la comédie, il m'a bien eu ! Il avait l'air aussi stupéfié que le serait n'importe qui en apprenant que 250 000 livres lui tombent dessus sans prévenir, pour ainsi dire. Mais je vous le demande, est-ce qu'on peut raisonnablement croire qu'il n'avait pas la moindre idée de la situation ? Il ne savait pas qu'il venait tout de suite après son cousin ?

— Je crois que ce n'est pas tout à fait équitable, Carlton, dit le colonel. N'oubliez pas qu'il y a un mois encore, ses chances d'hériter de la fortune des Kane étaient bien faibles. Silas était célibataire, c'est vrai, mais Clement ne l'était pas et non seulement ça, mais il était jeune et l'on pouvait très raisonnablement supposer qu'il aurait des fils. Il n'était pas marié depuis si longtemps — quatre ans à peu près, il me semble. Il y a beaucoup de ménages aujourd'hui qui n'ont pas l'air pressés d'avoir des enfants. Aucune raison de penser qu'il n'en aurait pas eu. D'ailleurs, le testament du vieux Matthew Kane est très bizarre. Vous l'avez lu, je pense ?

— Oui, bien sûr.

— Il est certain qu'aucun membre de la jeune génération n'en connaissait les détails. Pour ce qui est de Clement, je ne sais pas, il était peut-être au courant, mais je ne pense pas que ça l'aurait frappé. La clause excluant toutes les femmes tant qu'un héritier mâle était vivant ne le concernait pas ; quant à Jim, je doute qu'il ait jamais su que son arrière-grand-père avait substitué le patrimoine de cette façon-là.

— Pourriez-vous me dire quelque chose de ce Jim Kane, colonel ? demanda Hannasyde. Je vois qu'il travaille au ministère des Finances et il semble très à l'aise. On lui connaît des dettes ? »

Le colonel explorait l'intérieur d'une pipe avec une allumette éteinte. « Je connais Jim Kane depuis son enfance, dit-il. Il est allé à la même école que mon plus jeune fils. A mon avis, c'est bien la dernière personne au monde qui commettrait un meurtre. »

Hannasyde hocha la tête, apparemment satisfait, et revint à la dactylographie qu'il avait sous la main. Son doigt glissa le long d'une page, et s'arrêta ; il lut : « Trevor Dermott », et leva des yeux interrogateurs.

Le colonel pinça les lèvres et regarda l'inspecteur. « Oui, dit ce dernier, c'est une drôle d'histoire. Il y a des choses qui ne sont pas apparues dans les témoignages. Il ne l'admet pas et elle non plus, mais il ne manque pas de gens dans cette ville qui vous diront ce qu'il y avait entre Mr. Trevor Dermott et Mrs. Clement Kane. »

Le colonel retira ses lunettes à monture de corne et les frotta avec son mouchoir. « Je n'écoute pas les ragots ; mais indiscutablement, on a beaucoup jasé à propos de ce couple. Il n'y a peut-être rien du tout ; lui, je ne le connais pas, il n'est pas de Portlaw. Un grand type épais, du genre belle brute qui plaît à certaines femmes. Tout ce que je peux dire, c'est qu'il n'a jamais été bien loin de Mrs. Clement depuis trois mois.

— Oui, mais il doit y avoir un peu plus que ça, n'est-ce pas, colonel ? déclara l'inspecteur. D'après ce que disent les domestiques de Mrs. Clement, elle serait partie avec ce Dermott si son mari n'avait pas hérité de Silas.

— Je ne prête pas grande attention aux commérages des domestiques, répondit le colonel. Renvoyées toutes les deux en plus. Mais je ne dis pas que Dermott n'est pas très atteint, en ce qui concerne la dame. Je dirai qu'il en est amoureux fou. Elle est remarquablement belle, certainement cupide, mais un homme comme Dermott ne s'en apercevrait pas. On ne peut pas se représenter Rosemary Kane abandonnant une fortune pour une grande passion.

— Non, sûrement, appuya l'inspecteur. En plus, les mouvements de Dermott le jour du meurtre donnent bien l'impression que Mrs. Clement le lui avait dit pendant qu'ils étaient tous les deux au bord du lac. Ce que je veux dire, c'est que si un type rentre à toute vitesse à son hôtel, boit à ne plus voir clair, repart sans savoir où il va et se fait arrêter pour conduite en état d'ivresse à cinq heures de l'après-midi, on peut bien penser qu'il a reçu une claque, n'est-ce pas ?

— Oui, je pense qu'il va falloir regarder de très près les mouvements de Trevor Dermott cet après-midi-là, dit Hannasyde. Je vois ici que Mrs. Clement semblait tenir beaucoup à donner l'impression que c'était un vieil ami d'elle-même et de son mari.

— Ce qu'il n'était pas du tout, je suis prêt à le jurer. Il connaissait peut-être Mrs. Kane avant de venir ici, ça je ne peux pas dire — mais il n'était pas l'ami de Mr. Clement, ni vieux ni récent.

— Est-ce que quelqu'un confirme l'histoire de ce gamin qui l'a vu partir en voiture — ah, oui, je vois que la femme du gardien l'a vu aussi de chez elle. " Il avait l'air très pressé et il faisait une drôle de tête. " » Hannasyde sourit légèrement : « S'il conduisait à tombeau ouvert, je doute que la femme du jardinier ait eu le temps de remarquer quelle tête il faisait.

— Non, sans doute pas, dit l'inspecteur. Mais le gamin, Timothy Harte, l'a rencontré à pied au moment où il rejoignait sa voiture et il a dit à

Mr. Roberts qu'il avait " une tête impossible " avant même de savoir que son cousin avait été tué.

— Qu'est-ce que c'est que ce gamin ? demanda Hannasyde. Quatorze ans — on peut lui faire confiance, à votre avis ? »

L'inspecteur eut un large sourire. « Je ne pourrais pas trop vous dire, chef. Il est malin comme un singe, mais il parle comme s'il jouait dans un film de gangsters américains. Il paraît qu'il a affirmé dès le début que Mr. Silas Kane avait été tué.

— Hum, oui, fit Hannasyde. Je voudrais beaucoup examiner le dossier de la police sur cette affaire-là, si possible. Mort accidentelle, n'est-ce pas ?

— C'est ce que le jury a conclu, répondit prudemment l'inspecteur. Aucun indice, rien pour permettre d'ouvrir une enquête. Il était vieux et assez mal portant. S'il a été tué, le meurtrier le plus indiqué serait Clement, le seul, vous pourriez dire, qui avait un vrai motif. Mais nous avons établi que Clement était descendu de Cliff House chez lui en voiture ce soir-là et il n'aurait pas eu le temps de remonter pour surprendre Silas au moment où il faisait sa promenade. Seulement, je dois dire que la première affaire prend une autre tournure depuis qu'il y en a eu une deuxième. Je vais faire venir le dossier. »

Pendant qu'on allait le chercher, Hannasyde, qui continuait de parcourir la liste des suspects, dit au bout d'un moment :

« Je vois que vous avez mis un point d'interrogation devant le nom de Jane Ogle. C'est la bonne de la vieille dame, n'est-ce pas ?

— C'est ça, dit l'inspecteur. Elle est en service à

Cliff House depuis une trentaine d'années. Elle adore Mrs. Kane. Vous connaissez le genre. Alors, on ne sait pas trop comment la prendre. Elle est de celles qui ne peuvent pas répondre à une question toute bête sans croire que vous essayez de les piéger et de leur faire dire autre chose que ce qu'elles voulaient dire. A regarder seulement les apparences, son comportement est des plus suspects, mais d'un autre côté je sais que c'est une vieille fille excentrique et l'on ne peut pas faire trop attention à ses foucades. Vous verrez d'après mes notes qu'elle était dans le jardin au moment du crime. D'après ce que j'ai pu lui extirper, elle pensait que la vieille dame avait besoin de son plaid et elle le lui a descendu avant même que Mr. James soit venu le lui demander. Elle dit qu'elle a porté un plateau à l'office en même temps, ce qui expliquerait pourquoi elle est sortie dans le jardin par la porte de derrière. Quand elle est arrivée sur la terrasse où Mrs. Kane aurait dû être assise, elle avait disparu et James Kane était rentré dans la maison chercher le plaid. »

Hannasyde releva la tête : « Je croyais que la vieille dame était très infirme ? »

L'inspecteur eut un sourire de coin : « Oui et non, chef, si vous voyez ce que je veux dire. Certains jours, on la transporte partout, ou alors elle se traîne avec une canne et le bras de quelqu'un et d'autres, elle a comme un sursaut d'énergie et elle se déplace sans l'aide de personne. Elle dit qu'elle est allée faire un tour vers le lac et je dois dire que je ne serais pas étonné qu'elle l'ait fait. De la façon qu'elle en a contre Mrs. Clement, c'est bien probable qu'elle est allée voir ce que la jeune dame faisait avec son gigolo. En plus, si son histoire est vraie, elle aurait pu être hors de vue de la terrasse en trois minutes, à peu près, même en marchant à son pas. Elle aurait traversé la roseraie, et la roseraie est entourée par une grande haie d'ifs, comme vous le verrez quand vous irez à Cliff House.

— Et la bonne est allée à sa recherche dans les jardins ?

— C'est ce qu'elle dit. Elle dit qu'elle l'a trouvée plus loin que la roseraie, près des serres. Ça, c'est certainement du côté est de la maison, comme les bosquets — disons sud-est —, mais assez loin du bureau pour qu'une personne sourde n'ait pas entendu le coup. Mais enfin, pour tout ça, on n'a aucune preuve. Mrs. Kane était revenue sur la terrasse avant que personne ait eu le temps de sortir. Notez, je ne dis pas que leur histoire n'est pas vraie, mais ce que je dis, c'est que même si elle ne l'était pas, ça ne changerait absolument rien pour Jane Ogle. Elle mentirait effrontément pour protéger la vieille dame et j'ai l'impression que c'est justement ce qu'elle est en train de faire, ou alors elle manigançait quelque chose pour son compte.

— Oh ! » Hannasyde réfléchit un instant. « Pas très vraisemblable, il me semble.

— Exactement mon avis, renchérit le colonel. Je suis prêt à admettre qu'Emily Kane est une vieille femme dure comme du fer — à vous dire vrai, j'en ai une peur bleue ! — et elle n'a jamais caché qu'elle détestait Clement. Mais je ne vois vraiment pas une personne de quatre-vingts ans capable de commettre ce meurtre et de se mettre à couvert avant que Jim Kane puisse la voir...

— Si nous envisageons la possibilité d'un meurtre commis par Mrs. Kane, colonel, est-ce qu'il ne faut pas aussi envisager que James Kane n'aurait très probablement pas dénoncé sa grand-tante ? » interrompit Hannasyde.

Le colonel garda un silence renfrogné, puis : « Oui, là je pense que vous avez raison. Mais enfin, nom d'un tonnerre l'idée est complètement démente.

— En effet, je ne peux pas croire moi non plus que c'est la vieille dame, dit l'inspecteur. Mon idée, c'est que la bonne aurait pu tuer Clement, que Mrs. Kane le sache ou pas. » Voyant un air de doute sur le visage de Hannasyde, il ajouta : « Je ne dis pas que ça n'a pas l'air dingue, mais c'est que justement Jane Ogle est dingue quand il s'agit de sa maîtresse. Depuis que Clement Kane a hérité de la fortune et que Miss Allison s'est fiancée au jeune Kane, elle répète partout qu'elle est la seule à aimer la vieille dame et qu'elle va bien s'arranger pour qu'on ne lui empoisonne pas ses derniers jours, etc. Des tas de bêtises.

— Et l'arme ? demanda Hannasyde. Je vois que la balle était du 11.43... Pas très commun comme calibre dans ce pays. On a quelques indications là-dessus ?

— Oui. On a établi que le vieux John Kane — c'est-à-dire le mari d'Emily — avait eu autrefois en sa possession un 11.43 de Smith & Wesson.

— Intéressant, dit Hannasyde. Il nous a été remis ?

— Ma foi non et ça n'a pas l'air qu'il le soit jamais. Personne ne l'a vu depuis des années, d'après les témoignages. J'ai demandé qu'on le retrouve, mais vous savez ce que c'est, dans une grande maison comme ça. S'il est vraiment perdu, il faudrait des semaines et des mois pour chercher dans toutes les commodes, les débarras, les placards pleins de vieilleries qu'il y a partout, etc. Mais s'il n'était pas perdu, n'importe qui habitant la maison — y compris James Kane, d'ailleurs — aurait pu savoir où mettre la main dessus aussitôt en cas de besoin.

— Je vois. » Une fois encore, Hannasyde parut réfléchir à la question. Il reprit la dactylographie et dit après un court silence : « Des dissensions dans la maison Kane & Mansell, apparemment. Vous pouvez me donner quelques indications sur ces Mansell ? »

L'inspecteur jeta un coup d'œil au colonel Maurice. « On ne dit rien contre eux, n'est-ce pas colonel ? Paul Mansell a la réputation de ne pas être très scrupuleux, mais on pourrait en dire autant de beaucoup d'hommes d'affaires. Mr. Mansell est bien estimé, mais on n'aime pas beaucoup le jeune. Divorcé, il avait fait un peu scandale. Mais aucun rapport avec l'affaire.

— Paul Mansell est un petit sauteur qui ne vaut pas tripette ! s'exclama soudain le colonel. Le père est bien, mais ce que je sais du fils ne me plaît pas du tout. Je ne vois pas Joe assassinant son associé pour conclure une affaire qui remettrait ses finances à flot, mais très franchement, je crois que Paul en serait capable — s'il avait assez de courage. Notez bien que c'est pure prévention de ma part. »

Hannasyde hocha la tête : « Et cet Oscar Roberts... il représente l'agence en Australie ?

— Exactement. D'après ce que je sais, dit l'inspecteur, il tiendrait beaucoup à conclure un accord avec la firme. Évidemment, ils ont un nom. »

Hannasyde plissa le front : « Oui, mais enfin ils

ne sont pas les seuls. Je ne vois pas qu'il ait eu le moindre mobile

— Non, moi non plus. D'ailleurs, même s'il avait pu tuer Silas Kane — en admettant que celui-ci ait été tué — nous savons que pour Clement, c'était impossible. Il était dans le hall avec le maître d'hôtel et Miss Allison quand on a entendu le coup.

— Oh oui, je ne l'envisageais pas sérieusement », répliqua Hannasyde.

Il leva la tête au moment où un brigadier entrait dans la pièce en tenant une chemise qu'il posa sur le bureau à portée de l'inspecteur. Celui-ci la prit et la tendit à Hannasyde : « Vous allez trouver tous les faits concernant la mort de Silas Kane là-dedans. »

Hannasyde la prit, l'ouvrit et pendant qu'il feuilletait, les deux autres hommes restèrent assis en silence. Quand il la reposa, le colonel lui demanda : « Eh bien, qu'est-ce que vous en dites ?

— J'aimerais l'examiner de nouveau.

— Bon, oui, entendu. Maintenant que Clement a été assassiné, on peut avoir des soupçons ; vous pensez que les deux morts sont liées ?

— Il y a une grosse fortune en jeu, colonel. Mais d'un autre côté — à supposer que la mort de Silas Kane n'ait pas été accidentelle — les deux méthodes employées sont très différentes. Dans le premier cas, on a essayé de la faire passer pour un accident ; dans le deuxième, aucun camouflage. Il y a une chose qui me frappe ; je vois que James Kane était présent au dîner d'anniversaire de Silas et qu'il est parti peu après onze heures pour rentrer à Londres par la route.

— Oui, et alors ? », demanda le colonel assez sèchement. Hannasyde le regarda : « Vous ne trouvez pas que c'est venir de bien loin juste pour un dîner ?

— Oh, pour Jim, trois heures de route ne comptent pas. D'ailleurs, il n'était pas venu seulement pour voir Silas. Il amenait son demi-frère, Timothy Harte. Non, vraiment, je crois qu'il n'y a rien là.

— Vous le connaissez, bien sûr, dit Hannasyde d'une voix neutre. Le reste des domestiques et Miss Allison ? Rien non plus ?

— Aucun mobile possible, répondit l'inspecteur. Évidemment, on pourrait penser que Miss Allison a un motif puisqu'elle est fiancée à James Kane, mais elle était avec Mrs. Kane au moment où Silas a dû trouver la mort, et dans le hall avec Roberts et le maître d'hôtel quand Clement a été tué. » Il s'interrompit, puis ajouta, plein d'espoir : « Vous avez quelque chose de nouveau ?

— Ma foi non, pas pour l'instant, répondit Hannasyde. Il y a une ou deux choses qui ressortent, tout de même. Je voudrais garder les notes sur le décès de Silas Kane, si possible. Je vais monter à Cliff House, jeter un coup d'œil aux alentours et m'entretenir avec tous ces gens.

— Pour ce qui est des autres, je ne peux pas dire, mais Timothy Harte vous accueillera sûrement à bras ouverts », déclara l'inspecteur avec un large sourire.

Prophétie amplement réalisée. De l'instant où il apprit qu'un membre éminent de Scotland Yard avait été chargé de l'enquête, l'optimisme du jeune homme, légèrement douché par la vue d'une mort violente (la première), reprit des proportions vertigineuses. Ses aînés pouvaient considérer l'affaire avec angoisse, lui n'en attendait que la satisfaction indicible d'une association avec un membre de la Police judiciaire. Hannasyde était grand, trapu, l'air jovial et peu loquace, et il le considéra très vite avec un respect teinté de déception, mais son satellite, un brigadier du nom de Hemingway, œil vif et bagout facile, lui plut aussitôt. Sentant instinctivement qu'il n'obtiendrait pas grand-chose de Hannasyde (qui le vexait en le regardant d'un air carrément goguenard), il s'attacha solidement aux pas du brigadier pendant que le supérieur de celui-ci poursuivait ses investigations en paix.

Ayant évalué les risques de la situation, Hemingway suggéra à Mr. Harte qu'il ferait mieux de poursuivre ses occupations habituelles. A quoi Timothy répondit simplement : « Je préfère vous regarder faire.

— Ah, c'est comme ça ? dit le brigadier. Fais bien attention que je ne t'arrête pas pour obstruction à un fonctionnaire de police dans l'exercice de ses fonctions. »

Cette facétie ne plut pas. Timothy lui dit assez sévèrement :

« Vous devez me croire vraiment débile pour avaler ça. D'ailleurs je n'obstrue rien du tout. Je parie que je peux vous aider, et bien plus que vous croyez.

— Bon, eh bien, ce que je ne sais pas ne peut pas me gêner, n'est-ce pas ? »

Timothy tourna les talons, l'air menaçant.

Vingt minutes plus tard, le brigadier, qui poursuivait ses recherches dans les bosquets, constata que Mr. Harte était revenu.

« Dites donc, chef, lança M. Harte, souriant, si

vous cherchez le feu par là, vous le chercherez longtemps... c'est moi qui vous le dis. »

L'autre le regarda avec une férocité bien imitée : « Décampe et vite !

— Rien à faire. Et d'abord, il est à qui ce jardin ?

— S'il est à toi, c'est bien la première fois que je l'entends dire, répondit le brigadier se laissant entraîner dans la discussion.

— En fait, il appartient à mon frère maintenant, alors c'est la même chose. Et puis il m'a dit de venir ici.

— De venir ici m'empoisonner ? demanda le brigadier, révisant à la baisse ses premières impressions sur la personnalité de Mr. James Kane.

— Mais non, bien entendu, répondit Mr. Harte, impatient. Il m'a dit de dégager la piste et c'est ce que j'ai fait.

— Comme je le comprends ! fit le brigadier avec âme.

— Alors, je pourrai pas aider ? demanda Timothy, prenant soudain un ton insinuant. Promis, je ne vous ennuierai pas, mais je voudrais tellement voir travailler un vrai détective. »

Le brigadier Hemingway, devant l'appel des yeux bleus levés vers lui avec vénération, se sentit faiblir. Il devait expliquer par la suite à son supérieur qu'il avait toujours été sans défense avec les enfants. « Je veux bien que tu me suives à la trace tant que tu ne me gênes pas, concéda-t-il. Mais si je te dis de filer, tu files, et au triple galop, hein ?

— Entendu, c'est juré, répondit Timothy, abandonnant tout aussitôt son air d'épagneul grondé.

— Et tu ne me tourneboulera pas avec tes questions ?

— Bien sûr que non. Dites donc, vous avez un badge comme les policiers américains ?

— Non.

— Ah, plutôt moche ! C'est chouette quand le détective retourne tout d'un coup le revers de son veston et toc, on voit son badge. Alors, qu'est-ce que vous faites ?

— On présente notre carte. Tu ne sais pas ce qui serait une bonne idée ?

— Non, répondit Timothy en le regardant avec une certaine méfiance.

— Si tu arrêtais de me faire perdre mon temps avec des questions idiotes.

— Je voulais savoir. D'ailleurs, vous perdez votre temps de toute façon. Je vous ai dit que le flingue n'était pas là, mais vous ne voulez pas m'écouter. Il y a beau temps que je l'ai cherché moi aussi parce que je croyais que le criminel l'aurait caché dans les fourrés. Eh bien non, et je ne crois pas non plus qu'il est dans les buissons de l'autre côté de l'allée. Je ne les ai pas vraiment *passés au peigne fin*, mais j'ai mon idée. Je vous la dirai si vous voulez.

— Comme je vois les choses, tu me la diras de toute façon, alors vas-y. Qu'est-ce que c'est ?

— Eh bien voilà, dit Timothy avec empressement. Je sais qu'on n'a encore rien trouvé, mais supposons que c'est Mr. Dermott qui a fait le coup.

— D'accord. Je suppose.

— Il a eu une empoignade avec cousine Rosemary vers le lac — enfin, pas exactement une empoignade, mais une Grande Scène parce qu'elle n'en veut plus et il s'est rendu compte qu'il ne la reverrait jamais tant que cousin Clement serait vivant.

— Dis donc, dis donc, où est-ce que tu as trouvé tout ça ? demanda le brigadier, très choqué. Joli sujet de conversation pour un gamin de ton âge !

— Oh, fermez-la ! supplia Timothy. Toutes les bonniches disent que cousine Rosemary aurait divorcé si Clement n'avait pas hérité d'une fortune. D'ailleurs, j'ai vu des tas de films où ça se passe comme ça. Seulement, quand j'y pense, ajouta-t-il le sourcil froncé, c'était jamais ce bonhomme-là qui faisait le coup. On le voyait seulement livide, avec des mobiles en pagaille juste pour vous dérouter. Mais enfin, je pense que c'est différent quand ça arrive pour de bon. Supposons que c'est Mr. Dermott.

— Voilà cinq minutes que je ne fais que ça, dit le brigadier.

— Bon. Il quitte cousine Rosemary complètement cintré, il prend son calibre dans la voiture qu'il a laissée au milieu de l'allée, il sort du bosquet juste devant la fenêtre du bureau, il tire sur cousin Clement, il replonge dans le bosquet et au lieu de filer vers le mur de l'autre côté de l'allée, comme Mr. Roberts le croit, il revient vers le lac, il balance son flingue dedans et il rallie sa bagnole. Quand je l'ai vu, il revenait certainement du lac et il avait l'air fondu intégral. J'ai tout calculé ; il aurait pu le faire facilement. Et en plus, la seule personne qui aurait pu le voir, c'est cousine Rosemary, et bien entendu, elle ne voudrait pas le balancer.

— Jeune homme, déclara le brigadier, en hochant la tête, heureusement que vous n'êtes pas dans la police. On serait jolis.

— Non, mais sérieusement dit Timothy, vous ne

croyez pas qu'il pourrait y avoir quelque chose dans ma théorie ?

— Beaucoup de choses, répondit gravement Hemingway, mais elle a un point faible. C'est ce qu'il faut apprendre à faire quand on veut être détective : trouver le point faible de ses propres théories.

— Oh, je ne serai pas détective. Maman veut que je sois explorateur. En réalité, je pense que je serai avocat, parce que les explorateurs ont l'air d'aller dans de sales endroits et de gadouiller avec des chameaux et des trucs. Moi, j'aime les voitures. Ah, dites donc, c'était quoi le point faible de ma théorie ?

— Hein ? dit le brigadier qui n'avait pas suivi très attentivement. Ah, le point faible ! L'arme, jeune homme, l'arme. En général, les gens ne promènent pas des revolvers dans leur voiture, au cas où ils pourraient par hasard en avoir besoin — d'après mon expérience, ça n'est pas l'habitude.

— Eh bien, c'est là où vous vous trompez, annonça Timothy triomphant. Je ne suis pas absolument sûr que Mr. Dermott en a un maintenant, mais il a dit un jour à cousine Rosemary qu'il en avait toujours un dans sa voiture avec tous ces bandits qui font des hold-ups. Alors *maintenant*, voulez-vous que je vous montre comment il aurait pu retourner au lac sans que personne le voie ?

— Bon, dit le brigadier vaincu, tu me montres. »

Une heure plus tard, quand Hemingway quitta Cliff House en compagnie de son supérieur, Timothy lui adressa des adieux émus en l'appelant chef, non sans prophétiser des promptes retrouvailles.

« Vous avez l'air d'avoir fait une conquête, remarqua Hannasyde, tandis qu'ils descendaient l'allée. Il n'a pas été trop gênant ?

— En somme non, chef, non, répondit Hemingway. Bien sûr, il ferait tourner n'importe quel âne en bourrique, ça je ne dis pas non, mais finalement, j'ai tiré pas mal de choses de ses salades. Le Délicieux Dermott, par exemple. Il vaut la peine qu'on y regarde de près. Je vous demande un peu. S'il était de notoriété publique que Mrs. Clement Kane allait filer avec lui au point qu'un gamin de quatorze ans est au courant de tout, vous pouvez parier qu'il y a quelque chose.

— C'est sûr, dit Hannasyde. Cette jeune femme a une peur bleue. Quand elle n'est pas en train de me décrire ses réactions psychiques, elle essaie de jeter la suspicion sur tous les autres membres de la famille. »

Le brigadier hocha la tête d'un air entendu et fit une déclaration : « Il y a deux sortes de témoins que je peux pas piffer : ceux qui en disent trop peu et ceux qui en disent trop. Avec les uns on n'avance pas et avec les autres, on va trop loin.

— Alors vous n'aimerez pas cette affaire-là, dit Hannasyde. On a les deux. » Il sourit légèrement : « La vieille dame me dit qu'elle suppose que je n'ai pas besoin d'elle pour régler le problème. »

Le brigadier prit un air compatissant. « Un genre de terreur d'après ce qu'on dit. Qu'est-ce que vous en pensez, chef ? »

Hannasyde secoua la tête : « Je n'en sais rien. Impossible de le dire.

— Ah, c'est là où la psychologie intervient.

— Vous êtes fait pour vous entendre avec

Mrs. Clement Kane, à ce que je vois. Vous avez appris quelque chose ?

— Caractère des *dramatis personae*, c'est à peu près tout, dit Hemingway, dont le fort était une étonnante capacité pour amener ses semblables à se confesser. Des domestiques tout à fait haut de gamme. Des grands classiques on pourrait dire. Ils aimaient tous le défunt Silas et ils aiment tous le jeune James. Le défunt Clement n'était apprécié par personne et pour ce qui est de Mrs. Clement — ma foi, je n'aimerais pas répéter ce qu'on en dit à l'office. Vous pouvez m'en croire, elle n'a pas sa place dans le *décor* général. Pour ce qui est du Délicieux Dermott, si la moitié de ce que m'a dit la vieille cuisinière de Mrs. Clement est vrai, c'est un drame en trois actes à lui tout seul. Vous parlez d'une passion ! Roméo peut aller se rhabiller. Vous, qu'est-ce que vous en dites ?

— Oh, il aurait pu le faire, répondit Hannasyde. Il me paraît être un homme qui fonce invariablement aux extrêmes. Mais je ne suis pas sûr du tout qu'il l'ait fait. »

Le brigadier le regarda de côté : « Qu'est-ce qui vous tracasse, chef ?

— La première mort », répondit Hannasyde.

CHAPITRE 7

La visite du commissaire (Scot. Yard) Hannasyde laissa tout le monde — sauf Mrs. Kane et Timothy — mal à l'aise. Le déjeuner ne fut pas agréable et l'obstination mise par Emily à traiter Mr. Trevor Dermott avec le maximum d'incivilité n'arrangea rien. Comme Rosemary lui demandait en présence de l'intéressé si elle verrait un inconvénient à ce qu'il restât pour le repas, elle répondit qu'il serait de toute façon obligé de le payer à son hôtel et que ce serait donc dommage qu'il ne l'y consommât pas. Dermott, qui prenait systématiquement avec les vieilles dames l'air jovial dont il usait avec les enfants, rit très fort et dit : « Ah ! Ah ! Mrs. Kane, on croirait bien que vous avez du sang écossais dans les veines ! »

Emily le foudroya du regard, puis fit comme s'il n'était pas là. Miss Allison, sachant que la vieille dame n'était pas dans ses bons jours, se glissa hors de la pièce pour recommander à Pritchard de ne mettre sous aucun prétexte Mr. Dermott près de celle-ci à la table du déjeuner.

Elle-même se sentait un peu harassée. Elle avait eu

une matinée difficile avec Emily qui, levée du mauvais pied, avait été en outre exaspérée par une lettre de condoléances que la petite-nièce d'Australie lui envoyait au sujet de la mort de Silas.

Sa réaction la plus courante en voyant une écriture familière sur une enveloppe qui lui était adressée était de la considérer avec une amère suspicion et de dire de sa voix la plus désagréable : « Je me demande ce qu'elle veut. » En cette occasion, elle ajouta en ouvrant l'enveloppe : « Eh bien, elle ne tirera rien de moi. » Le fait que Maud Leighton, née Kane, ne voulait rien et n'écrivait que pour exprimer sa sympathie à l'égard de sa grand-tante ne fit rien pour calmer son irritation. Elle déclara qu'il était bien extraordinaire que Maud eût écrit, si l'on considérait qu'elle, Emily, ne l'avait vue qu'une fois dans sa vie, alors qu'elle était bébé ; après quoi elle exprima le désir de savoir qui avait fait du zèle aussi sottement et prévenu « cette bande d'Australiens ». Assez maladroitement, Miss Allison suggéra que Clement avait sans doute fait passer l'annonce du décès dans les journaux coloniaux. Il n'y avait aucune raison pour qu'Emily s'offusquât de cette publication, sauf son aversion pour Clement et ses œuvres, mais elle déclara avec indignation qu'elle n'avait jamais rien vu de pareil.

S'étant allégée de quelques remarques désobligeantes sur Maud Leighton à intervalles irréguliers pendant la matinée, elle choisit le moment du lunch pour raconter à Jim toute l'histoire de la lettre, en commençant par lancer d'un ton acerbe que Maud aurait pu trouver un meilleur usage pour son argent que d'envoyer des lettres d'Australie par avion.

« Cette bande-là n'a jamais pu avoir deux sous devant elle. »

Jim, assis à la tête de la table, était en train d'écouter Rosemary, à sa droite, lui dire que la visite de l'inspecteur Hannasyde avait déchiré les derniers lambeaux de sa résistance nerveuse. Il lui dit d'un ton encourageant : « Oh je ne pense pas que vous ayez à vous faire tant de soucis pour ça » et transféra son attention à sa grand-tante, assise à l'autre extrémité de la longue table : « Excusez-moi, tante Emily, vous parliez de la cousine d'Australie ?

— Je me rappelle que ses parents l'avaient amenée ici alors qu'elle était toute bébé. Évidemment, ils aimaient toujours venir ici quand ils étaient en Angleterre. Ça leur évitait les notes d'hôtel. »

Toujours perspicace, Miss Allison devina que la remarque visait Dermott et créa une diversion en demandant à Timothy comment il avait passé la matinée. Sa réponse — à savoir qu'il avait aidé le brigadier Hemingway à rechercher des indices — eut pour effet de déclencher une diatribe de Dermott contre les balourds qui avaient l'impudence de se qualifier de détectives : « Vraiment, leurs méthodes sont grotesques !

— Je parie qu'il y en a qui n'auront plus beaucoup envie de rire quand le chef aura fini, répliqua Mr. Harte.

— Tais-toi, Timothy ! » dit Jim.

Mr. Harte grommela : « Ouais, bon, je parie, c'est tout.

— Ton cousin Silas lui a envoyé un très beau cadeau quand elle s'est mariée, poursuivit Emily. Beaucoup trop généreux, à mon avis. Leighton ne valait pas tripette. J'avais dit à ton cousin que je ne voulais rien avoir à faire avec eux. Tous les doigts crochus !

— J'ai tellement l'impression que c'est l'un des Mansell, dit Rosemary, regardant devant elle avec les yeux légèrement plissés de quelqu'un qui essaie de voir au travers du brouillard. Je ne peux pas m'en défaire. »

Jim, qui ne croyait pas qu'elle avait essayé, lui dit brutalement : « Si vous avez un rien de jugeote, vous n'en direz rien. Vous n'avez absolument aucune preuve et ce genre de remarque risque fort de vous causer des ennuis.

— Je crains qu'il soit trop tard pour essayer de changer complètement ma nature, répondit Rosemary avec un faible sourire. J'ai toujours été honnête — désastreusement, peut-être. Il faut que je dise ce que je pense. Ma vie serait sans doute beaucoup plus facile si je ne voyais pas les choses avec une netteté aussi terrrible. Il semble que je puisse me détacher de moi-même d'une façon tout à fait extraordinaire... Je veux dire, je suis parfaitement calme en ce moment, mon moi intérieur — comme si une partie de moi-même dominait totalement tout ce qui s'est passé. Si je dis que j'ai l'impression que c'est l'un des Mansell, ce n'est pas du tout par malveillance ou sous l'effet d'une impulsion passionnelle quelconque, pas du tout. C'est comme si une voix me le disait dans ma tête.

— Je vois qu'elle habite Melbourne, maintenant, dit Emily, qui n'avait pas écouté un mot de ce discours. Avant, ils habitaient Sidney. Je pense que c'est à peu près la même chose. »

Personne, sauf Trevor Dermott, ne se sentit la moindre envie de réfuter cette audacieuse assertion.

Mais lui était toujours assez satisfait qu'une femme fît une remarque déraisonnable, parce qu'il pouvait alors la corriger, avec un rire indulgent pour les limites du cerveau féminin. Il commença d'expliquer à Emily la fausseté de ses notions sur l'Australie.

« La plupart des gens parlent d'intuitions, alors qu'ils ne connaissent même pas le sens du mot, poursuivit Rosemary, impavide. Je ne suis pas du tout comme ça. En fait, je crois qu'habituellement je me méfie de mon instinct. J'ai un esprit beaucoup plus logique que la plupart des femmes. Je ne m'en flatte nullement, il se trouve que c'est ainsi, c'est tout. Je peux toujours voir tous les aspects d'une question. Mais à l'occasion — peut-être parce que chez moi c'est l'élément spirituel qui domine, si vous voyez ce que je veux dire — j'ai une intuition qui est comme un éclair, aveuglant. Et alors, conclut-elle avec une gravité impressionnante, quand cela se passe ainsi, c'est presque toujours exact.

— Tu parles ! susurra Mr. Harte à son assiette.

— Je suppose que vous ne savez pas ce que c'est. Je ne crois pas que les hommes connaissent cela, dit-elle en regardant tristement son hôte.

— Pour l'amour du ciel, finissez donc ! dit Jim. Je n'ai jamais entendu autant de balivernes de ma vie ! » Il se ressaisit et ajouta : « Désolé, mais vraiment, je ne peux pas supporter un pareil ramassis de... de...

— Fichaises, suggéra Mr. Harte, obligeant.

— En plus de tout le reste, acheva Jim, acceptant apparemment la proposition.

— Mais vous ne voyez pas, Jim, que si ce ne sont pas les Mansell, il ne reste que vous.

— Pas tout à fait, je crois », lança Miss Allison sortant ses griffes.

Mr. Harte la regarda d'un air approbateur : « Bravo ! D'attaque, la mignonne ! »

Emily, qui avait écouté, immobile comme un gros crapaud, la conférence de Trevor Dermott sur les dimensions de l'Australie, choisit cet instant pour faire la démonstration de sa surdité en demandant à Miss Allison ce que Timothy avait dit.

« J'ai dit " Bravo ! D'attaque la mignonne " et le plus fort, c'est que je le pense, annonça Timothy en lançant un regard noir à Rosemary. C'est un peu violent que cousine Rosemary aille répéter partout qu'il n'y a que les Mansell ou Jim qui aient pu tuer cousin Clement. Moi je peux bien en trouver *deux* autres qui auraient pu le faire et si vous voulez je vous dirai qui c'est.

— Tais-toi donc, dit sévèrement Jim.

— Laisse ce gamin tranquille, ordonna Emily.

— Bien entendu, je comprends parfaitement ce que vous éprouvez, dit Rosemary, mais il faut regarder la réalité en face, vous savez. Il ne faut pas croire, simplement parce que ma raison me le dit, que je crois Jim coupable. Je fais seulement remarquer...

— Vraiment, vous savez — vraiment j'éviterais... coupa Dermott mal à l'aise. C'est le cas ou jamais de dire trop gratter cuit, trop parler nuit, n'est-ce pas ? »

Elle tourna ses grands yeux vers lui. « Mais vous ne voyez pas que c'est important, Trevor ? J'essaie d'être absolument sans passion. Je veux connaître la *vérité*. Je ne peux pas supporter les faux-semblants.

Pour l'amour du ciel, soyons honnêtes entre nous ! »

Ce plaidoyer passionné ne provoqua de réaction que chez Timothy, qui déclara : « Je parie que si on l'était, vous ne vous sentiriez pas bien !

— Tu vas te taire ? dit Jim.

— Je crois que personne ne peut sérieusement m'accuser de fuir les réalités, dit Rosemary. Personne ici ne comprend la façon dont je ressens les choses. Je ne nie pas que j'ai un sentiment pour Trevor. Je ne nie pas non plus que la mort de Clement n'a pas atteint l'essentiel en moi. Je peux également voir que des gens qui ne le connaissent pas risqueraient de penser que c'est Trevor qui l'a fait, mais moi je *sais,* au-dedans de moi, qu'il ne l'a pas fait. »

Trevor Dermott avait viré à l'aubergine. Silence écrasant. Puis la voix d'Emily le rompit : « Charmant ! dit-elle sèchement. Sonnez, je vous prie, Miss Allison, je veux mon fauteuil. »

On eut en général l'impression que cette demande avait sauvé la situation. Tout le monde se leva de table et Trevor Dermott poussa un soupir de soulagement très audible. Quand Emily eut quitté la pièce, il suivit Rosemary dans le jardin et lui dit : « Ma chérie, je sais comme vous êtes toujours franche — je vous adore pour ça, d'ailleurs — mais vous n'auriez pas dû.

— C'est la vérité, répliqua Rosemary. *Moi* je n'ai pas honte d'en convenir.

— Non, non, mon tout petit, mais la question n'est pas là. Voyons ! Nous sommes dans une situation bougrement difficile et moins on en parle — eh bien, des sentiments qu'on a l'un pour l'autre

— mieux ça vaut. Vous m'avez assené un coup de massue, samedi. Je ne vous blâme pas, je comprends ce que vous éprouviez à ce moment-là et puis c'est passé, et dépassé maintenant. Mais ne dites pas que nous nous aimons ! Vous comprenez bien ?

— J'ai bien peur de ne pas pouvoir, dit Rosemary. Je crois profondément à l'honnêteté et comme chacun sait... »

Le visage de Trevor s'assombrit de nouveau, il l'empoigna par les épaules et la secoua : « Ne soyez donc pas idiote ! dit-il d'une voix que la colère rendait rauque. Vous tenez à me faire arrêter pour meurtre ?

— Non, bien sûr. Je crois absolument en vous. Quelque chose me dit que ce n'est pas vous qui l'avez fait.

— Oh, au diable ces âneries, s'exclama-t-il. Fermez-la, c'est tout ce que je vous demande.

— Vraiment ? Eh bien voilà au moins qui est intéressant, fit-elle d'une voix glaciale.

— Ce n'est pas ce que je voulais dire, répondit-il très vite en la lâchant, mais il me semble que vous ne vous rendez pas compte combien tout cela est sérieux. Bien entendu, je ne l'ai pas fait — naturellement je ne l'ai pas fait ! — mais quand je vous ai quittée je suis allé au Royal, j'y ai pris un verre ou deux et ensuite, comme un imbécile je me suis lancé sur la route. Je me suis fait pincer à une quinzaine de kilomètres d'ici. Vous voyez que c'est sacrément suspect, non ? Et puis il y a ce petit salopard de Timothy qui va raconter à la police que j'étais fou parce que je venais de vous perdre ! Allez, allez donc leur dire si vous tenez tant que ça à la vérité.

— On peut me critiquer pour bien des choses, dit Rosemary, mais je suis *loyale.* »

Miss Allison aurait apprécié l'humour inconscient de cette remarque, mais Dermott n'y vit rien d'absurde et répondit aussitôt : « Je sais, je sais ! Le fond de la question, c'est que les choses se sont tellement précipitées. — Il faut vous laisser guider par moi. » Petit rire peu convaincant : « Cette jolie petite tête n'a pas été faite pour toutes ces vilaines idées, ma chérie. Faites ce que je vous dis et tout ira bien. »

Il la quitta et après avoir essayé en vain d'entraîner Miss Allison dans une discussion sur l'affaire, avec référence particulière à ses propres réactions spirituelles, Rosemary téléphona à Mrs. Pemble pour la supplier de venir prendre le thé. « J'étouffe ici, annonça-t-elle. Il n'y a personne à qui je puisse parler. Si je dois encore refouler tout ça longtemps, je crois que je deviendrai folle. »

Flattée de cette invitation, Betty se hâta d'assurer à Rosemary qu'elle comprenait parfaitement ce qu'elle voulait dire. « La seule chose, c'est que la nurse a son après-midi de congé et je ne peux pas laisser les enfants. »

Rosemary ne les aimait pas beaucoup, mais la perspective de s'assurer une auditrice sympathique était trop tentante. Elle inclut aussitôt Jennifer et Peter dans l'invitation, en se consolant à l'idée que Timothy pourrait s'occuper d'eux.

Mais ce jeune homme ne voyait pas du tout la situation du même œil et il le dit avec plus de franchise que de civilité ; Rosemary ayant déclaré, assez imprudemment qu'il ferait ce qu'on lui dirait de faire, il s'en alla aussitôt à la recherche de son demi-frère qu'il trouva avec Miss Allison dans la bibliothèque.

Jim fut assez irrité d'apprendre que sa cousine avait invité une quasi-étrangère à prendre le thé dans un moment pareil pour soutenir Timothy, et Miss Allison, allant plus loin, annonça, très sincère, qu'un jour Rosemary trouverait ce qu'elle cherchait. A ce point, celle-ci entra pour obtenir également l'appui de Jim — qui lui dit d'une voix froide qu'il voulait que Timothy aille faire une course pour lui à Portlaw. Il s'ensuivit un échange vif et quelque peu acrimonieux au cours duquel Jim pria Rosemary de ne pas oublier que ce n'était guère le moment d'inviter des étrangers. Miss Allison lui conseilla de ne pas commettre d'indiscrétions avec une incorrigible bavarde comme Betty, et Rosemary supposa, fielleuse, qu'elle aurait dû demander la permission de Jim pour inviter quelqu'un dans cette maison.

Avant que ce dernier pût répliquer, Pritchard entra pour lui dire que Mr. Paul Mansell le demandait au téléphone. Il répondit au maître d'hôtel : « Bon, j'y vais » et à Rosemary : « C'est la permission de tante Emily que vous auriez dû demander.

— Il me semble, dit Rosemary tandis qu'il sortait, qu'en tant que veuve de Clement, j'ai droit à quelque considération.

— Considérant que vous venez de nous annoncer à tous que vous aimez Mr. Dermott, je crois que moins vous parlerez de votre veuvage et mieux cela vaudra ! » rétorqua Miss Allison. Rosemary la regarda : « Vous ne me comprenez absolument pas, n'est-ce pas ? J'ai toujours eu l'impression que vous ne m'aimiez pas. »

Miss Allison n'ayant pas daigné répondre, Rosemary s'en alla.

« Chapeau, bien envoyé ! » dit Timothy en fin connaisseur.

Miss Allison rit : « Oh, Timothy, j'ai bien peur d'être seulement un peu rosse. Je suppose que tu ne pourrais pas emmener ces horribles gosses jusqu'au lac et les pousser dedans ?

— Nix ! répondit Mr. Harte. Pas envie d'être piqué en flag !

— Tu as sans doute raison. »

Jim rentra dans la pièce : « Tu peux te perdre, ou tu veux que je te donne une vraie course à faire ?

— Je vais au cinéma à Portlaw, alors tu peux me donner une course si tu veux.

— Achète-moi une boîte d'allumettes, ou un journal du cru, par exemple. » Mr. Harte lui promit de ne pas y manquer s'il s'en souvenait et disparut.

« Que voulait donc Paul Mansell ? demanda Patricia.

— Me dire qu'il allait venir pour qu'on parle de certaines choses. Je lui ai dit que je n'avais vraiment pas eu le temps de m'orienter, mais ça n'a pas eu l'air de le dissuader.

— L'affaire d'Australie, dit-elle en levant les yeux pour rencontrer son regard. Jim, laissez-les faire ce qu'ils veulent.

— Ma chère petite, je ne peux pas trancher une question comme celle-là en deux minutes. Je ne l'ai pas examinée. Tout ce que je sais, c'est que Silas et Clement y étaient tout à fait opposés.

— Jim » — elle posa une main sur celle de son fiancé et la serra —, « ne vous préoccupez pas de ça.

Tant pis s'il faut mettre beaucoup d'argent là-dedans. Laissez-les faire ce qu'ils veulent. »

Il la regarda, souriant à demi. « Je croyais que vous vouliez épouser quelqu'un de très riche.

— Ne dites pas de bêtises. Je suis sérieuse maintenant. Laissez les Mansell s'arranger comme ils veulent. Vous seriez encore très riche.

— C'est vrai, mon amour. Mais la question n'est pas là. Je ne m'intéresse absolument pas aux filets Kane & Mansell, mais pour Silas et Clement, c'était une grande partie de leur vie et je ne voudrais pas les laisser tomber. Je ne peux pas régler un problème de cette importance-là d'une minute à l'autre.

— Jim, vous ne pourriez pas vous dégager de tous les liens avec la firme ?

— Si, ce que j'aimerais faire, je crois, ce serait de tout regrouper dans une SARL, à condition que les Mansell y consentent.

— Ça leur plairait ?

— Peut-être, oui. Le tout est de savoir qui aurait le contrôle.

— Alors faites-le. Jim, j'ai peur.

— Pat, petite sotte !

— Je sais. Mais j'ai tout de même peur. Je ne voudrais pas ressembler à Rosemary, mais il y a comme une atmosphère de — de danger dans cette maison. Vous pouvez dire que je suis surmenée, surexcitée, si vous voulez et c'est peut-être vrai. J'ai essayé de m'en débarrasser, mais je ne peux pas. Je vous assure, je peux à peine supporter de vous perdre de vue pendant cinq minutes, tant j'ai peur qu'il vous arrive quelque chose. »

Il l'entoura de son bras : « Ma chérie, vous vous êtes laissé dépasser par tout ça.

— Oui, je sais. Mais ne dites pas à Paul Mansell que vous ne voulez pas du projet australien. Je vous en supplie, Jim !

— Non, bien sûr. Je n'ai pas l'intention de m'engager dans un sens ou dans l'autre avant d'avoir eu le temps d'examiner l'affaire à fond.

— Ils veulent une réponse tout de suite. Jim, vous ne vous rendez pas compte qu'il y a quelqu'un d'absolument impitoyable qui intervient ? »

L'étreinte du jeune homme se relâcha, son sourire disparut : « Que voulez-vous dire ? Expliquez-vous !

— D'abord Mr. Kane et maintenant Clement, dit-elle en tordant nerveusement un mouchoir entre ses mains. Ça semble fantastique, je *sais* que ça semble fantastique, mais ce type de Scotland Yard pense que Mr. Kane a été tué. Il m'a posé question sur question.

— Est-ce que vous suggérez sérieusement que les Mansell ont éliminé Silas et Clement simplement pour un différend en matière de politique commerciale ?

— Pas le vieux Mr. Mansell, non, mais Paul en serait capable. Vous ne le connaissez pas, Jim. Il est horrible.

— Je ne voudrais pas vous vexer, ma chérie, mais est-ce que vous avez beaucoup fréquenté Timothy ces temps derniers ?

— Oh Jim, ne riez pas ! Je suis si sûre que c'est sérieux !

— Bon, eh bien je vous promets que je ne scierai pas le projet australien aujourd'hui. Contente ?

— Je voudrais que vous l'acceptiez.

— Pas vraiment, Pat. »

Elle réfléchit : « Non, pas vraiment. Désolée. Faites pour le mieux. Je suis en train de flancher.

— Ce qu'il vous faut, c'est un bon coup d'époussetage. Aimeriez-vous que je vous en donne un dans mon *Goéland* ? J'avais l'intention de sortir demain.

— J'aurai sans doute une frousse bleue, répondit Miss Allison, candide. Mais enfin, je vois bien que si j'ai l'intention de poursuivre cette idée de mariage, il faudra que je m'habitue aux voitures de course et aux hors-bord. J'irai avec vous, si Mrs. Kane n'a pas besoin de moi. »

Peu après trois heures, Paul Mansell arriva à Cliff House, amenant avec lui sa sœur et les deux enfants. Betty Pemble avait eu l'inspiration d'attifer ses deux rejetons dans leurs plus beaux atours, sans se laisser arrêter par un certain désaccord entre la soie vert jade et les jeux dans un jardin. Peter, l'air remarquablement décidé pour un petit garçon de trois ans, portait en plus de son pantalon jade une chemise à jabot jonquille et, à en juger d'après son expression, qui était rébarbative, il n'appréciait pas cet accoutrement de gala. Jennifer, par contre, qui avait trois ans de plus que lui, paraissait satisfaite et très consciente de sa supériorité. Elle avait charmé le trajet depuis Portlaw avec un flot d'innocent babil qui avait incité son oncle à se demander pourquoi personne n'avait eu la bonne idée de l'étouffer à la naissance. En arrivant à Cliff House, elle sauta hors de la voiture et offrit ses embrassements à l'hôtesse. « Bonjour, Mrs. Kane. Regardez, Mrs. Kane, j'ai mis ma belle robe. Vous savez, Peter a été très sot, Mrs. Kane, et il a hurlé parce qu'il ne voulait pas qu'on lui change ses vêtements. Moi j'ai été sage. J'ai trois ans de plus que Peter, Mrs. Kane. C'est un petit bébé tout bête.

— Chut, ma mignonne, dit amoureusement sa mère. Fais un petit bisou à tante Rosemary, Peter chéri.

— Non, répondit Peter avec un regard furibond en direction de Rosemary. A veux pas. »

Betty se pencha sur lui et lui dit d'un ton charmeur : « Mon trésor, tu sais que tu as promis à maman d'être sage. Tu aimes bien tante Rosemary, n'est-ce pas ? »

Exaspéré, Pemble Junior la repoussa d'un poing grassouillet mais ferme : « A *veux* pas, répéta-t-il.

— Oh, je vous en prie, ne vous inquiétez pas, implora Rosemary. Je n'ai jamais compris pourquoi les enfants devaient embrasser tout le monde. Vraiment, je n'y tiens pas du tout.

— Non, Peter doit faire ce qu'on lui dit, répliqua fermement Betty. J'exige toujours qu'ils m'obéissent, c'est la seule façon de faire. Voyons, mon chéri, écoute ! Tu ne voudrais pas que maman te ramène à la maison ?

— A *veux* aller à la maison ! hurla Peter. *A veux* aller à la maison *maintenant !* A veux ! A veux ! »

Sa mère interrompit le crescendo en disant : « Oh, Peter ! Tu ne sais pas comme maman est triste quand tu te tiens aussi mal !

— Moi je suis sage, maman, hein ? dit Jennifer en sautant d'un pied sur l'autre avec plus d'énergie que de grâce. Moi, j'ai *embrassé* Mrs. Kane sans qu'on me le dise, n'est-ce pas maman ?

— Oui, ma chérie, mais ne saute pas comme ça. Tu vas avoir trop chaud. »

Pemble Junior, justement excédé, jugea bon à ce moment d'allonger un direct du droit bien ajusté dans les côtes de sa sœur, qui se mit aussitôt à pleurnicher, et, lorsque Betty eut fini de lui rappeler qu'après tout Peter était encore un très petit garçon, puis à Peter que les garçons ne frappaient jamais les filles, les causes de l'altercation étaient complètement oubliées. Rosemary, qui n'était pas du tout tentée par la perspective d'attendre les embrassades d'un enfant rétif, se hâta d'emmener le groupe sur la pelouse sud en bas de la terrasse.

« Vous ne pouvez pas savoir à quel point je suis heureuse de vous voir, dit-elle à Betty. Sérieusement, si vous n'étiez pas venue, je crois que je serais devenue folle.

— Ma chère, j'étais trop contente de venir. Je comprends si bien que vous soyez — Peter, non il ne faut pas cueillir les jolies fleurs. Les regarder, mais pas les *toucher*. Tu vois comme elles sont belles. Je suis sûre que tante Rosemary vous autorise à les sentir. Jennifer, ma chérie, montre à Peter comment sentir les jolies fleurs. » Elle se tourna vers Rosemary. « Cette petite a un sens de la beauté extraordinaire. C'est le paradis pour elle, ce jardin parfait. Elle en parlera pendant des semaines. C'est si important de les élever de manière à ce qu'ils n'aient que de belles pensées, vous ne trouvez pas ?

— Je n'en sais rien, répondit Rosemary avec impatience. Je ne connais rien aux enfants. Je suppose qu'ils peuvent s'amuser ensemble, n'est-ce pas ?

— Oh, parfaitement, assura Betty en s'installant dans une chaise longue sous un grand cèdre. Tant que je les vois. Allez, mes petits, allez vous amuser tranquillement tous les deux.

— On n'a rien pour s'amuser, répliqua Jennifer.

— Ça ne fait rien, ma chérie. Courez vous

amuser ensemble. Maman veut causer avec tante Rosemary.

— Mais, maman...

— Minou ! beugla soudain Pemble Junior en voyant le chat de la cuisine traverser la pelouse. A veux le minou. »

Les deux enfants se ruèrent en direction du chat avec force hurlements : « C'est *mon* minou, je l'ai vu avant toi, je veux pas que tu l'aies. » Une lutte à mort semblait inévitable, mais le chat, après un regard horrifié, fila comme l'éclair vers le refuge le plus proche — une haie de troènes. Après avoir essayé en vain de l'en faire sortir, les enfants découragés revinrent vers leurs aînées et Peter informa Rosemary qu'il avait eu un minou.

« Voui et vous savez ce qu'il lui est arrivé, tante Rosemary ? demanda Jennifer, d'un air gourmand. Il est sorti sur la route et une voiture est venue et elle l'a tué.

— Voui, éclabouillé, paf ! confirma Peter avec enthousiasme.

— Je me demande bien qui leur a parlé de ça ? dit Betty d'un ton ennuyé. Je veux dire, je fais toujours si attention à ce qu'ils ne sachent rien de la mort et de choses comme ça. »

Pendant le quart d'heure suivant, la conversation entre les deux dames fut ponctuée par les admonestations de Betty aux enfants et leurs réponses en forme de gémissements parce qu'ils n'avaient rien à faire. Heureusement pour son humeur, Rosemary aperçut un des jardiniers, auquel elle eut la bonne idée de confier les enfants. Ils partirent avec lui, suivis par une salve de recommandations, et ne reparurent qu'à l'heure du thé, le divertissement ayant été d'un haut niveau, à savoir : plumaison et vidage d'un poulet tué le matin.

Pendant que Rosemary se confiait à Betty dans le jardin, Jim Kane affrontait Paul Mansell dans la bibliothèque et se disait que le gaillard était décidément assez peu recommandable.

En arrivant à Cliff House, Paul avait tout juste pris le temps de saluer Rosemary avant d'entrer dans la maison. Pritchard l'avait introduit dans la bibliothèque où Jim était venu le rejoindre, et après un bref échange de civilités, il était entré dans le vif du sujet. Son père et lui-même, bien que fâchés d'aborder sitôt le problème, avaient hâte de savoir quelle serait la politique du principal actionnaire.

Jim sourit et secoua la tête. « Inutile de me demander ça maintenant, Mansell. Je n'ai pas encore eu le temps de me retourner. Les filets, ça n'est pas vraiment mon rayon, vous comprenez.

— Parfaitement. Nous en sommes bien convaincus », répondit Paul qui sourit, en se croisant les jambes, ce qui lui permit de balancer un pied élégamment chaussé de suède. « Je pense que le mieux pour vous serait de céder vos parts à mon père. Vous ne tenez sûrement pas à endosser tous les tracas d'une affaire de ce genre-là. Je sais bien qu'à votre place, je ne voudrais pas m'en mêler. »

C'était exactement la conclusion à laquelle Jim était arrivé, mais il éprouvait désormais une aversion tout à fait irrationnelle pour l'idée de laisser l'affaire aux mains des Mansell. Il dit : « Non, je ne crois pas que je souhaite céder mes parts, merci. Qu'est-ce que vous en diriez, vous et votre père, si nous devenions une SARL ? »

Paul Mansell leva les sourcils : « Ah ! une bien

grosse décision pour être prise comme ça. Je ne crois pas que l'idée plairait tellement à mon père. A dire vrai, je n'y ai pas réfléchi. J'étais venu — dans la mesure où vous ne souhaitez pas vous retirer de la firme —, j'étais venu au sujet de la nouvelle opération. Je ne sais pas si on vous a parlé de notre projet australien ?

— Un peu, répondit Jim.

— Ah, alors il vaut peut-être mieux que je vous l'explique », dit Paul sur un ton blasé.

Jim l'écouta jusqu'au bout, l'interrompant seulement une fois ou deux pour poser des questions — des questions si pertinentes que Paul commença à se demander si ce grand jeune homme souriant était aussi naïf qu'il l'avait cru. Ses yeux se plissèrent un peu, sa voix se fit plus suave.

« A première vue, tout ça paraît intéressant, convint Jim quand Paul eut fini. Mais enfin je ne connais rien à ce genre d'affaires et je veux aller au fond des choses avant de commencer à prendre des décisions. Je pense que vous n'attendez pas de moi une réponse immédiate.

— Je crois, dit doucement Paul, que le plus sage pour vous serait de vous laisser guider par nous. »

Toute trace de sourire disparut du visage de Jim et les muscles autour de sa bouche se durcirent, lui donnant un air légèrement pugnace. Il regarda Paul droit dans les yeux et lui dit d'un ton appuyé : « Vous croyez ? »

Paul fit un geste gracieux de la main. « Mon cher, est-ce que vous ne venez pas de dire que vous ne connaissiez rien à l'affaire ?

— Presque rien », répondit Jim.

Paul sourit. « Je reconnais mon erreur. Mais

enfin, il n'y a pas beaucoup de différence, n'est-ce pas ?

— Pas beaucoup, en effet. Simplement, je sais qu'à tort ou à raison, Silas et Clement étaient hostiles au projet.

— Votre cousin Silas, riposta Paul, était un vieil homme paralysé par les préjugés et votre cousin Clement, si je peux me permettre de le dire, était handicapé par une femme qui n'avait jamais assez d'argent à dépenser. Pardonnez-moi d'être si franc.

— Pas du tout, répondit Jim avec une égale courtoisie. Tout ce que vous me dites du projet est très probablement exact. Mais, et je suis sûr que vous vous en rendez parfaitement compte, en raison de la position bien connue de mes cousins, je serais le dernier des imbéciles si je m'engageais sans en savoir plus que ce que vous m'avez dit.

— Je vois que vous êtes aussi prudent que vos cousins. Puis-je tout de même vous faire remarquer ceci : pendant que vous — euh — acquérez des connaissances sur l'affaire, l'occasion de se développer sera perdue. Roberts a été très patient, mais il n'agit pas pour son compte et on ne peut pas compter qu'il attendra indéfiniment.

— Certainement, dit Jim. Mais puis-je à mon tour vous rappeler que cet héritage est tombé sur moi sans le moindre préavis, il y a deux jours ? D'après ce que j'ai vu de Roberts, j'ai l'impression qu'il serait bien le dernier à vouloir me bousculer et me faire entrer dans l'affaire sans l'étudier d'abord à fond. »

Paul Mansell décroisa les jambes et se leva. « Je vais donc dire à mon père que la décision reste encore en suspens ?

— C'est à peu près ça. J'espère voir Mr. Mansell dans un jour ou deux. Il n'y a pas que ce point à discuter. Vous restez pour le thé, bien entendu ?

— Merci beaucoup, mais il faut que je retourne au bureau. Mon beau-frère passera certainement prendre sa famille en revenant du golf. » Il s'interrompit et ses yeux eurent une lueur dure : « A propos, je crois savoir que je dois vous féliciter. Vous êtes fiancé à Patricia Allison ?

— Merci beaucoup, oui.

— Vous avez de la chance (sourire). Une jeune fille charmante — et d'un grand bon sens. Transmettez-lui mes félicitations. Je crois que ce n'est pas l'usage, mais à mon avis dans ce cas, elle mérite bien de l'être.

— Vous allez me rendre confus », répondit agréablement Jim en tenant la porte ouverte pour laisser passer Paul dans le hall.

Il sortit sur le perron pour voir partir son visiteur et s'apprêtait à rentrer dans la maison quand un taxi remonta l'allée et déposa un monsieur fort distingué, fort mince et fort dispendieusement vêtu, qui dit d'un ton placide : « Ah, vous voilà ! Je crois bien que j'ai oublié de vous faire savoir que j'arrivais.

— Bonjour, Adrian ! dit Jim en s'avançant pour accueillir le nouveau venu. D'où tombez-vous ? Je vous croyais en Écosse ? »

CHAPITRE 8

Sir Adrian Harte paya le chauffeur du taxi, attendit que ses bagages fussent en sécurité entre les mains de Pritchard surgi comme par magie au bruit de l'automobile et entra dans la maison avec son beau-fils : « Mon cher petit, par ce temps ? » répondit-il d'un ton plaintif.

Jim, qui ne pêchait pas, s'excusa : « J'ai oublié Quand êtes-vous rentré à Londres ?

— Hier soir. J'ai pensé qu'il ne serait peut-être pas mauvais que je vienne voir ce qui se passe ici. » Il ajusta son monocle et regarda Jim d'un air peiné, discrètement interrogateur :

« Assez inhabituel, n'est-ce pas ?

— Un peu, oui. Et pas très agréable non plus.

— Ah, non, je veux bien le croire. Je n'ai jamais été mêlé personnellement à un assassinat, mais j'imagine que la situation doit être très déplaisante. Dommage que vous vous soyez trouvé ici à ce moment-là. Je ne sais trop ce qu'en dira votre mère.

— Comment va-t-elle ? demanda Jim. Vous avez des nouvelles ?

— Non, répondit Sir Adrian en le précédant dans

la bibliothèque. Pas un mot. Je me demandais si vous auriez eu une lettre.

— Rien depuis la carte qu'elle a envoyée de cette adresse illisible. Qu'est-ce qu'il a pu lui arriver, d'après vous ?

— Si votre mère n'écrivait pas aussi irrégulièrement, je trouverais cela plutôt inquiétant. Mais je ne doute pas qu'il y ait une explication parfaitement ordinaire à son silence. » Il se laissa tomber dans un fauteuil : « Eh bien, mon cher petit, racontez-moi tout. J'imagine que vous n'êtes pas pour le moment dans une position très enviable.

— Non, pas vraiment, dit Jim. Tous les indices semblent converger vers moi. Je crois que la police ne peut pas arriver à croire que je n'avais aucune idée de ma position dans la ligne de succession.

— J'avoue que j'ai été assez surpris de votre ignorance.

— Vous étiez au courant ?

— Oh, oui. Je suis sûr que votre mère m'en avait informé il y a des années. Si ce n'est pas une question vulgaire, de combien héritez-vous ?

— Je ne suis pas très sûr. Cousin Silas a laissé près d'un quart de million, mais les droits seront colossaux.

— Je suppose qu'il en restera suffisamment pour vos besoins très simples ? » demanda Sir Adrian.

Jim sourit. « Plus qu'assez, je pense. Mais mes besoins ne seront plus tout à fait aussi simples dans l'avenir. Je vais me marier.

— Vraiment ? » Sir Adrian parut vaguement surpris. « Je ne crois pas que vous l'ayez mentionné dans votre lettre ?

— Non, je trouvais que ça n'allait pas très bien avec l'annonce de la mort de Clement.

— Ah ! discrimination artistique. Ai-je le plaisir de connaître la jeune personne ?

— Je pense bien ! C'est Patricia Allison. La demoiselle de compagnie de tante Emily. »

Sir Adrian fronça légèrement les sourcils. « Je ne crois pas l'avoir rencontrée.

— Mais si, Adrian, la dernière fois que vous êtes venu.

— Si vous le dites, c'est certainement exact. En vieillissant, je constate que les gens font fort peu d'impression sur moi. Est-ce que c'est ce que votre mère considérerait comme un mariage assorti ?

— Tout à fait, je vous assure.

— Je suis persuadé que vous êtes le mieux placé pour en juger, déclara Sir Adrian. A propos, est-ce que je n'ai pas envoyé Timothy ici ?

— Oui, et il est même un peu là.

— Il me semblait bien que je l'avais fait. Quand je suis revenu à Londres, impossible de me rappeler les dispositions que j'avais prises ; mais il m'est venu à l'esprit dans le train que j'avais dû l'envoyer ici. Pour en venir à des questions plus importantes, avez-vous eu entre les mains la collection de timbres du vieux Mr. Kane ?

— Non, il en avait une ?

— Mon cher Jim ! » Sir Adrian était vraiment choqué : « Elle est unique. En plus d'une occasion, j'ai offert d'acheter au moins trois des spécimens à Silas qui, je dois dire, n'éprouvait à leur égard que le désir purement Kane de s'accrocher à ses avoirs. Je vous les achèterai si vous voulez vendre.

— Grand Dieu, Adrian ! Prenez toute la collection si vous voulez. Elle ne m'intéresse absolument pas.

— Je ne profiterai pas à ce point de votre innocence », répondit Sir Adrian avec un léger sourire.

A ce moment, la porte s'ouvrit et Timothy entra d'un bond en disant : « Dis donc, Jim, j'ai invité Mr. Roberts... Oh ! bonjour papa, je ne vous avais pas vu. » Il s'approcha pour serrer la main de son géniteur. « Je croyais que vous étiez en Écosse. Vous êtes venu ici comment ?

— Mon arrivée semble avoir provoqué beaucoup de surprise imméritée, dit Sir Adrian. J'ai eu cinq jours de soleil consécutifs et je suis rentré.

— Ah, bon. Dis donc, Jim, j'ai invité Mr. Roberts à prendre le thé. Je l'ai rencontré devant le cinéma et il m'a demandé si je croyais que ça t'ennuierait qu'il vienne un jour te voir. Ça ne t'ennuie pas, hein ? Je lui ai dit que je savais que ça ne t'ennuierait pas.

— Et comme vous voyez, je l'ai pris au mot et je me suis permis de venir, dit Oscar Roberts depuis le seuil. Mais vous n'avez qu'un mot à dire et je prends le premier autobus pour Portlaw.

— Bien sûr que non ! Entrez donc ! dit Jim. Adrian, permettez-moi de vous présenter Mr. Roberts. Mon beau-père, Sir Adrian Harte.

— Enchanté de vous rencontrer, Sir Adrian. Votre fils et moi, on s'entend très bien — ou du moins on s'entendait jusqu'à ce que ce maudit brigadier de Scotland Yard vienne me couper l'herbe sous le pied, ajouta-t-il avec un clin d'œil malicieux.

— Oh, c'est pas juste, ça ! protesta Timothy. Je voulais seulement voir pour de bon comment travaille un détective. »

Oscar Roberts laissa tomber une main sur l'épaule de Timothy et la pressa : « Bien sûr, fiston, je plaisantais. Bon, eh bien, j'ai comme une idée que vous n'avez pas besoin d'un étranger dans votre réunion de famille, Mr. Kane. Je pourrais peut-être revenir demain. » Sir Adrian dit alors : « Il me semble que je suis de trop. Je suis persuadé que vous souhaitez avoir une conversation privée avec mon beau-fils et d'ailleurs j'étais sur le point de monter dans ma chambre. Viens avec moi, Timothy. »

Oscar Roberts prit la chaise que son hôte avançait et dit : « Je ne suis pas venu vous persuader d'accepter ma proposition. »

Jim rit : « Ouf ! Quel soulagement !

— Oui, j'ai pensé que vous auriez peut-être la visite de vos associés. » Il prit un cigare dans la boîte que Jim lui tendait, puis tandis qu'il l'allumait dit, en regardant son hôte au travers de la fumée : « Dites-moi, j'aimerais que nous soyons francs, Kane.

— Entièrement d'accord. »

Roberts se pencha pour mettre son allumette éteinte dans le cendrier sur la table. « Voilà qui va faciliter ce que j'ai à vous dire. Je ne voudrais pas que vous vous fassiez des idées fausses à propos de cette petite affaire que j'essaie de conclure. Si je peux les avoir, je veux les filets Kane & Mansell pour ma firme là-bas en Australie, mais je ne vais pas déclencher un massacre pour avoir le meilleur, alors que la classe au-dessous fera presque aussi bien.

— Je vous demande pardon ? » Jim s'était un peu crispé.

Les yeux froids et calculateurs ne cillèrent pas. « Restons-en là, si vous voulez bien, Kane. Il s'est passé des choses très bizarres dans cette maison et je suis obligé de convenir qu'elles ont l'air d'être en rapport avec mon arrivée sur la scène. Peut-être une coïncidence, ou peut-être pas. Mais je tiens à vous dire que je ne fais pas pression sur vos associés pour avoir une réponse. J'ai comme une idée qu'ils essaient de vous forcer la main. Moi pas. Je serai certainement content de régler la question d'une manière ou d'une autre, mais je comprends votre position et je ne voudrais pas vous embarquer dans une affaire que vous ne comprenez pas bien et que vous pourriez regretter. Ce n'est pas comme ça qu'on travaille. Je voudrais au contraire que vous y réfléchissiez et que vous preniez un avis impartial. Vous ne me ferez pas attendre au-delà de ce qui est raisonnable et moi je m'offrirai de petites vacances.

— C'est extraordinairement chic de votre part, dit Jim. Je veux en effet avoir le temps de m'orienter, mais vous faire faire le pied de grue pendant que j'essaie de m'y retrouver dans cette infernale affaire de filets, est-ce que ce n'est pas beaucoup vous demander ?

— Si je vois une possibilité de conclure la transaction, je ferai volontiers un peu le pied de grue. » Il regarda le bout de son cigare. « Pas inintéressant de faire le pied de grue à Portlaw.

— Vous vous intéressez à l'assassinat de mon cousin ? demanda brutalement Jim.

— Ma foi » — Roberts le regarda avec un rien d'amusement — « j'ai l'impression d'être responsable, très indirectement. Vous admettrez que votre police a un chouette petit problème à résoudre.

— Une très sale histoire. On a appelé Scotland Yard.

— Oui, j'ai eu le plaisir de recevoir la visite du commissaire Hannasyde ce matin.

— Je crois qu'il est assez fort. Un type plutôt sympathique, pour ce que j'en ai vu.

— Sûr. Je pense que c'est le modèle standard qu'ils produisent à Scotland Yard — compétent, efficace. Il est sûrement assez fort pour tirer au clair la mort de Silas Kane. L'ennui c'est qu'il a joliment peu de chose comme base de départ. Il y a quelqu'un qui a rudement bien manœuvré dans cette histoire-là. Il faut le reconnaître.

— Vous avez toujours pensé que mon cousin Silas avait été assassiné, n'est-ce pas ? lui demanda Jim, curieux.

— Oh, je n'irais pas jusque-là. J'ai pensé que sa mort méritait peut-être d'être regardée de plus près.

— Oui, ça en a l'air maintenant, mais à l'époque je crois qu'aucun d'entre nous n'a soupçonné qu'il pouvait y avoir eu crime. Tout ça va être passé à la loupe maintenant.

— En effet, mais dans une espèce d'affaire de famille comme celle-là, il me semble toujours que la police a un gros handicap. Le type de Londres n'est pas idiot, mais il ne connaît pas les gens auxquels il a affaire. Il peut apprendre beaucoup de choses sur eux en posant des questions, mais il ne peut pas les connaître aussi bien qu'un homme qui évolue au milieu d'eux comme moi. Ils sont sur leurs gardes, avec lui.

— Vous auriez dû être détective », lança Jim en riant.

Oscar Roberts sourit, mais ne dit rien.

« Est-ce que vous avez trouvé quelque chose qui a échappé à la police ? » demanda Jim.

Léger silence, puis : « Non, je n'irai pas jusque-là, dit Roberts de son ton mesuré habituel. Je ne cache rien à la police. Je ne voudrais pas vous vexer en me mêlant de ce qui ne me regarde pas. Simplement, rappelez-vous que j'ai été l'un des premiers à voir votre cousin après sa mort. En plus, je ne peux pas me défaire de l'idée que je devais avoir la réponse de Mr. Kane ce jour-là. Tout avait l'air d'indiquer qu'il me dirait non. Eh bien, il n'a pas eu le temps de le faire, il a été éliminé avant. A mon avis, ça me donne une bonne excuse pour m'intéresser à l'affaire.

— Oh, pas d'objection, dit Jim. Bonne chance.

— Merci. » Roberts déplia ses longues jambes et se prépara à se lever. « Il y a juste une autre chose que je voudrais vous dire. » Il se leva, hésita un instant : « Comprenez-moi bien, Kane, il s'agit d'un soupçon et pas autre chose. Mais je tiens à vous dire qu'à votre place, je ferais attention, très attention. »

Jim se leva, une étincelle de colère dans les yeux. « Je crois que cette idée-là est complètement invraisemblable, mais par Dieu, si les Mansell croient qu'ils pourront me faire accepter leurs sacrés projets par ce moyen-là, eh bien, ils pourront repasser. »

Oscar Roberts gloussa. « Voilà qui est parlé ! Mais tout de même, je ne resterais pas assis tout seul devant les fenêtres ouvertes, Kane. Une cible aussi facile, c'est tentant. »

Jim lança le menton en avant, buté. « Si je croyais qu'il y a un mot de vrai là-dedans, je flanquerais à l'eau le projet australien instantanément.

— Eh là, eh là, ce n'est pas du tout ce que je veux, dit Roberts. Je comprends bien ce que vous éprouvez, mais je ne suis pas venu ici pour vous braquer contre ma proposition. »

Jim eut un rire forcé. « J'essaierai de juger en toute impartialité. Et merci pour l'avertissement. Venez prendre le thé, maintenant. »

Roberts se défendit un peu, mais se laissa convaincre. Le thé avait été servi sur la terrasse quelques minutes plus tôt et un groupe important était déjà réuni. Ayant appris l'arrivée de Sir Adrian, Emily avait mis sa plus belle robe de soie noire, honneur rarement accordé, et elle écoutait la voix distinguée, assez languissante du père de Timothy avec un air un peu moins rébarbatif que de coutume. Pour tous les Kane, sauf Jim, Adrian était une quantité inconnue. L'instinct des Kane commandait à Emily de mépriser ce niais qui n'avait jamais fait une heure de travail dans sa vie, mais le bon sens des Kane lui disait qu'il était tout sauf niais — vague et insaisissable peut-être. Sa conversation, étrange pour elle, lui plaisait ; elle pouvait ironiser sur des points de vue presque toujours opposés aux siens, mais en secret, elle respectait son jugement.

Rosemary et Betty Pemble étaient assises l'une à côté de l'autre. Cette dernière, après avoir alternativement plaint Rosemary de n'avoir que la fortune personnelle de Clement, puis convenu que Jim n'avait jamais rien fait pour mériter l'héritage des Kane et que Patricia Allison avait une certaine dureté, certainement due à son état de célibataire, avait bondi au premier rang des amis intimes de Rosemary. Mais avec le retour de ses enfants sur la scène, son attention s'était naturellement détournée de son hôtesse pour se consacrer à eux. Elle les avait installés à une petite table discrètement éloignée du reste de l'assemblée, et quand Jim Kane et Oscar Roberts arrivèrent sur la terrasse, elle était très occupée à les faire taire chaque fois que leurs voix dépassaient le niveau sonore acceptable, ce qui était fréquent, et à déplorer la dimension des portions qu'ils jugeaient bon d'enfourner dans leur bouche. De temps à autre, elle expliquait, navrée, à Rosemary, qu'habituellement ils ne se tenaient pas du tout comme ça. Timothy, solidement retranché à côté de Patricia, regardait son assiette d'un air écœuré en murmurant : « Zut alors ! » chaque fois que leur comportement offensait son sens des convenances.

Emily accueillit Oscar Roberts sans cordialité excessive. Elle n'avait pas l'habitude de se forcer pour surmonter ses préventions et ne voyait aucune raison de faire une exception dans ce cas. La façon qu'il avait de claquer les talons et de saluer en lui prenant la main, elle la traitait d'étrangère et elle ne connaissait point de qualificatif plus désobligeant. Après un très bref « Comment allez-vous ? » elle se tourna aussitôt vers Sir Adrian pour lui demander ce que faisait sa femme à courir la prétentaine en Afrique à son âge.

« Je ne sais vraiment pas, répondit Sir Adrian.

— Eh bien, vous devriez le savoir », dit Emily d'un ton acerbe.

Il sourit et se contenta de dire qu'il ne se permettait jamais de discuter les activités de Norma.

C'était le genre de remarque qu'Emily trouvait déroutante. A son avis, les hommes devaient discuter les activités de leur épouse. Elle l'aurait dit à la plupart des gens, mais elle avait juste assez de respect envers Sir Adrian pour s'abstenir. Au lieu de cela, elle déclara : « Elle va se faire manger par les cannibales, un de ces jours.

— Oh, je ne crois pas, répondit Adrian avec un optimisme facile. Elle est très capable, vous savez Une femme extraordinaire. Je me sens complètement incapable de soutenir le rythme de son extraordinaire vitalité. » Son regard glissa vers Timothy, puis de Timothy à Jim. « Je crois que ses fils n'ont ni l'un ni l'autre sa force de caractère.

— Tant mieux, dit Emily. Qu'est-ce que vous comptez faire de ce garçon que vous avez ? »

Sir Adrian eut l'air un peu alarmé. « Ce que je compte faire de lui, répéta-t-il.

— Oui, dit Emily, impatientée. Où allez-vous le caser ?

— Oh, ah ! Il est encore un peu tôt pour penser à ça. Il me semble singulièrement inapte à toutes les professions qui me viennent à l'esprit pour le moment. »

Emily lança un de ses brefs éclats de rire et reprit au bout d'un moment : « Vous savez, je pense, que la police soupçonne Jim ?

— J'imaginais que ce serait ce qu'elle ferait, dit-il en essuyant délicatement son monocle.

— Un tas d'inepties ! Ils m'exaspèrent. »

Sir Adrian se leva pour porter sa tasse à Miss Allison et, comme Oscar Roberts s'était mis à parler avec Emily, il resta debout près de la table à boire lentement son thé en échangeant quelques platitudes avec Patricia. Puis il dériva lentement vers une chaise vide près de Betty Pemble qui engagea aussitôt la conversation. Ses enfants, ayant fini leur goûter, étaient partis à la recherche de leur nouvel ami, le jardinier, si bien qu'elle put donner toute son attention à Sir Adrian, qu'elle trouvait très distingué. Elle était enchantée de pouvoir lui narrer par le menu tout ce qu'elle éprouvait pour la famille et combien elle souhaitait faire quelque chose afin de l'aider. Sir Adrian répondait courtoisement, d'une voix plutôt lasse, et quand Betty déclara qu'il considérait sans aucun doute Jim comme son propre fils, il s'exclama : « Mon Dieu, non, absolument pas », d'un air très étonné. Il aurait pu ajouter qu'il ne se sentait pas beaucoup, voire pas du tout, plus concerné par Timothy ; heureusement pour l'opinion que Betty avait de lui, il n'était pas habitué à se livrer, mais il en avait dit assez pour que Betty confiât par la suite à son mari que Sir Adrian avait beau être charmant, elle ne pouvait s'empêcher de lui trouver quelque chose d'un peu sinistre.

Miss Allison ne le trouvait pas sinistre, mais plutôt inaccessible. Impossible de savoir l'impression que vous faisiez sur lui, car son comportement était le même pour tout le monde. Il semblait s'intéresser plus à la collection de timbres du vieux John Kane qu'à l'assassinat de Clement et quand, dans l'intimité de sa chambre, Jim lui raconta l'entretien qu'il avait eu avec Roberts, il dit d'un air vaguement dégoûté : « Plutôt mélodramatique vous ne trouvez pas ?

— Oui, certainement, répondit Jim. Mélodramatique et absurde. Mais enfin, on est obligé de constater un fait : soit parce qu'ils étaient contre le projet australien, soit pour toute autre raison, Silas et Clement sont morts tous les deux.

— Vous vous sentez nerveux ?

— Non, pas vraiment. Je ne reste pas volontiers près des fenêtres ouvertes.

— Je n'y vois aucun mal, si vous avez l'impression que ce pourrait être dangereux. Mais je dois dire que je me trouve dans l'impossibilité totale d'accepter l'éventualité d'un troisième meurtre accompli pendant que la police enquête sur le premier et le deuxième.

— Très improbable en effet », convint Jim. Ses yeux se plissèrent, tandis qu'il essayait un pâle sourire. « Si vous êtes apparemment la troisième cible, la quantité d'improbabilité que vous pouvez avaler est tout à fait étonnante.

— Oui, je ne doute pas que cela obscurcisse le jugement », dit Sir Adrian.

Jim rit franchement : « Si jamais je panique, Adrian, je viendrai vers vous pour que vous me teniez la main. Vous êtes la personne la plus tranquillisante que je connaisse. Maintenant que vous êtes ici, même les deux premiers crimes paraissent outrés. Si vous restez assez longtemps, nous commencerons à douter qu'ils aient vraiment eu lieu. Je suis sûr que vous n'en avez jamais eu dans votre famille ?

— Non, nous avons toujours réussi à rester en dehors de la presse à sensation », répondit Sir Adrian en cherchant des boutons de manchettes dans un coffret.

Jim secoua la tête : « Ça doit vous déplaire furieusement d'être mêlé à des gens aussi vulgaires que nous.

— Ne soyez pas absurde, mon cher Jim. »

Ce dernier se dirigea vers la porte. « Je vais me changer. Oh, Adrian, est-ce que vous allez pouvoir le supporter ? Je vais faire du commerce... du moins, si l'on se fie aux apparences.

— Moi, oui, mais je doute que votre mère

apprécie. Elle trouvera que vous manquez singulièrement d'audace.

— Oh ! elle voudra que je finance une expédition au Pôle Nord, probablement, s'exclama Jim en riant.

— Vous vous trompez tout à fait. Si mes souvenirs sont exacts, elle souhaite faire de la Chine centrale son prochain objectif », dit Sir Adrian, fort occupé à nouer sa cravate.

Plus tard dans la soirée, Miss Allison, se trouvant seule avec lui pendant quelques minutes, aborda le même sujet : « Mr. Roberts m'a dit qu'il avait conseillé à Jim de ne pas prendre de risques. Croyez-vous possible que les Mansell puissent... puissent vraiment envisager un crime simplement pour faire régler cette transaction comme ils veulent ?

— Non, répondit Sir Adrian. Bien entendu, il est tentant de croire un jeune homme d'aussi mauvaise mine que Paul Mansell capable de presque tout, mais il faut éviter que de simples idées préconçues colorent le jugement.

— Je me le suis dit et je pense que je suis bêtement anxieuse, mais vous comprenez, c'est assez important pour moi. Quand vous aimez quelqu'un, la raison se trouve parfois un peu submergée.

— Vous ne voulez pas dire par là, j'espère, que je suis le beau-père sans cœur de la légende », dit Sir Adrian en la regardant d'un air taquin. Elle sourit : « Non, bien sûr. Mais il n'est pas comme votre propre fils — ou votre fiancé, n'est-ce pas ?

— Certainement pas le moins du monde comme mon fiancé. Et, je suis heureux de le dire, pas tellement comme mon propre fils non plus. Encore que Timothy s'améliorera en grandissant, je n'en doute pas.

— Vous êtes un père dénaturé, Sir Adrian.

— J'en ai bien peur, oui.

— Et vous ne croyez pas que Jim soit menacé par un danger quelconque ?

— Cela me paraît extrêmement improbable. D'après ce que j'en ai entendu dire — mais je suis lamentablement ignorant en ces matières — il ne me semble pas que l'expansion des affaires envisagée en Australie ait une importance suffisante pour provoquer trois meurtres, mais il y a une autre possibilité qui m'est venue à l'esprit.

— Oui ? Dites-moi laquelle, je vous en prie.

— Non, je n'en ferai rien. C'est une simple supposition qu'une enquête rapide pourrait facilement réduire à néant. Je vais avoir un entretien demain avec l'homme de Scotland Yard. Cela me fait penser : il faut que je prie le maître d'hôtel d'appeler le poste de police demain matin à la première heure.

— Si vous voulez bien me donner le message, je le transmettrai à Pritchard, Sir Adrian. Cela fait partie de mes attributions, vous savez.

— Ce serait infiniment aimable à vous. Si vous voulez bien informer le brigadier de service que je serais obligé à l'inspecteur principal — je ne connais pas son nom, mais peut-être pourriez-vous le trouver — de passer à Cliff House dans le courant de la journée. Je lui en serais extrêmement reconnaissant. » Elle ne put s'empêcher de rire. « Bien sûr, je vais le faire. Mais quand je pense comme la plupart d'entre nous sont terrifiés par ces redoutables policiers, je me dis que les appeler à venir ici, c'est aller au-devant des ennuis.

— Oh, non, je ne crois pas, dit-il doucement.

— Enfin, c'est un geste superbe. Ceux d'entre nous qui souhaiteraient voir l'inspecteur descendraient sans doute au poste, en rasant les murs pour implorer une audience. »

Il parut légèrement surpris et Miss Allison confia par la suite à Jim Kane que fréquenter son beau-père lui faisait penser que l'assassinat de Clement et ses propres angoisses étaient des fautes de goût déplorables.

« Oh, c'est bien son avis, dit Jim. Toute l'histoire est d'une vulgarité sans nom.

— Vous l'aimez, Jim ?

— Beaucoup.

— Et lui, il vous aime ?

— Je le crois. Pourquoi ?

— Je me demandais. Il est toujours si en retrait. Mais c'était tout de même très gentil à lui de venir. Pourquoi veut-il voir l'inspecteur à votre avis ?

— Pas la moindre idée. Mais j'approuve sans réserves. Il donne indiscutablement de la classe au processus. De toute évidence, aucun membre de son entourage ne serait assez vulgaire pour se rendre coupable d'un meurtre.

— Si ce policier avait une molécule de bon sens, il n'aurait pas besoin de voir votre beau-père pour se rendre compte que vous n'avez pas pu le commettre », dit énergiquement Miss Allison.

Hemingway au moins était absolument de cet avis. « Il faut tenir compte de la psychologie, chef. Comme je vois les choses, un gentil jeune homme, du genre James Kane, ne fait pas des tours de valse en descendant sa parenté.

— Tout à fait mon avis, mais il y a aussi la

question des mobiles qu'il faut prendre en compte. Il en a plus que tous les autres.

— Il en a trop, déclara prestement le brigadier. Il en ruisselle. J'ai l'idée que ce qu'il faut qu'on vise, c'est quelque chose de plus recherché. Ça n'est pas un de ces crimes grossiers, du genre pan-dans-l'œil. Non, il a de la branche. Qui c'est ce Sir Adrian qui veut vous voir ?

— Le père de votre jeune ami, j'imagine.

— Hein, Timothy le Terrible ? Vous m'en direz tant ! Eh bien, si c'est un numéro comme son rejeton, vous n'allez pas vous embêter. »

Toutefois, Hannasyde ne put déceler une grande ressemblance entre les deux. Monté à Cliff House peu après onze heures, il rencontra Timothy sur le perron, lui dit aimablement bonjour mais reçut une réponse très sombre encore que civile « Tu n'as pas l'air gai ce matin, remarqua-t-il. J'espère que tu n'as pas égaré un indice. »

Timothy accueillit cette piètre plaisanterie par un sourire forcé et répondit avec une froide dignité qu'on ne pouvait pas avoir l'air très gai quand les gens étaient dégoûtamment égoïstes.

« Non, ça doit être très difficile pour toi, convint non moins gravement Hannasyde.

— Notez que je m'en moque bien, je n'ai pas spécialement envie de sortir dans un sale hors-bord vermoulu, poursuivit Timothy amer. Seulement, comme c'est moi qui l'avais demandé le premier, je trouve que c'est un sale tour d'emmener Patricia, c'est tout. »

Hannasyde, longuement entraîné à s'attaquer aux problèmes les plus ardus, se trouva en mesure d'élucider de façon assez satisfaisante la cause du mécontentement de Mr. Harte. Il répondit, non sans subtilité, qu'à son avis les promenades en mer seraient une perte de temps pour un détective lancé sur la piste d'un criminel. « Ton frère est sorti, alors ?

— Oui, et je rirais bien si Patricia était malade. Ça ne m'épaterait pas du tout qu'elle le soit, d'ailleurs. »

Répondant au coup de sonnette de Hannasyde, Pritchard apparut à ce moment-là et le visiteur le suivit, non sans prendre bonne note du fait que Mr. James Kane, possible assassin, se sentait apparemment l'esprit assez libre pour folâtrer dans un hors-bord avec sa fiancée.

Sir Adrian Harte le reçut dans la bibliothèque, se vissa un monocle dans l'œil, posa sur son invité un de ses coups d'œil calme et détaché, puis dit : « Ah, bonjour, inspecteur. Asseyez-vous, je vous en prie. »

Hannasyde prit une chaise. « Bonjour, monsieur, vous êtes, je crois, le beau-père de Mr. James Kane. Vous vouliez me voir ?

— Oui, en effet. » Sir Adrian s'assit et releva au genou son pantalon superbement repassé. « Il y a un aspect de ces événements extrêmement déplaisants que je voudrais examiner avec vous. Je ne sais si vous êtes au courant, mais un homme du nom de Roberts a jugé bon de prévenir mon beau-fils qu'il pourrait d'ici peu figurer dans l'affaire comme troisième victime.

— Non, je ne savais pas, répondit Hannasyde sans quitter Sir Adrian des yeux.

— C'est ce que je pensais. Je serais incapable de vous dire pourquoi Mr. Roberts a lancé cet avertissement passablement mélodramatique, mais il me semblerait extrêmement fâcheux qu'un mystère inutile vînt obscurcir la situation.

— Extrêmement fâcheux, répéta fortement Hannasyde. Est-ce que Mr. Roberts a dit à Mr. Kane qui il soupçonnait de vouloir le tuer ?

— Je crois qu'il a fait allusion — hum, une allusion assez claire : selon lui les Mansell ne laisseraient pas mon beau-fils faire échouer leurs projets. »

Hannasyde fronça les sourcils. « Vous faites allusion, je pense, au projet australien ? Est-ce que Mr. Roberts a lancé cet avertissement comme une menace ?

— Pas du tout. Selon mon beau-fils, il semblait sincèrement troublé à l'idée qu'il avait pu être la cause involontaire des deux autres morts. »

Hannasyde dit lentement : « Oui, il m'a dit pratiquement la même chose. Je trouve que c'est ramené d'un peu loin.

— Je suis de votre avis. Mais j'ai pensé à un point qu'il serait peut-être intéressant d'examiner de plus près. Je ne connais pas les termes exacts du testament de Matthew Kane, mais vous en avez, bien entendu, pris connaissance. » Il s'interrompit, retira son monocle, l'essuya et le replaça : « En cas de décès de mon beau-fils, inspecteur, qui hérite de ses parts dans l'affaire ? »

Hannasyde hocha la tête comme s'il s'était attendu à la question : « Mrs. Leighton.

— Vous en êtes sûr ? Ce ne serait pas par hasard, à défaut d'un héritier mâle, les deux autres associés ?

— Non, certainement pas. »

Sir Adrian plissa un peu le front. « Ah ! Si les

Mansell voulaient prendre le contrôle de l'affaire, j'imagine qu'une dame ne serait pas aussi difficile à convaincre que mon beau-fils. Elle pourrait peut-être même accepter de vendre ses parts. Mon beau-fils a informé Paul Mansell qu'il ne souhaitait pas se retirer.

— Car Mansell le lui avait carrément proposé ? C'est intéressant. Mr. Kane attache-t-il une grande importance à l'avertissement de Mr. Roberts ?

— Oh, pas une importance excessive. Il a une certaine estime pour mon opinion, dit placidement Sir Adrian.

— Et quelle est-elle, si je peux me permettre ?

— Je crois extrêmement improbable que quiconque ait le courage de tenter un assassinat sous votre nez.

— Il faudrait une bonne dose d'audace, admit Hannasyde. Mais tout de même, je suis heureux que vous m'ayez dit tout cela.

— Il vaut toujours mieux être à couvert », dit Sir Adrian en se levant.

Hannasyde le regarda : « Voulez-vous que je fasse protéger votre beau-fils par la police ?

— Je m'en remets entièrement à vous. Je ne pense pas que ce soit vraiment nécessaire. »

Hannasyde se leva à son tour : « Bon, eh bien je vous promets d'examiner la question de très près. C'est tout ce que vous vouliez me dire ?

— Je crois que oui, merci », répondit Sir Adrian en se dirigeant vers la porte.

Hannasyde le précéda dans le hall et il se penchait pour prendre son chapeau sur la chaise où il l'avait posé quand il sursauta, alerté par un hurlement effroyable qui venait de l'allée centrale. Il se redressa d'un bond, mais Sir Adrian, parfaitement serein, se contenta de hausser les sourcils et murmura : « Mon fils, je crois. »

La voix de Mr. Harte portée au diapason du délire parvint aux oreilles de l'inspecteur : « Maman ! »

Sir Adrian resta parfaitement immobile pendant un moment. Hannasyde eut l'impression qu'il se raidissait — puis il dit avec un calme parfait : « Et, semble-t-il, ma femme, aussi. »

CHAPITRE 9

Sir Adrian s'avança sans hâte jusqu'à la porte qui était grande ouverte et passa sur le perron. D'un taxi bourré de bagages qui semblaient être surtout composés de cantines cabossées et de sacs fourre-tout en toile, une dame fort bronzée de taille moyenne, trapue, était descendue et embrassait Mr. Harte avec ferveur. Chapeau de feutre très cabossé posé de travers sur une toison de courtes boucles grisonnantes, manteau et jupe d'un tweed léger en manque de repassage, gros souliers de golf, et mouchoir noué autour du cou.

« Voilà qui est très inattendu, ma chère », dit Sir Adrian en s'avançant.

Lady Harte lâcha Timothy pour accueillir son mari sur le mode rapide et jovial : « Bonjour, Adrian ! Mon pauvre ami, vous êtes de plus en plus maigre ! » Elle l'embrassa vigoureusement, puis se détourna aussitôt pour diriger les activités du chauffeur de taxi et d'un jeune valet. Pendant plusieurs minutes, son attention fut entièrement accaparée et l'air vibra de ses ordres incisifs : « Ne renversez pas la grosse malle et maniez le havresac avec précaution. Pas besoin du fourre-tout, rangez-le quelque part. Non, attendez ! Je crois que j'y ai mis la peau de python. Laissez-le dans le hall, je le viderai là. J'ai eu la chance de tomber sur un python adulte le premier jour de mon safari, Adrian. Une peau superbe, pas très abîmée. J'ai tiré le premier coup avec le nouveau Grant & Lang. Je pense la donner à bourrer pour faire un pied de lampe. Non, n'emportez pas la caisse dans la maison, je n'en aurai pas besoin. Une ou deux bonnes têtes, Adrian, y compris une zibeline. J'avais l'intention de les faire monter pendant que j'étais à Londres, mais il m'a fallu penser à tant de choses que j'ai oublié. Où est Jim ?

— Je crois qu'il est sorti avec son hors-bord, répondit Sir Adrian. Qu'est-ce qui vous a ramenée si inopinément, Norma ?

— Je vous raconterai tout ça dans une minute, répondit son épouse. Il faut d'abord que ce chargement soit rangé. Je vois que j'ai apporté mon tub de toile. Une erreur, évidemment, mettez-le au garage ou quelque part. Je voulais le laisser à Londres. Oui, et la cantine, pas besoin non plus. J'ai été prise dans un tel tourbillon depuis que j'ai atterri que je n'ai pas eu le temps de trier les choses.

— Maman, vous êtes rentrée quand ? demanda Timothy. Vous savez que cousin Silas et cousin Clement ont été assassinés ? Vous savez que j'étais là, exactement là, quand c'est arrivé ? Oh, maman, écoutez !

— J'écoute mon trésor. Ne prenez pas la boîte des casques coloniaux par la poignée, elle est cassée. Oui, Timothy. Je sais. Passionnant pour toi, mon chéri. Tu vas me raconter tout ça. »

Entre-temps, Pritchard était venu prêter main forte au valet. Lady Harte, annonçant qu'elle pouvait s'en remettre à lui, glissa la main sous le bras de son mari et l'entraîna dans la maison en disant : « Eh bien, c'est agréable de vous revoir, Adrian. Bien entendu, il y a des semaines que je n'ai pas regardé un journal, mais j'ai appris toutes les nouvelles à Londres. Dites-moi, on fait très fort, par ici. Pauvre vieux Clement ! »

S'apercevant de la présence muette d'Hannasyde, elle réclama une présentation immédiate et quand elle sut qu'il venait de Scotland Yard, elle lui serra vigoureusement la main, l'assura qu'elle était heureuse de le voir et qu'elle se promettait une conversation avec lui dès qu'elle serait installée.

Hannasyde répondit qu'il apprécierait hautement la possibilité de lui poser quelques questions, à quoi elle répliqua : « Si vous voulez m'interroger, c'est le moment. Je n'ai jamais été d'avis de remettre au lendemain ce qu'on peut faire le jour même. En fait, vous constaterez que je suis très précise et carrée. Le temps d'ôter mon chapeau et de me laver les mains. »

Hannasyde essaya de lui dire qu'il ne souhaitait nullement l'importuner alors qu'elle venait tout juste de retrouver sa famille, mais elle l'interrompit en déclarant avec une irrésistible décision : « Quelle sottise, cher monsieur ! Pas de sentimentalité bêlante chez moi. Asseyez-vous, mettez-vous à l'aise, je ne vous ferai pas attendre longtemps. Je veux aller au fond de cette affaire. »

Hannasyde, qui estimait nécessaire d'avoir l'explication de ce retour inopiné en Angleterre, la remercia et, à la suggestion de Sir Adrian, se retira dans la bibliothèque.

Au bout de vingt minutes environ, le couple le rejoignit : Lady Harte avait quitté son chapeau cabossé ainsi que son foulard et passé un peigne dans ses cheveux bouclés. Sir Adrian demanda :

« Y a-t-il une objection quelconque à ma présence, inspecteur ?

— Absolument aucune. Lady Harte comprendra certainement que, en raison de ses liens de parenté avec l'actuel propriétaire de ce patrimoine, j'ai le devoir de lui poser une ou deux questions.

— Parfaitement, déclara Norma, s'approchant à grandes enjambées d'une table pour y prendre une cigarette dans un coffret. Inutile de tourner autour du pot avec moi. Je n'ai pas peur d'appeler un chat un chat. Vous ne me vexerez pas. Du feu, Adrian ? »

Sir Adrian craqua une allumette, elle y alluma sa cigarette, rejeta légèrement la tête en arrière pour respirer une grosse bouffée de fumée et se posta à côté de la table, les pieds écartés, les mains enfoncées dans sa veste bien coupée. Ses yeux gris, très vifs entre des paupières légèrement plissées par l'exposition continuelle aux ardeurs du soleil tropical rencontrèrent ceux d'Hannasyde sans flancher. « Eh bien, inspecteur, de quoi s'agit-il ?

— J'aimerais savoir quand vous avez débarqué en Angleterre, dit Hannasyde.

— Rien de plus facile. Le 9 août. Par avion. Je ne crois pas que j'irai où que ce soit par bateau maintenant, Adrian, lança-t-elle par-dessus son épaule.

— Le 9 août, répéta Hannasyde. La veille du décès de Mr. Kane, en fait ? »

Elle acquiesça de la tête. Il jeta un coup d'œil à Sir Adrian et vit qu'il regardait sa femme avec une sorte de résignation, mêlée d'amusement.

« Ma chère Norma, dit ce dernier. Je suis persuadé que vous aviez une excellente raison pour revenir si précipitamment, mais je vous en prie, dites-nous laquelle.

— Vraiment, Adrian, vous êtes désespérant, répliqua-t-elle rondement. Vous avez dû voir dans la presse que George Dickson était malade. Je vous en prie, mon très cher, n'ayez pas l'air vague. Vous savez parfaitement que nous nous y attendions depuis des mois.

— George Dickson. Je ne crois pas que...

— Député d'East Madingley, coupa Norma avec impatience.

— Oh !

— Oui, il postule pour les Chiltern Hundreds [1]. J'ai appris la nouvelle — avec un retard atroce, bien entendu — par coureur. J'étais en safari à l'époque. J'ai levé le camp, fait retour sur Kyongo Buwara, pris le camion et de là cap sur l'aéroport. Un trajet assez éprouvant, d'ailleurs.

— Grand Dieu ! » s'exclama Sir Adrian, sur l'air de quelqu'un qui s'attend au pire.

Sans prêter attention à cette exclamation, sa femme se mit à arpenter la pièce en tous sens, fumant parfois sa cigarette, qu'elle agitait le plus souvent dans les airs pour souligner son argumentation. « La bataille sera peut-être dure, mais ça ne

1. Domaine de l'État dont l'intendance (fonction purement nominale) autorise le député à présenter sa démission aux Communes. (N.d.T.)

m'inquiète pas. J'ai l'habitude de vaincre les difficultés. Vivre à la dure dans les régions sauvages vous apprend au moins ça. D'ailleurs, le candidat socialiste est un piètre orateur. Il fait très mauvaise impression sur une estrade. Je suis persuadée que je remporterai l'élection. Je suis déjà allée sur place, bien entendu, j'ai vu notre agent, le comité...

— Ma femme, expliqua Sir Adrian à l'usage de Hannasyde, a l'intention de se présenter au Parlement.

— Certainement, dit Norma. C'est mon devoir et grâce à Dieu, je n'ai jamais été de celles qui se dérobent à leur devoir.

— Sûrement, Lady Harte. Dois-je comprendre qu'en arrivant en Angleterre, vous êtes immédiatement allée à East Madingley ?

— Immédiatement ? Certes non. J'avais des foules de choses à faire à Londres et plusieurs personnes à voir. Je suis partie pour ma circonscription le lendemain soir. En fait, je n'ai pratiquement pas eu le temps de souffler depuis que j'ai reçu ce câble au Congo.

— J'en suis bien persuadé, dit Adrian. C'est ce qui explique que vous ne m'ayez pas averti de votre arrivée.

— Allons donc ! Ne soyez pas si distrait, mon cher. Vous devez avoir eu mon câble. » Il secoua la tête en souriant. « Eh bien, c'est tout à fait extraordinaire, alors. Je me rappelle très nettement en avoir envoyé à Jevons et à Sir Archibald. Mais enfin, il est possible que dans la précipitation j'aie oublié. Aucune importance, d'ailleurs. Je savais que vous seriez en Écosse.

— Puis-je vous demander où vous êtes allée quand vous avez atterri, Lady Harte ?

— Demandez-moi tout ce que vous voulez. » Geste large. « Je suis allée un peu partout, voir d'abord une personne et puis une autre. Avant toute chose bien entendu, j'ai dû remettre mes fusils et faire toutes ces démarches idiotes. Après quoi, j'ai vu Sir Archibald quelques minutes, j'ai couru acheter une paire de gants...

— Vous avez passé la nuit chez vous ?

— Non. Je ne suis passée chez moi que pour déposer mes bagages. La plupart de mes domestiques sont en vacances. Il ne reste que le maître d'hôtel avec sa femme et je ne peux pas supporter les meubles ensevelis sous les housses de toile. Le temps de sortir ma voiture du garage et je suis allée à Putney où j'ai pris mes quartiers chez une vieille domestique à moi qui loue des chambres. »

Le procédé sembla bizarre à Hannasyde. Lady Harte surprit son regard incrédule et rit. « N'ayez donc pas l'air si étonné. Pourquoi n'aurais-je pas couché chez la vieille nurse de mes fils ? Je peux vous dire que je suis mieux soignée chez elle que dans n'importe quel hôtel.

— Je comprends parfaitement, dit Hannasyde. Une vieille servante dévouée.

— Dévouée ! Elle fait partie de la famille pratiquement. Elle a pris mon aîné à un mois et le plus jeune aussi !

— Je vois, dit Hannasyde. Et vous êtes restée chez elle jusqu'à votre départ pour East Madingley ?

— Bien sûr.

— En fait, toute la journée du lendemain. »

Lady Harte parut exaspérée. « Oui ! Mais si vous

voulez dire que je suis restée toute la journée dans la maison, certainement pas ! Vous n'avez pas l'air de vous rendre compte que j'avais une foule de choses à faire en arrivant. J'ai passé toute la matinée à Londres pour faire des achats, ensuite je suis rentrée à toute vitesse à Putney après le lunch pour refaire ma valise. Je suis repartie encore à toute vitesse pour King's Cross et j'ai attrapé de justesse le 7.15 pour le nord.

— Vous saviez que Mr. Silas Kane était mort ?

— Oui, nanny m'a raconté tout cela. Je ne peux pas dire que j'aie été étonnée. Il était cardiaque depuis des années.

— Vous n'avez pas essayé de prendre contact avec votre fils, ou avec une autre personne ici ? »

Elle secoua la tête, l'air très décidée. « Pas le temps. Je ne pouvais rien faire et il était extrêmement important que je me présente dans ma circonscription sans perdre davantage de temps. Je ne mêle jamais mes affaires personnelles et ma vie publique. C'est de très loin la meilleure attitude.

— Quand avez-vous appris l'assassinat de Mr. Clement Kane, Lady Harte ?

— En fait, je n'en ai absolument rien su avant mon retour à Londres hier soir. En général, je m'astreins à lire le *Times* de la première page à la dernière, mais j'avais l'esprit occupé par des questions plus urgentes. Nanny m'en a parlé dès que je suis arrivée chez elle, bien entendu, alors j'ai retiré mes bagages à Pont Street dès la première heure ce matin et j'ai réussi à prendre le train de dix heures pour Portlaw. » Elle jeta son mégot de cigarette par la fenêtre et ajouta obligeamment : « Si vous avez d'autres questions à poser, n'hésitez pas.

— Merci, Lady Harte. Vous comprendrez, j'en suis sûr qu'il est important, dans cette affaire, que je sache exactement où vous êtes allée, le 10 août.

— C'est le jour où Clement Kane a été assassiné ? demanda Norma. Naturellement, il faut que vous connaissiez mes mouvements. Voyons, voyons. » Elle arrêta ses évolutions dans la pièce et reprit une cigarette dans le coffret sur la table. Une fois encore, son mari lui tendit du feu et une fois encore, elle inhala la première bouffée avec un petit mouvement de tête caractéristique. « Très difficile, dit-elle enfin. Vous savez ce que c'est quand on revient d'une expédition — ou vous ne le savez peut-être pas, justement. J'ai passé la journée à faire des achats. Brosse à dents, tonique pour les cheveux, des choses comme ça. Je pense que je pourrais faire une liste si je m'y appliquais vraiment, mais je ne suis pas sûre de me rappeler les magasins où je suis allée. Un pharmacien de Brompton Road, mais lequel ? Je suis allée à Harrod's aussi et dans divers autres endroits.

— Les magasins ne comptent pas vraiment, Lady Harte. Si vous pouviez me dire où vous avez déjeuné, ce serait intéressant.

— Oh, dans un salon de thé quelconque. Je croirais assez que c'était un Lyon's — ou, non, attendez ! Peut-être Stewart's. Quelque part dans Piccadilly.

— Sans doute plein ?

— Ils le sont tous. S'il n'était pas dans un quartier aussi éloigné, je serais allée à mon club, mais il est Cavendish Square. Trop de temps perdu.

— Et dans l'après-midi ? demanda Hannasyde.

— Je n'avais pas fini mes courses, alors je suis retournée à Putney — c'était samedi. Les magasins ferment de bonne heure à Londres. » Soudain elle éclata de rire : « Seigneur, bien sûr vous ne pouvez rien prouver de tout cela, ni moi non plus ! Vous vous dites que la vieille nanny mentirait sans hésiter un instant. Et c'est bien vrai, la chère âme ! Ma foi, j'ai presque tout fait — l'expérience est ce qu'il y a de plus important dans la vie —, mais je n'ai encore jamais été soupçonnée d'assassinat. Notez bien que ça ne me déplaît pas du tout, au contraire, ça me procurera un magnifique sujet pour le livre que j'écris. »

Hannasyde ne put s'empêcher de sourire, mais il dit : « Il y a une autre question que j'aimerais vous poser, Lady Harte. Connaissiez-vous les dispositions du testament de Matthew Kane ?

— Vous voulez dire : est-ce que je savais que mon fils venait tout de suite après Clement dans l'ordre de succession ? Mon pauvre, bien entendu, je le savais.

— En avez-vous jamais parlé avec votre fils ?

— Non, certainement pas.

— Vous en avez l'air bien sûre.

— Mais oui, j'en suis sûre. Je n'ai jamais pensé qu'il avait la moindre chance d'hériter du patrimoine et je ne suis pas du tout sûre que je le souhaitais. Je ne trouve pas bon que les jeunes roulent sur l'or. J'estime qu'ils doivent se frayer eux-mêmes un chemin et lutter pour avoir ce qu'ils veulent. C'est ce que j'ai toujours fait et je souhaite seulement que mes fils aient la moitié de mon énergie. Quand j'ai décidé de faire quelque chose, je n'ai ni paix ni cesse qu'elle ne soit faite. »

Sa physionomie prit une expression singulièrement pugnace tandis qu'elle faisait cette déclaration, mais à ce moment précis, Jim Kane entra d'un pas rapide et l'expression s'effaça aussitôt : « Jim, mon enfant chéri ! » s'écria-t-elle en lui tendant les bras.

Mr. James Kane la serra vigoureusement dans ses bras et l'embrassa en riant : « Maman, d'où sortez-vous ? Pourquoi n'avons-nous pas été prévenus ? Ou bien, est-ce que nous l'avons été et qu'Adrian a tout oublié ?

— J'avais certainement l'impression que j'avais envoyé un câble à l'un d'entre vous. Mais cela n'a pas grande importance. Mon chéri, quel veston horrible ! Le bas des manches est tout élimé. Tu ne peux pas sortir avec ça.

— Pourquoi pas, répondit-il. Regardez le mauvais exemple que vous me donnez.

— Oh, pour moi, ça n'a pas d'importance. D'ailleurs je suis parfaitement respectable. Bon, maintenant, il faut t'asseoir et ne pas interrompre, Jim : la police est en train de m'interroger. Mon chéri ! » Ces derniers mots furent prononcés d'une voix adorante, bien différente des accents généralement incisifs de Lady Harte. Hannasyde vit une petite main brune se lever très vite pour caresser la joue de Jim, vit les yeux un peu durs s'embrumer et vit en se retournant Sir Adrian qui essuyait son monocle d'un air méditatif. Rencontrant son regard, ce dernier sourit légèrement : « Oui, inspecteur ? » dit-il doucement.

— Rien. J'ai posé à Lady Harte toutes les questions que je jugeais pertinentes pour l'instant. Je suis sûr qu'elle a envie d'être au calme avec sa famille. »

Norma intervint : « Très gentil à vous. Mais je fais toujours passer les affaires en premier. Bien entendu, si vous en avez vraiment fini avec moi...

— J'ai fini », dit Hannasyde.

Sir Adrian l'accompagna dans le hall où il lui dit : « Avez-vous du papier et un crayon, inspecteur ? Si oui, je vais vous donner l'adresse que vous voulez. »

Hannasyde produisit les deux articles demandés : « Merci. J'allais vous demander de le faire. Pour la forme, il faut que je vérifie le récit de Lady Harte. »

Sir Adrian écrivit un nom et une adresse, sans se presser.

« Incroyable, n'est-ce pas ? dit-il.

— Oh, non, je ne pense pas.

— Cela prouve votre perspicacité. Ma femme est l'une des personnes les plus sincères que j'aie le plaisir de connaître. Voilà l'adresse de Nurse Bryant.

— Merci. » Hannasyde plia le papier, le glissa dans son calepin et prit son chapeau.

Il put attraper l'autobus qui passait devant la grille d'entrée et ne tarda pas à rallier Portlaw où l'attendaient Hemingway et Carlton.

Le premier accueillit la nouvelle de l'arrivée de Lady Harte avec l'air d'un fox-terrier qui sent un rat, mais le second secoua la tête : « Un numéro, je vous garantis ! Vous vous rendez compte ! Une dame de cet âge-là, avec une famille et tout, galoper partout à dos de chameau, d'après ce qu'on dit.

— Ça serait pas mon goût, opina doctement le brigadier. En fait, il n'y a qu'une chose qui soit pire qu'une balade à dos de chameau à mon avis et c'est une balade à dos d'éléphant. Mais ce qui est important, c'est qu'elle n'est *pas* sur un chameau. Elle est ici. Intéressant, chef ! Ça introduit un nouveau motif. L'amour maternel. Qu'est-ce que vous en avez pensé ?

— Énergique, déterminée, partiale et limitée mais beaucoup de courage.

— Il lui en faut pour être à tu et à toi avec une bande de gorilles, remarqua Carlton. En général on peut sans grand risque éliminer les femmes dans les cas de crime aux armes à feu, mais je pense que celle-ci n'hésiterait pas à appuyer sur une gâchette. Je dois dire que l'histoire qu'elle a racontée est plutôt faiblarde et ça ne me semble pas naturel qu'elle n'ait pas prévenu sa famille qu'elle arrivait, mais il suffit de parler avec les domestiques à Cliff House pour savoir qu'elle ne fait rien comme les autres.

— J'ai certainement remarqué que son mari et son fils étaient surpris de la voir, mais non pas qu'elle ait omis de les prévenir, convint Hannasyde. Tout de même, j'estime que son arrivée en Angleterre la veille de l'assassinat de Clement, jointe à son comportement ensuite, demande à être regardée de près. Je suis persuadé que l'histoire, au moins pour ce qu'elle nous en a raconté, est tout à fait exacte. Elle est rentrée dare-dare pour se présenter à une élection partielle. Savait-elle déjà que Silas était mort ? Je n'en suis pas certain. Si elle était au courant, il n'est pas absolument impossible qu'elle ait eu l'idée d'abattre Clement pour assurer une fortune à son fils. Cela expliquerait sa décision de descendre chez la vieille nurse — dont elle admet elle-même qu'elle mentirait certainement pour la protéger, elle ou James Kane. Il y a des foules de choses qui m'échappent chez elle, mais ce qu'elle n'a pas pu me cacher, c'est son amour pour l'aîné, James. Elle tient à lui comme à la prunelle de ses yeux. Elle a accueilli Sir Adrian et Timothy avec affection, mais son visage a complètement changé quand James Kane est entré dans la pièce. »

Le brigadier branla le chef, sagace : « J'en ai déjà vu des pareilles. Et non seulement ça, mais j'aimerais mieux avoir affaire à un nid de chats sauvages. »

Hannasyde sourit : « Oh, elle a l'air tout à fait raisonnable. Est-ce que vous avez eu l'impression qu'Oscar Roberts vous cachait quelque chose, Hemingway ?

— Non, répondit le brigadier, l'air intéressé. Vous savez quelque chose sur lui ?

— Oh non, pas ça. Mais apparemment, il a jugé bon d'avertir James Kane qu'il risquait d'être la prochaine victime.

— Paul Mansell, dit aussitôt le brigadier. J'y pense : il y a bien fait allusion, en disant que nous ferions pas mal de garder l'œil sur le Pétulant Paul. Il a dit aussi qu'il tenait beaucoup à coopérer avec nous. C'est curieux le nombre de gens qu'on rencontre qui se verraient très bien en détectives.

— Ma foi, je me demande, dit Carlton. Il ne m'a pas fait l'effet d'être un je-sais-tout encombrant comme certains. D'ailleurs, en y réfléchissant bien, il peut voir plus de choses que nous, n'étant pas dans les officiels.

— C'est possible, convint Hannasyde. Je vais avoir un entretien avec lui. »

Mais l'entretien ne donna pas grand-chose. Roberts admit qu'il avait glissé quelques conseils de prudence dans l'oreille de Jim, mais quand Hannasyde lui demanda quels étaient ses motifs pour estimer que ce genre d'avertissement était nécessaire, il hésita un instant, puis le regarda franchement et dit avec l'ombre d'un sourire : « Comprenez-moi bien, inspecteur, je n'ai pas l'intention de vous cacher des choses ; si je devais tomber sur un indice qui pourrait vous aider, croyez-moi, je ne ferais qu'un bond jusqu'au poste de police.

— Très gentil à vous, dit Hannasyde. Ce serait certainement votre devoir. Dois-je comprendre que vous n'aviez pas de raison précise pour avertir Mr. Kane que sa vie pourrait être en danger ?

— Appelez ça un pressentiment. Et peut-être que je me trompe.

— Oh, un pressentiment ! » Le ton était méprisant.

Le sourire de Roberts s'élargit : « J'avais comme une idée que vous réagiriez de cette façon-là, commissaire, et c'est pourquoi je l'avais fermée. Je ne sais pas comment vous voyez l'affaire, mais quand deux hommes qui ne sont pas du même avis que leurs associés meurent à quinze jours d'intervalle, c'est le moment d'y regarder d'un peu plus près. »

Hannasyde dit sèchement : « Je tiens à vous avertir, Mr. Roberts, que des insinuations de ce genre, si elles ne sont pas étayées par des preuves, tombent sous le coup de la loi.

— Sûr, dit Roberts aimablement. Allez tout droit rapporter à Mr. Paul Mansell ce que j'ai dit. Peut-être qu'il m'intentera un procès. Et peut-être que non. »

Cette remarque énigmatique agaça Hannasyde, qui dit ensuite à son acolyte avec une âcreté inhabituelle, qu'il espérait bien voir Timothy Harte et Oscar Roberts réunis résoudre le problème à sa place.

« Pour ce qui est de Timothy le Terrible, je n'en

sais rien, répondit Hemingway, mais à mon avis, ce Roberts est un malin. Il faut reconnaître que dès le début, il a eu l'idée que le vieux Silas avait été poussé du haut de la falaise.

— C'est lui qui le dit. Nous n'avons pas la preuve que Silas Kane a été assassiné.

— Exact et si c'est Lady Harte qui a descendu Clement, alors le vieux n'aurait pas été tué. Si vous voulez mon avis, je vous dirais que cette affaire-là, c'est comme ça que je me représente le mastic intégral. Mais enfin je vais voir ce que je peux tirer de la fidèle nurse de maître Jim.

— James Kane s'est baladé dans son hors-bord aujourd'hui, dit Hannasyde, sautant à un autre sujet.

— Ma foi, c'est peut-être son idée d'une partie de plaisir, ça ne serait pas la mienne. Avec leurs chameaux et leurs hors-bord, ils ne m'ont pas l'air normaux, là-dedans. Il y a un genre de course prévu à Portlaw ce mois-ci. Le jeune Timothy m'a dit que son frère s'était inscrit, alors je pense qu'il va faire pas mal de galipettes avec son bateau, ces temps-ci.

— Ou il a la conscience tranquille, ou il a des nerfs d'acier, je ne sais pas lequel des deux, dit Hannasyde.

— Un peu de chaque, dit le brigadier. Il tient ça de sa mère, je suppose. La plupart des mères essaieraient de l'empêcher de tripoter des hors-bord, des voitures et je ne sais quoi encore ; mais d'après ce que me dit le jeune Timothy, elle n'est jamais si contente que quand ses fils se lancent dans des coups dangereux. »

Il n'avait pas entièrement raison, car si Lady Harte, mise au courant de la course par Timothy, se déclara ravie de voir Jim prendre quelques distractions après les tensions des jours précédents, elle déplora aussi qu'il ne sût pas mieux nager.

Timothy, bien que brouillé avec Jim qui n'avait pas voulu l'emmener dans son bateau, ne permettait à personne de critiquer son idole. Aussi dit-il négligeamment : « Oh, il nage pas mal, maman.

— Pas mal, répéta Lady Harte avec une énergie considérable. Je veux que mes fils fassent tout *bien.* Rappelle-toi toujours Timothy que la médiocrité est *fatale.* Quoi que tu fasses, tu dois viser à l'excellence. Regarde-moi un peu. »

Jim entra dans la pièce à ce moment et n'entendant que la fin de ce discours tonifiant demanda aussitôt : « Pourquoi maman ?

— Le succès, répondit Lady Harte. J'ai toujours réussi parce que j'ai toujours veillé à faire les choses à fond. Je hais les demi-mesures. C'est à propos de ton hors-bord. Il faudrait que tu saches nager.

— Mais je sais !

— Pas assez bien, dit sévèrement sa mère. Il y a un mascaret ici, en plus. Non pas que je souhaite te garder attaché à mes cordons de tablier, au contraire. Tu as besoin de moi pour quelque chose de particulier, mon chéri ? Je vais repartir pour Londres dès que j'aurai trié ce monceau de choses.

— Oui », dit fermement Jim. Il jeta un œil sur le chaos qui régnait dans la pièce et ajouta : « Laissez donc un des domestiques déblayer tout ce fatras.

— Dis donc, est-ce que tu m'emmèneras quand tu essaieras le *Goéland* pour de bon, oui ou non ? demanda Timothy sur le mode belliqueux.

— Sûrement pas. Je t'emmènerai une autre fois.

— Eh bien, c'est complètement infect de ta part !

Je parie que je peux le manœuvrer aussi bien que toi, en plus.

— Décampe maintenant. Je veux parler avec maman. Tu as eu ton tour.

— Je ne vois pas pourquoi, juste parce que... »

Mr. James Kane l'interrompit en s'avançant vers lui d'un air si décidé que Timothy se replia en bon ordre, non sans lui promettre une vengeance sanglante.

Jim referma la porte derrière lui : « Il a besoin qu'on lui rabatte le caquet. Vous pouvez supporter un choc, maman ? »

Lady Harte qui empilait des vêtements au hasard dans une grande commode releva la tête et le regarda d'un air plein d'appréhension : « Tu es fiancé ? »

Il rit en haussant les sourcils.

« Comment le saviez-vous ? Très juste.

— Bien sûr j'ai raison, qu'est-ce que ça pouvait être d'autre ? Je la connais ?

— Patricia Allison. »

Un instant, elle parut interloquée, puis son front s'élargit : « Tu veux dire la secrétaire de tante Emily ? Je ne sais trop par quel nom elle se désigne.

— Oui.

— Oh, alors ça aurait pu être pire, dit Lady Harte, soulagée. J'avais peur que tu me dises que c'était cette petite idiote avec les cheveux en étoupe que nous détestions tant, Adrian et moi. Patricia Allison ! D'après mes souvenirs, elle n'est pas du tout sotte ni poseuse. J'aime que ces jeunes filles fassent quelque chose, même s'il s'agit seulement de s'occuper de tante Emily. Ce que je ne peux pas supporter, ce sont les parasites. J'espère qu'elle ne t'encouragera pas à mener une vie d'oisiveté maintenant que tu as hérité de tout cet argent.

— Je crois que je vais essayer de m'intéresser intelligemment aux filets. »

Lady Harte parut désolée : « Comment est-ce que j'ai pu donner naissance à un fils aussi peu ambitieux ? Ça passe ma compréhension. Quand je pense à ce que tu pourrais faire...

— Mais, chérie, je déteste les voyages, dit Jim. Je peux vous amener Patricia ?

— Soit, mais tu sais que je ne m'entends pas avec les jeunes filles modernes », répondit Lady Harte, très sombre.

Mais quand Patricia entra, fraîche et charmante dans un ensemble de toile très strict, sa future belle-mère approuva : « Voilà ce que j'appelle un équipement sensé. Je hais les volants et les fanfreluches. Jim me dit que vous allez vous marier. Je pense que vous vous conviendrez très bien. J'ai toujours eu peur qu'il déniche quelque chose dans un bureau de tabac, alors vous pouvez imaginer le soulagement que c'est pour moi de voir qu'il a eu le bon sens de choisir une petite personne vraiment charmante. Non pas que je sois snob, mais il y a des limites, et les jeunes gens sont si bêtes.

— Je sais, dit Patricia. C'est gentil à vous de le prendre comme ça. J'avais peur que vous pensiez qu'il aurait pu faire un mariage beaucoup plus avantageux. »

Lady Harte parut trouver la remarque amusante. Elle partit d'un de ses joyeux éclats de rire et déclara qu'elle ne pouvait pas supporter les jeunes femmes gâtées qui n'avaient rien d'autre à faire que peindre leurs ongles et boire trop de cocktails. Pendant que

Patricia triait et rangeait les objets éparpillés partout, elle arpenta la pièce en élaborant des projets musclés pour l'avenir de son fils aîné, non sans adjurer la jeune fille de ne pas le laisser perdre son temps à gagner de l'argent ou toute autre activité plus frivole. Quand vint l'heure du déjeuner, elle était dans les meilleurs termes avec Patricia, à qui elle avait même confié ses propres plans (électoraux). Comme elle ne manifestait pas le moindre intérêt pour les événements violents survenus à Cliff House pendant la quinzaine précédente, Patricia, pensant que la mère de Jim n'était pas la personne la plus indiquée pour être mise au courant des menaces — au reste peut-être imaginaires — qui pesaient sur celui-ci, s'abstint d'aborder le sujet.

A la table du déjeuner, Lady Harte domina l'assemblée. Tout en se servant distraitement de n'importe quel plat à sa portée, elle raconta ses récentes aventures en termes abrupts mais pittoresques et Emily, qui aimait qu'on lui décrive des pays étrangers, écouta de bonne grâce, ne l'interrompant que de loin en loin pour dire qu'elle n'avait jamais entendu parler d'une chose pareille, ou qu'elle ne pouvait pas supporter ces manières incongrues.

Au sujet de l'incursion prévue par Norma dans le domaine de la politique, elle s'exprima avec vigueur et décision : non seulement elle la jugeait ridicule et condamnable, mais elle se demandait où allait le monde. Sur quoi Norma prononça un discours sévère consacré aux responsabilités de tout citoyen conscient et le repas s'acheva sans que personne eût fait allusion aux crimes, ou aux policiers — changement que Miss Allison au moins apprécia fort.

CHAPITRE 10

La nouvelle de l'arrivée spectaculaire de Lady Harte à Cliff House parvint aux bureaux de Kane & Mansell moins de deux heures après le retour de son taxi à Portlaw. Le chauffeur raconta l'événement avec force embellissements humoristiques à un vendeur de journaux qui le repassa à un jeune employé qui en fit part à son supérieur qui jugea bon de le signaler à Joe Mansell. Celui-ci, étonné, en parla lors du déjeuner à Paul qui, tout en remuant son café, dit d'un ton méditatif : « Oh !... Ça c'est curieux. Bougrement curieux. »

Joe lui lança un regard fugitif, puis détourna les yeux.

« Toujours imprévisible, cette Norma Harte — très. Évidemment, elle a pu apprendre la mort de Silas.

— Je me demande si elle a quelque chose à voir dans la mort de Clement, dit Paul. Très violente, n'est-ce pas ? »

Joe se tortilla sur sa chaise, gêné : « Vraiment, mon petit, vraiment !

— Ma foi, je ne sais pas, poursuivit Paul, observant l'agitation de son père d'un air assez moqueur. Il me semble qu'elle pourrait bien être la coupable. C'est un bon fusil, non ? »

Joe posa sa tasse : « Ah ! Écoute-moi bien Paul, dit-il avec une colère contenue. Je vais te dire quelque chose ! Tu commets une lourde erreur en tenant des propos de ce genre — une très lourde erreur. Rien ne fait plus mauvais effet que d'essayer de rejeter le blâme sur une autre personne.

— Une autre personne ? dit Paul en haussant les sourcils.

— Tu comprends très bien ce que je veux dire ! Moins tu parleras et mieux ça vaudra. C'est une très vilaine histoire — je t'assure que ça abrègera mes jours ! Jamais je n'ai passé une quinzaine pareille, jamais ! »

Paul se rejeta en arrière, souriant, les yeux fixés malicieusement sur le visage de son père. « Tu crois que j'ai tué Clement, hein ? dit-il doucement.

— Tu sais parfaitement que non ! Je voudrais bien que tu ne dises pas de ces insanités. C'est de la folie, de la folie pure. Naturellement, je sais que tu n'aurais jamais... Grand Dieu, rien que l'idée, c'est extravagant ! N'en parlons pas. Ce que je veux dire, c'est que tu n'as pas d'alibi — c'est-à-dire rien que tu puisses prouver — pour l'heure du meurtre de ce pauvre Clement. La police ne peut que te soupçonner et elle te soupçonne. Inutile de se boucher les yeux .

— Elle ne me fait pas peur. C'est toi qui as l'air de paniquer. La police ne peut absolument rien prouver contre moi. Tu n'as pas besoin de te tourmenter.

— Je me tourmente, dit Joe avec une violence contenue. Tu n'as pas l'air de te rendre compte de la situation. C'est horrible ! Silas et Clement disparus en moins de quinze jours... »

Paul haussa nonchalamment les épaules, sortit son étui à cigarettes en or et l'ouvrit : « En ce qui me concerne, je ne considère pas que ce soit une grande perte. »

Joe resta silencieux un moment, puis dit à voix basse : « Parfois Paul, je me demande si tu as trace de cœur ! Comment peux-tu me dire une chose pareille de gens que tu as connus toute ta vie... »

Paul l'interrompit : « Oh là là ! ne tire donc pas le registre pathétique, tu es de mon avis et tu le sais très bien.

— Je le nie, je le nie absolument ! J'avais la plus haute estime pour eux. Silas était mon plus vieil ami. Ne t'avise pas de répéter une chose pareille. C'est... c'est une impertinence, une contre-vérité grossière.

— Bon, bon ! dit Paul. Désolé. » Il alluma une cigarette. « Je suppose que tu es trop content de voir Jim Kane tout prêt à prendre la place de Clement.

— Je n'ai rien contre Jim, rien du tout. Il est très gentil ; mais bien entendu, pour ce qui est de sa connaissance de l'affaire — c'est absurde, et il sera le premier à s'en rendre compte. S'il s'y intéresse, je serai trop content de l'aider, et de lui apprendre les tenants et les aboutissants de la maison. Je ne m'attends pas à ce qu'il prenne une part active aux affaires en fait, mais...

— Ah, tu crois ça ? interrompit Paul. Attends seulement d'avoir vu Sa Grandeur ! Il ne mettra pas longtemps à connaître tout ce qu'il y a à connaître.

— Je te remercie. Je connais Jim Kane. Je suis bien persuadé que tu n'as pas su le prendre. Tu l'as hérissé. Je ne voulais pas que tu l'entreprennes.

J'étais contre depuis la première minute. J'aurai une conversation avec lui quand je le jugerai bon.

— Et je parierais gros que tu constateras que j'avais raison. Il ne va pas tarder à nous empoisonner l'existence. Il montre déjà les dents et comme je connais les Kane, dès qu'il sera sûr de son terrain, ce sera bien autre chose. Un autre Silas. Buté comme une bourrique, un demeuré...

— Ça suffit, mon petit, ça suffit. Tu parles très imprudemment. Jim est un garçon bien. Je pense qu'il n'a pas voulu t'écouter, mais moi, il m'écoutera, tu verras.

— Espérons-le, dit Paul en se levant. En attendant, tu comptes que Roberts va encore battre la semelle pendant combien de temps ?

— Roberts comprend très bien notre situation. Il se montre très raisonnable, très accommodant vraiment.

— Je trouve même qu'il l'est un peu trop, dit Paul. J'aimerais bien savoir quel jeu il joue quand il dit à James Kane qu'il ne doit pas se laisser mettre le couteau sur la gorge pour signer l'accord. »

Joe le regarda attentivement : « Qu'est-ce que c'est que cette histoire ? Comment sais-tu ça ? Qui te l'a dit ?

— Roberts lui-même. Il est venu dans mon bureau ce matin et il a eu le front de me dire, devant Jenkins et Miss Clarke, que je faisais une grosse erreur en pressant Kane et qu'il tenait à me prévenir qu'il lui avait dit de ne pas se laisser faire. Un sacré culot, non ?

— Il a dit ça ? » Joe regardait fixement son fils, le front plissé. « Il pense que Silas a été assassiné, Paul.

— Il pense trop. D'ailleurs, de quoi se mêle-t-il ?

On pourrait bien croire que c'est lui qui mène l'enquête et pas du tout ce gros inspecteur. »

Joe se mouilla les lèvres : « Je suppose que ça l'intéresse. Il a été le premier sur les lieux, n'est-ce pas ? » Il hésita, déplaça une fourchette sur la table et l'examina. « Je me demande s'il a vu quelque chose, n'importe quoi qui aurait pu lui donner une indication.

— Bien sûr que non.

— Comment le sais-tu ? dit Joe en levant les yeux un court instant.

— Grand Dieu ! s'il avait vu quelque chose, il l'aurait dit à la police. Pourquoi l'aurait-il caché ?

— Je n'en sais rien. C'est un drôle de type, on ne peut jamais le définir exactement.

— Moi je voudrais bien qu'il cesse de fourrer son grand nez dans ce qui ne le regarde pas, dit rudement Paul. Je suis d'avis à cent pour cent de conclure l'affaire avec sa boîte, mais j'en ai plein le dos de le voir surgir à tous les tournants. Tu veux dire, je pense, qu'il croit que j'ai tué Clement. Il peut penser ce qu'il veut, mais je peux te dire ceci : il faudra quelqu'un de plus malin que l'ami Roberts pour m'impliquer dans la mort de Clement.

— Doucement, doucement ! dit Joe en regardant autour de lui avec appréhension. N'oublie pas que tu es dans un restaurant, un lieu public.

— Je ne l'oublie pas et je me moque qu'on entende ce que je dis », rétorqua Paul.

Joe se leva et prit son chapeau. « Cette épouvantable affaire t'a tapé sur les nerfs. Le mieux est de parler le moins possible. Tu retournes directement au bureau ?

— Non, je vais au port voir Fenwick à propos de cette dernière livraison, dit très sèchement Paul.

— Ah, oui ! Très bonne idée, un peu d'air frais te fera beaucoup de bien. Ça chassera les idées noires, hein ? »

Sans daigner répondre, Paul sortit du restaurant, se rendit à l'endroit où il avait garé sa voiture, y monta et fila en direction de la vieille ville.

Il trouva son client en grande conversation avec quelques vieux marins à l'extrémité de la jetée jonchée de casiers à langoustes. Des bateaux de pêche, voiles carguées, étaient à l'ancre dans le port, leurs mâts encerclés par des tourbillons de goélands et de mouettes. Un petit vapeur et quelques canots à rames ou à moteur étaient balancés par une légère houle.

Après avoir achevé son affaire avec Mr. Fenwick, Paul Mansell s'attarda quelques instants à regarder une mouette se laisser tomber jusqu'au ras de l'eau, puis s'élever de nouveau. Une voix traînante, tout contre lui, le fit sursauter. « Belle journée, Mansell ! »

Paul se retourna, les traits crispés par la contrariété.

« Oh, bonjour ! Je ne vous avais pas vu.

— Je viens souvent me promener par ici, dit Oscar Roberts, appuyant les coudes sur le muret de pierre devant eux. C'est calme. Dites-moi, vous n'avez pas beaucoup de bateaux.

— Non, actuellement, très peu. Vous n'aurez pas souvent besoin de ça. » Et Paul montra avec un sourire légèrement méprisant les jumelles pendues au cou de Roberts.

« On ne sait jamais. J'aime beaucoup regarder les

mouettes. Elles sont épatantes, vous ne trouvez pas ? Vous les avez déjà regardées avec des jumelles ?

— Non. Ça n'est pas vraiment mon rayon ! » Il s'arrêta et reprit en s'essayant à la cordialité : « Au sujet de cette affaire, Roberts. Je viens d'avoir une conversation avec mon père. Il est persuadé de pouvoir convaincre Kane. »

Roberts avait mis ses jumelles au point sur le promontoire de l'autre côté de la baie, à quelque deux milles de distance.

« Si je peux me permettre, je ne vous conseillerais pas de trop manipuler Mr. Kane. J'ai comme une idée que ça ne donnera rien. »

Le visage de Paul se rembrunit : « Qu'est-ce que vous voulez dire par là ? » demanda-t-il.

Roberts, les jumelles toujours braquées sur le promontoire opposé, répondit aimablement : « Oh ! juste un de mes pressentiments. Je laisserais ce jeune homme tranquille, si j'étais vous. » Ses jumelles ratissaient la falaise blanche qui étincelait en face d'eux. « C'est extraordinaire ce qu'on peut distinguer avec ça, n'est-ce pas ? Je vois tout le sentier de contrebandiers là-bas et l'endroit où le vieux Mr. Kane a perdu pied. » Il baissa les jumelles et se tourna vers Paul : « Vous voulez jeter un coup d'œil ?

— Non », dit Paul d'un ton courroucé.

Oscar Roberts le regarda avec un léger sourire. « Dites donc, il y a quelque chose qui ne va pas ? Vous n'avez pas l'air content. »

Paul soutint son regard. « Pas du tout. Pourquoi ? » Il prit les jumelles que Roberts lui tendait toujours et les mit au point sur le promontoire. « Oui, un très bel instrument, dit-il de sa voix normale. Je vois que le hors-bord de Kane est amarré à l'embarcadère au pied de la falaise. Vous savez s'il participe à la course, demain ?

— Je crois, oui, répondit Roberts. Pourquoi ?

— Oh, pour rien. Ça paraît un peu déplacé si on pense à tout ce qui s'est passé, simplement. Tiens, quelqu'un sort le bateau !

— Sans doute Kane lui-même pour faire des essais. On va voir s'il a la forme.

— J'ai mieux à faire qu'à regarder Kane manœuvrer un hors-bord », répondit Paul en rendant les jumelles.

Roberts reprit ses observations et brusquement il s'écria : « Mais ce n'est pas Kane, c'est le gamin ! »

Paul Mansell, qui s'apprêtait à s'éloigner, s'arrêta : « Timothy ? Dites donc, ça n'est pas un peu dangereux ?

— Je pense bien. Le petit idiot ! »

Vaguement inquiet, Paul reprit : « Vous savez, le courant est très fort à cet endroit-là. Je ne crois pas que ce petit drôle avait le droit de sortir le bateau de Jim. Vous ne croyez pas que nous devrions faire quelque chose ?

— Sûrement, sûrement. Est-ce que vous pouvez manœuvrer un de ces rafiots ? » Il montrait un petit hors-bord amarré le long de la jetée.

« Ma foi, non. Je n'ai jamais essayé, mais je crois...

— Tenez-moi ces jumelles, alors. Je pense que je pourrai m'en tirer », dit Roberts et, jetant les jumelles dans les mains de Paul, il courut au bateau et sauta dedans. Après une rapide inspection, il releva la tête et cria : « Grâce à Dieu, le réservoir est plein », et il largua les amarres.

Paul le vit se faufiler entre les bateaux de pêche

jusqu'à l'entrée du port et se remit à suivre les évolutions du hors-bord.

Timothy traversait la baie en direction du port et gagnait régulièrement de la vitesse. Paul voyait l'écume jaillie à l'avant du *Goéland* passer juste au-dessus de la tête du jeune pilote penché sur le gouvernail. Le rugissement du moteur roulant sur l'eau parvenait jusqu'à Paul qui se dit que Timothy avait dû ouvrir les gaz à fond. Plus près, le hors-bord emprunté par Roberts filait à la rencontre du *Goéland*.

Mr. Fenwick remonta la jetée pour demander : « Qu'est-ce qui se passe, Mr. Mansell ? Qui est sorti avec le bateau de Bob Aiken ?

— C'est ce sacré gamin de Cliff House qui fait le zouave avec le *Goéland* de Mr. Jim Kane, répondit Paul. Il va le faire chavirer, c'est sûr. » Mr. Fenwick sourit avec indulgence. « Comment, Timothy ? Soyez tranquille, Mr. Mansell, il ne lui arrivera rien. C'est un vrai poisson, plus qu'un gamin.

— Il n'a pas le droit d'être dans ce bateau. Il peut arriver n'importe quoi.

— Oh, ne vous mettez pas martel en tête. A mon avis, ces jeunes garçons... » Il s'arrêta net, les yeux fixés sur un point dans la baie : « Hé là, hé là, qu'est-ce qu'il fait ? »

Le *Goéland*, qui avait filé droit comme une flèche et presque à la même allure en direction de Portlaw, semblait perdre de la vitesse. Paul appuya les coudes sur le mur pour stabiliser les jumelles et dit d'une voix durcie par l'appréhension : « Le bateau fait le tour, ses épaules sont complètement hors — mon Dieu, il a coulé.

— Bon sang de bonsoir, mais qu'est-ce qu'il lui a

fait ? s'exclama Mr. Fenwick. Vous le voyez, Mr. Mansell ? Il est sauf ?

— Je ne me rends pas compte. Il n'y a rien — si, le voilà ! Il s'en tirera s'il peut tenir jusqu'à ce que Roberts le rejoigne.

— Il n'aura pas de mal, dit Mr. Fenwick en s'abritant les yeux d'une main calleuse. Mais je ne peux pas comprendre comment il a fait pour le perdre comme ça. Il ne virait pas de bord ?

— Pas vu. Le bateau a semblé disparaître et c'est tout. Il n'avançait plus contre le courant. Qu'est-ce qui a bien pu prendre à cet infernal drôle de se lancer comme ça ?

— Allez donc savoir, dit sereinement Mr. Fenwick, les yeux fixés sur le bateau de secours qui progressait régulièrement. C'est du gamin, qu'est-ce que vous voulez ? De vrais poisons, voilà ce qu'ils sont... Où est-il ?

— Toujours là. Il a vu Roberts, je crois... Oui, ça va, Roberts l'a rejoint. Ouf ! » Il abaissa les jumelles et s'essuya le front : « Sacré petit imbécile ! Qu'est-ce qu'il va prendre ! »

Là-bas, au milieu de la baie, Oscar Roberts disait à peu près la même chose, après avoir hissé dans le hors-bord un gamin épuisé, qui haletait et crachait de l'eau de mer, allongé au fond du bateau. Roberts lui dit : « Qu'est-ce que tu vas prendre comme coup de savate au train ! » puis ouvrit les gaz à nouveau et mit le cap non pas sur Portlaw mais sur l'embarcadère au pied de Cliff House.

Pendant une minute ou deux, Mr. Harte ne put prononcer un mot, mais dès qu'il eut retrouvé son souffle, il lança : « Il a coulé, c'est tout ! Je n'ai rien fait. »

Roberts sourit un peu : « Te fatigue pas pour moi. Garde ça pour ton frère, tu en auras besoin !

— Mais je n'ai rien fait, affirma Timothy en se redressant. Il marchait parfaitement.

— Tu as peut-être heurté un rocher, alors.

— Sûrement pas. » Indignation. « Tout de même, je le saurais si j'avais heurté quelque chose.

— Tu devrais, oui, dit Roberts assez sèchement. Mais enfin, un bateau ne coule pas sans raison.

— Non, bien sûr, mais je jure que c'est pas quelque chose que j'ai fait. Oh dites donc, j'ai oublié ! Merci beaucoup de m'avoir repêché ! Il y a un courant épouvantable. Je ne pouvais pas du tout lutter contre. » Il ajouta, bourru : « En fait, je crois bien que je me serais noyé si vous n'étiez pas arrivé. Je vous remercie beaucoup.

— C'est bon. Je me suis trouvé là, un coup de veine. Tu te sens comment, fiston ?

— Oh, moi, ça va. Mais je ne comprends pas pour le *Goéland*. Honnêtement, je sais bien le manœuvrer. Vous avez vu, n'est-ce pas ? »

Roberts rit. « Pas vraiment ! Ça n'avait pas l'air épatant et c'est même pourquoi je suis ici en ce moment. Tiens, il vaudrait peut-être mieux que tu sois encore à moitié noyé pendant un petit moment. Ton frère est sur l'embarcadère. »

Timothy jeta un regard sur la rive : « Ça m'est bien égal. Il y avait quelque chose de démoli dans ce bateau : une minute il était bien et la minute d'après — je ne sais pas. Je crois que le fond a été arraché. Il... il s'est rempli d'eau, mais je jure que je n'ai rien touché.

— Le fond de la question, dit Roberts en manœuvrant pour se rapprocher de l'embarcadère, c'est que les hors-bord ne sont pas faits pour les écoliers. »

Ils accostèrent doucement, attendus par un jeune homme au bord de l'explosion : « Crénom d'un tonnerre... », commença Mr. James Kane.

Ruisselant, Timothy sauta à terre et dit d'un ton lamentable : « Je suis terriblement désolé, Jim, mais honnêtement, c'était pas ma faute.

— Où est le *Goéland ?* demanda Jim.

— Il a... en fait il a coulé, dit Mr. Harte, plus lamentable que jamais. Mais... »

Jim l'interrompit sans cérémonie et s'exprima avec une admirable éloquence pendant deux minutes portées à l'incandescence. Mr. Harte, visiblement très affecté, laissa échapper quelques reniflements larmoyants. Après avoir amarré le bateau, Roberts en sortit et suggéra benoîtement que le gamin ferait bien d'aller se changer, ce que Jim admit, tout en exprimant l'espoir que Timothy attraperait une pneumonie double et en claquerait. Le coupable s'enfuit.

Jim se tourna vers Roberts. Il avait toujours l'air furieux, mais moins dangereux. « Qu'est-ce qui s'est passé ?

— Je serais bien incapable de vous le dire, répondit Roberts. J'étais au bout de la jetée là-bas avec le jeune Mansell quand il a vu le gamin monter à bord du *Goéland* et larguer les amarres. Je le regardais avec mes jumelles — tiens, j'y pense, j'ai demandé à Mansell de me les tenir. Il ne me semblait pas qu'il manœuvrait trop bien, alors pour plus de sûreté, je me suis lancé à sa rencontre. Impossible de savoir ce qu'il a fait au *Goéland,* mais il a coulé une trentaine de secondes après que j'étais parti à la rescousse. On aurait dit qu'il avait heurté quelque chose et arraché le fond. »

Jim fronça les sourcils : « Sacrée bourrique ! Il devrait connaître la baie ! Il devait suivre une route complètement crétinoïde s'il a touché les rochers.

— Il avait peut-être trop à faire pour penser beaucoup à sa route, dit Roberts avec un petit sourire. Il n'a pas vraiment l'habitude de manœuvrer les hors-bord, n'est-ce pas ?

— Non, sûrement pas. Il l'a fait pour se venger parce que je ne l'avais pas emmené ce matin. Je vais lui dresser le poil.

— Je crois qu'il a déjà eu une belle frousse, Kane. Il y a un fameux courant, là-bas. »

Jim sourit malgré lui. « Il en faudrait plus que ça pour flanquer le trac à Timothy. A propos, merci beaucoup pour le sauvetage. Il faut que vous veniez voir ma mère. Elle est arrivée ce matin, tout à fait inopinément.

— Vraiment ? Je serais très heureux de la rencontrer, mais je crois que je dois ramener le bateau. Le propriétaire va peut-être le chercher.

— Mansell lui expliquera. Venez à la maison prendre un verre », dit Jim en le conduisant vers le sentier qui escaladait la falaise en zigzaguant. Il se retourna, une grimace aux lèvres : « Vous imaginez ce que j'ai éprouvé quand j'ai entendu démarrer le *Goéland !* J'étais sur la terrasse. J'ai deviné que c'était cet infernal petit drôle, bien entendu. Le pire, c'est que ma mère trouvera sans doute ça plutôt excitant et Timothy s'imaginera qu'il a fait un exploit. »

Lady Harte, toujours en tweed fripé, les rencontra au moment où ils traversaient la pelouse au sommet de la falaise. Elle serra chaleureusement la main de Roberts et lui dit que c'était fort aimable à lui d'avoir tiré Timothy de l'eau. « Encore qu'il nage bien pour son âge, ajouta-t-elle. Mais il me dit que le courant était un peu trop fort pour lui, je vous suis donc très reconnaissante. Mon chéri, je suis désolée pour le *Goéland*, mais tu pourras en acheter un autre, n'est-ce pas ?

— Oui, mais pour l'amour du ciel, ne donnez pas à Timothy l'impression que c'est un héros. Il mérite qu'on lui tanne le cuir.

— Non, là, je ne suis pas de ton avis, Jim, dit-elle, très décidée. Bien sûr, il n'aurait pas dû sortir ton bateau, je te l'accorde, mais il faut admettre que ça dénote un certain goût de l'aventure. » Elle se tourna vers Roberts : « Je hais les lavettes, pas vous ? »

Il en convint, et Jim poussa un gémissement : « Je le savais ! Vous êtes plutôt contente.

— Ma foi, je dois admettre que je ne le croyais pas si entreprenant. Mais enfin, il est très bouleversé d'avoir perdu ton bateau, alors ne sois pas trop dur avec lui, mon chéri. Après tout, tu aurais pu être à sa place. Il me dit qu'il y avait quelque chose qui n'allait pas dans le hors-bord.

— Il n'y avait rien du tout. Ce qu'il a fait, votre odieux rejeton, c'est de toucher les Pin Rocks. »

A ce moment, ils étaient arrivés sur la terrasse où Rosemary était assise, drapée dans des mousselines noires fort seyantes. Pendant que Jim allait chercher des rafraîchissements pour le sauveteur de son demi-frère, elle informa Lady Harte et Oscar Roberts qu'elle avait eu le pressentiment qu'il allait se passer quelque chose de terrible. A quoi elle ajouta, assez imprudemment, que tout en aimant beaucoup Timothy, elle ne pouvait s'empêcher de constater qu'il devenait vraiment impossible. Ce qui entraîna — c'était prévisible — une défense fougueuse de Norma, et Jim, en revenant avec verres et bouteilles, trouva les deux dames engagées dans une discussion fort acrimonieuse et bien que furieux contre Timothy, il se sentit contraint de le soutenir. Résultat : Rosemary, ulcérée, se replia dans la maison en disant que personne n'avait la moindre considération pour elle. « Cette jeune personne, dit Lady Harte en acceptant un verre de bière, a grand besoin d'un but dans la vie.

— Elle en a un. Vous n'allez pas tarder à le voir », dit involontairement Jim. Puis, se rappelant la présence d'un étranger, il ajouta très vite : « Bière ou panaché, Roberts ?

— Bière, s'il vous plaît. Mais, ne vous gênez pas pour moi, répondit Roberts avec un clin d'œil. Je l'ai vu aussi.

— Terriblement nordique, non ? Mon impression personnelle, c'est qu'il l'est trop pour faire un meurtrier. Ah, bonjour Adrian. Un peu de bière ? »

Sir Adrian qui sortait du salon déclina cette offre, mais pria son beau-fils de lui dire ce qui s'était passé. Apparemment fort peu ému par le danger que Timothy avait couru, il exprima simplement l'espoir que Jim ne comptait pas le voir jouer le rôle du pater familias vengeur.

Au bout d'un petit moment, Timothy vint se joindre au groupe, assez aplati, mais brûlant de se justifier. Cependant, comme Roberts refusait de le soutenir, et d'affirmer qu'il suivait une route très éloignée des Pin Rocks, et que son demi-frère ne manifestait pas la moindre disposition à croire l'histoire ni à pardonner le crime, il partit panser ses plaies dans la solitude.

Il se comporta avec une humilité tout à fait inusitée pendant le reste de la journée et se retira de bonne heure dans ses appartements. Il souhaita le bonsoir à Jim avec une désinvolture très étudiée et reçut en réponse un congé si brusque qu'il en rougit jusqu'aux oreilles. Ce spectacle fendit le cœur de Miss Allison, qui ne tarda pas à se glisser hors du salon pour aller frapper à sa porte. Après un court silence, elle fut priée d'entrer d'un ton fort rogue et trouva Timothy en train de lire dans son lit. Il posa le livre et dit d'un ton excédé : « Qu'est-ce que c'est ? »

Miss Allison s'assit sur le bord de son lit. « Je sais que tu en as assez et plus qu'assez de toute l'histoire, mais voudrais-tu me dire exactement ce qui s'est passé ?

— Vous ne me croirez pas, alors... répondit-il très amer.

— Tu pourrais au moins me donner une chance.

— D'abord, qu'on me croie ou qu'on ne me croie pas, ça m'est bien égal. »

Miss Allison lui prit le livre des mains. « Finis ton cirque. Tu sais aussi bien que Jim où ils sont, ces rochers. Si tu dis que tu les avais dépassés, je te croirai.

— Eh bien oui, justement.

— Juré ?

— Oui, juré. Et d'abord, si j'avais heurté quelque chose, je l'aurais senti.

— Et tout à fait entre nous, tu n'as pas bousillé quelque chose dans le moteur ?

— Bien sûr que non. Et même si je l'avais fait, le bateau n'aurait pas coulé. »

Miss Allison s'entrecroisa les doigts et dit : « Timothy, à ton avis, qu'est-ce qui n'allait pas ? »

Quelque chose dans le ton de la jeune fille lui fit relever brusquement la tête et il répondit simplement : « J'en sais rien.

— Qu'est-ce qui s'est passé, exactement ?

— Au début, rien du tout. Il marchait parfaitement. J'ouvrais les gaz petit à petit ; d'ailleurs, je n'avais même pas idée de faire vraiment de la vitesse, mais il marchait tellement bien et la journée était si formidable que je n'ai pas pu m'empêcher de foncer. Je filais absolument droit, le moteur tournait rond, une merveille, et puis tout d'un coup j'ai senti que le bateau était comme freiné et puis j'ai vu l'eau qui montait dedans et il a chaviré. C'est allé tellement vite que je ne sais pas vraiment ce qui s'est passé sauf que j'ai été carrément éjecté. Je peux vous dire que c'était vachement moche.

— Ça a dû être affreux, dit Miss Allison, toute pâle.

— Plutôt, oui, parce que d'abord j'ai été pris complètement par surprise et puis le courant m'a roulé. Sapristoche ! J'étais drôlement content d'entendre le teuf-teuf de ce hors-bord.

— Sans Mr. Roberts, tu te serais noyé ?

— Je crois bien que oui. »

Les doigts de Miss Allison se crispèrent sur ses genoux : « Ça aurait pu être Jim.

— Oui, je sais. C'est ce que je lui répète sans arrêt, mais il ne croit pas un mot de ce que je dis. Il croit que j'ai fait chavirer son foutu rafiot, ou que je l'ai jeté sur les rochers. Mais il *sait* que je peux le manœuvrer, il m'a souvent laissé faire quand on était tous les deux. Je suis terriblement désolé de l'avoir sorti et — et de l'avoir perdu, mais c'est pas la peine que je continue à le dire. Il écoute rien. Il a dit... » La voix de Timothy trembla soudain et, incapable de répéter ce que Jim avait dit, il annonça qu'il était fatigué, qu'il voulait qu'on le laisse tranquille.

Miss Allison se leva : « Ne t'endors pas encore. Je vais chercher Jim. »

Mr. Harte se redressa d'un bon : « Ah ! ça non, je ne veux pas le voir.

— Je me moque pas mal de ce que tu veux. Moi, j'ai l'intention d'aller au fond de cette affaire.

— Je fermerai ma porte à clef. Je m'en balance de ce que Jim dit ou pense, et si vous le faites venir ici, je ne vous causerai plus jamais de ma vie, déclara Mr. Harte au comble de l'angoisse.

— Ne sois pas idiot ! Tu ne vois pas que ça peut être important ? dit Patricia, féroce. Si tu n'as pas touché, alors *pourquoi est-ce que le hord-bord a coulé ?* »

Timothy la regarda, les yeux ronds : « Vous voulez dire qu'il aurait été saboté ? Mais pourquoi ? Pourquoi ?

— Pour supprimer Jim, dit Patricia, mais à voix basse comme si elle avait peur de ses propres mots.

— Sapristoche ! » s'exclama Timothy, les yeux de plus en plus ronds.

Elle quitta la pièce et descendit chercher Jim. Il sortait juste de la salle à manger au moment où elle arrivait dans le hall et lui dit : « Ah ! vous voilà. J'allais vous chercher. Avez-vous envie de sortir ?

— Non, pas du tout. Je veux que vous montiez

dans la chambre de Timothy si ça ne vous ennuie pas.

— Mais si, ça m'ennuie. Je n'ai pas la moindre envie de voir Timothy et j'ai une envie frénétique de vous avoir à moi un moment.

— Ne soyez pas vindicatif, Jim. C'est mesquin.

— Je ne suis pas vindicatif du tout. Je ne lui ai rien fait.

— Si. Vous savez très bien qu'il vous admire éperdument. Je crois qu'il a été assez bouleversé par ce que vous lui avez dit. Alors, réconciliez-vous avec lui, je vous en prie. D'ailleurs je veux que vous écoutiez très attentivement son histoire, parce que je crois qu'il dit la vérité. Venez, Jim.

— Bon, bon, mais pourquoi est-ce que je suis obligé de subir encore tout son roman ? demanda-t-il en se laissant entraîner vers le premier étage.

— Je vous dirai pourquoi quand vous l'aurez entendu. Vous ne l'avez pas encore vraiment écouté, vous savez. »

Timothy était toujours assis dans le lit quand ils arrivèrent à sa chambre et son attitude envers son demi-frère n'aurait pas incité un non-initié à penser qu'il cherchait une réconciliation. Il lui dit en effet : « Tu n'as pas besoin de croire que je l'ai envoyée te chercher parce que je m'en serais bien gardé. Je t'ai déjà demandé pardon un demi-million de fois et si tu ne veux pas m'écouter, je m'en moque pas mal.

— Encore une insolence et je te tords le cou, annonça Jim. Espèce de petit foutriquet, prétentieux, touche-à-tout. »

A ces mots choisis, le visage expressif de Mr. Harte s'éclaira : « Oh ! Jim, vrai de vrai, je suis terriblement ennuyé, dit-il d'une voix enrouée.

— Bon, sourdine ! Pat dit que je dois écouter ta ritournelle totalement farfelue, répliqua Jim en s'asseyant sur le bord du lit.

— Je voudrais bien, oui, dit Timothy, parce que quand Mr. Roberts dit que je lui ai fait toucher les rochers, il ne sait pas de quoi il parle. Moi, je sais que c'est pas vrai.

— Alors qu'est-ce que tu as fait ?

— Dis-lui exactement ce que tu m'as dit, Timothy, recommanda Miss Allison. Et vous, Jim, écoutez-le sans parti pris. C'est très important.

— Je ne vois vraiment pas pourquoi, mais enfin, vas-y », dit Jim.

Timothy releva les genoux, les entoura de ses bras et répéta ce qu'il avait dit à Miss Allison. Jim l'écouta en silence, mais à la fin, il dit :

« Voyons, mon cher petit, tu crois peut-être que tu n'as rien heurté, mais un bateau ne coule pas en trente secondes sans raison. Tu as certainement arraché une virure du fond. Je ne dis pas que tu t'es jeté — bang — sur un rocher, mais tu le reconnais toi-même, tu fonçais pleins gaz. A cette allure-là, effleurer un rocher aurait suffi.

— Jim, si j'avais fait ça, tu ne crois pas que je l'aurais senti ?

— Je l'aurais pensé, oui. Mais comme je ne l'ai encore jamais bousillé, je ne peux pas en être sûr.

— Donne-moi un bout de papier et un crayon, ordonna Timothy. Je vais te faire un dessin.

— A quoi bon ? C'est fait maintenant. Pensons à autre chose.

— Non, il va vous montrer », dit Patricia.

Jim soupira, sortit un crayon de sa poche et le tendit à Timothy, qui pria Miss Allison de lui donner le calepin posé sur la table, lécha le crayon et se mit en devoir de dessiner :

« Voilà, la baie, en gros. Portlaw est *là* et l'embarcadère *là*, au pied de notre falaise. Bon. Maintenant, les Pin Rocks sont *là*, hein ?

— A peu près, oui. » Jim suivait le mouvement du crayon. « Bon, alors *voilà* la route que je suivais. En fait je m'éloignais plutôt des rochers. Ça doit être à peu près là que le *Goéland* a coulé. De toute façon, je peux jurer que c'était à plus d'un quart de mille des rochers. Alors, qu'est-ce que tu en dis ? »

Jim secoua la tête. « Ça me dépasse. Sans vouloir être vexant, j'imagine que c'était peut-être la route que tu voulais suivre, mais que tu étais en fait beaucoup plus près de la rive.

— Oh là, là ! dit Timothy, écœuré. Tu me prends vraiment pour un fameux crétin.

— Exactement, répondit promptement Jim.

— Quand tu m'as laissé barrer le *Goéland* avant, je l'ai fait bien ou mal ?

— Bien. Mais j'étais avec toi.

— Écoutez, coupa Patricia, voulez-vous, juste pour un moment, admettre que Timothy a raison et qu'il n'était pas près des rochers ?

— Certainement, gente dame. Et après ?

— Il n'aurait pas pu couler un bateau comme ça en faisant une fausse manœuvre avec le moteur, n'est-ce pas ?

— Non !

— Est-ce qu'une des planches du fond — je ne sais plus comment vous les appelez — aurait pu être disjointe dès le départ ?

— Non.

— Vous êtes sûr ?

— Évidemment, je suis sûr. Nous l'avions sorti le matin, non ?

— Bien. Êtes-vous sûr que vous n'avez pas effleuré quelque chose ?

— Mon Dieu, je vous l'offre ! gémit Jim. Si ça n'est pas ajouter l'insulte à l'injure ! Dites-moi mes tout beaux, est-ce que vous essayez de faire accroire que c'est moi qui ai coulé le bateau ?

— Non, mais êtes-vous sûr ?

— Je suis sûr, dit Jim solennellement.

— Alors, si Timothy n'a pas heurté de rochers et si le bateau était en parfait état ce matin, *pourquoi a-t-il coulé ?* demanda Patricia.

— Il n'a pas coulé. Je veux dire qu'il n'aurait pas coulé si... » Il s'arrêta net, et regarda le visage de Patricia, puis celui de Timothy et s'exclama : « Grand Dieu, vous ne croyez pas que quelqu'un l'a saboté ?

— Si, répondit Patricia. Je le crois. »

CHAPITRE 11

L'espace d'un instant, Jim regarda fixement Patricia, puis il l'entoura de son bras et l'attira vers lui : « Quel mélo, ma chérie, désolé d'avoir à vous le dire, mais vous êtes carrément louf !

— Pas du tout, dit Timothy. Tout le monde sait que tu es inscrit dans la course de la semaine prochaine et je pense qu'il y avait aussi beaucoup de gens qui savaient que tu allais essayer le *Goéland* demain.

— Tâchez de vous ressaisir, implora Jim. Je suis sorti avec ce matin. Qui, dans ce vaste monde, aurait eu la possibilité de le tripoter entre le moment où je suis rentré et celui où tu es parti ?

— N'importe qui, répliqua promptement Timothy. On pouvait parier que tu ne ressortirais pas aujourd'hui. Tu es rentré juste après l'arrivée de maman, donc juste après onze heures, et moi je ne suis pas descendu au débarcadère avant trois heures. Ça en faisait du temps !

— Mais, mon bon, personne n'aurait osé saboter mon bateau en plein jour. »

Patricia s'assit à côté de lui sur le bord du lit. « Je

ne vois pas ce qui en aurait empêché. Personne ne va de ce côté de la baie. Il n'y a pas de sable pour attirer les gens de Portlaw. D'ailleurs, vous savez bien ce que c'est que cette vasière entre nous et Portlaw à marée basse. Supposons que quelqu'un ait fait quelque chose au *Goéland* entre une heure et deux. Personne de chez nous n'aurait été sur la grève parce que nous étions en train de déjeuner. Un très bon moment, à mon avis.

— Pas au mien, dit Jim. Si je devais mettre le bateau de quelqu'un hors d'usage, je choisirais une nuit bien noire.

— Mais non, parce que tu n'y verrais pas pour faire ton travail, dit instantanément Timothy. Il te faudrait une lanterne et ça attirerait l'attention. Je parie que Pat a raison. On essaie de te supprimer.

— Tu n'as pas besoin d'avoir l'air si content, vipère !

— Je ne suis pas content, mais je trouve que c'est joliment excitant. »

Jim parut apprécier ce point de vue et sourit largement, mais reprit : « Je pense que je me rendrais impopulaire si je suggérais que le fond du *Goéland* a pu être arraché par un espar flottant, ou un objet de ce genre ? »

Patricia frissonna : « J'ai comme un pressentiment », commença-t-elle, puis elle s'arrêta et se mit à rire.

Jim la regarda avec une profonde appréhension. « Êtes-vous aussi — quelles que puissent être vos autres caractéristiques — honnête avec vous-même, ma chérie ?

— Ce n'est pas une plaisanterie.

— Désolé, j'avais cru, murmura Jim.

— Jim, Mr. Roberts vous a prévenu pas plus tard qu'hier que vous pourriez être la prochaine victime. »

A ces mots Timothy, qui s'était laissé aller sur ses oreillers, rebondit, ses yeux bleus brillants de délicieuse expectative : « C'est pas vrai ? Dites donc, vous ne croyez pas qu'il y a un tueur caché dans la maison ?

— Timothy ! souffla Miss Allison en serrant instinctivement le bras de Mr. Kane.

— Ma foi, si on y réfléchit, c'est exactement le genre de maison où il pourrait y avoir un tueur caché, sauf qu'elle n'est pas vraiment assez vieille et je ne crois pas qu'il y a un passage secret, ou quelque chose de ce genre-là. Mais elle a deux ailes, trois escaliers et des tas de greniers.

— Assez ! ordonna Miss Allison, pâle de frayeur. Je sais que ça ne tient pas debout, mais si tu continues comme ça je ne pourrai pas fermer l'œil de la nuit.

— Du calme, mon amour, dit Mr. Kane. Si le tueur caché a essayé de me supprimer en sabotant le *Goéland*, on ne voit pas pourquoi il perdrait son temps à rôder dans la maison.

— Non, bien sûr, dit Patricia. Revenons au sujet. Vous êtes le seul d'entre nous à connaître quoi que ce soit aux bateaux, Jim. Est-ce qu'il serait possible de faire quelque chose au hors-bord qui ne se verrait pas tout de suite ? Je veux dire, si on faisait simplement un trou dans la coque du *Goéland*, il se remplirait aussitôt d'eau, ce qu'il n'a pas fait.

— Je suppose qu'on pourrait reboucher le trou.

— Comment ? »

Jim prit le crayon et le calepin de Timothy.

« Supposez que ça, c'est une des virures du fond. Si vous percez un trou en forme de coin que vous rebouchez ensuite de façon que le bout large de la bonde fasse un peu saillie, elle restera sans doute en place pendant un petit moment. Mais elle se desserrera et bien entendu, dès que vous aurez pris de la vitesse, elle sera forcément emportée, et la force de l'eau suffira pour arracher la virure.

— Je vois. Vous croyez que c'est ce qui a été fait ?

— Non, dit gaillardement Jim.

— Et pourquoi ? demanda Mr. Harte.

— Probablement parce que je n'ai pas la tournure d'esprit voulue. De plus, pour faire ce travail-là, il faudrait tirer le bateau au sec, venir armé d'un vilebrequin, d'une scie à manche et de mastic pour boucher les interstices — non c'est trop bête !

— A quelle heure la marée basse aujourd'hui ? L'heure du déjeuner, n'est-ce pas ? demanda Patricia.

— Midi quarante-cinq, dit Jim.

— Ce qui signifie que le *Goéland* devait être au sec sur le slip, n'est-ce pas ?

— Oui, admit-il comme à regret.

— Jim, vous ne voyez pas comme tout concorde ? Vous l'avez amarré juste après onze heures ; il était au sec une heure plus tard et de nouveau à flot quand Timothy est arrivé. Tout ça était prévu et le temps calculé.

— Quelle blague ! dit Jim.

— Ce n'est pas du tout une blague, c'est vachement conforme, répliqua Mr. Harte. Seulement, qui c'est le Tueur ? Je croyais bien que c'était Mr. Dermott qui avait liquidé cousin Clement, mais je ne vois pas pourquoi il veut te liquider aussi.

— Ni moi ni personne d'autre. Je voudrais bien que vous vous sortiez ces idées ridicules de la tête.

— Jim, je n'y aurais pas fait attention du tout sans ce que Mr. Roberts vous a dit. Mais devant ça...

— Ma chère petite, Roberts disait n'importe quoi. De toute façon, il a assisté à la scène de bout en bout et si votre théorie tenait debout il aurait dû être le premier à soupçonner que le *Goéland* avait été saboté. Or, il n'y a même pas fait allusion.

— Moi, il me semble, dit Mr. Harte, qui suivait son idée, que ça doit être un des Mansell. La seule autre personne qui pourrait vouloir se débarrasser de toi, c'est l'héritière qui vient ensuite : cousine Maud.

— Qui habite Sydney, dit Jim. Trouve autre chose.

— Elle n'y est peut-être plus, dit Timothy qui tenait à cette théorie originale. Elle a peut-être été là tout le temps, déguisée.

— Très vraisemblable, en effet. Alors explique-moi comment elle a pu poster une lettre pour tante Emily en Australie pendant qu'elle était en Angleterre et tout sera clair.

— Ah là, là, pauvre type ! Tu as déjà entendu parler d'un subterfuge ? Et si elle avait écrit la lettre avant de venir en Angleterre et l'avait laissée à quelqu'un pour qu'il la poste à une certaine date ? »

Jim soupira : « A mon tour d'en raconter une bien bonne.

— Non, mais sérieusement...

— Elle savait probablement d'instinct que cousin Silas faisait toujours une promenade après dîner, quel était le soir où il y aurait du brouillard et quelques autres petits détails du même genre ? Elle avait tout minuté deux mois avant de passer à l'exécution. Ce que tu es pénible !

— J'avais pas pensé à ça, avoua Mr. Harte.

— Eh bien, pendant que tu y penses, tu pourrais aussi te demander si percer des trous dans les hors-bord est un passe-temps très féminin », dit Jim en se levant.

Timothy renonça à sa théorie, mais non sans regret. « Ah bon, c'était juste une idée. En fait je ne serais pas étonné du tout si finalement, c'était quelqu'un qu'on n'a jamais soupçonné. Pritchard, par exemple, ou quelqu'un comme ça. Je me demande si cousin Silas avait quelque chose de terriblement précieux que quelqu'un pourrait vouloir ? Tu n'as pas besoin de faire cette tête-là. J'en ai entendu parler, d'histoires comme ça. Un manuscrit inestimable ou — Seigneur ! si c'est ça, mon idée d'un tueur caché n'est pas si bête que ça.

— Je ne vois pas bien comment le fait de tuer Jim l'aiderait à s'emparer du Trésor Volé, objecta Miss Allison.

— Je suppose qu'il doit y avoir une raison vachement compliquée, dit Mr. Harte, sagace.

— Bon, eh bien on va te laisser le temps de la trouver, coupa Jim. Venez, Pat.

— Descendez, je vous rejoins dans une minute, répondit-elle. Je passe juste dans ma chambre. »

Mais en réalité, dès que Jim fut descendu, elle retourna vers Mr. Harte et lui dit : « Timothy, je voudrais que tu racontes à l'inspecteur Hannasyde ce qui est arrivé aujourd'hui. Jim croit que ce sont des inepties, je le sais, mais je ne peux pas me défaire de l'impression qu'il est en danger.

— Entendu, je le ferai, promit Timothy. Ils n'en

croiront pas un mot, ajouta-t-il, très sombre. Je le sais bien. Personne ne me croit jamais. »

Après lui avoir conseillé de se réconforter à la pensée qu'elle au moins lui avait fait confiance, Miss Allison se retira, le laissant attendre le sommeil en élaborant une théorie extrêmement sophistiquée pour établir la présence d'un Tueur Inconnu parmi eux. Elle enfila le long couloir menant à l'aile ouest où elle avait sa chambre, à côté de celle de Mrs. Kane. Pour la première fois, elle trouva l'éclairage fort insuffisant et quand elle rencontra Ogle à deux pas de la porte de Timothy, elle ne put s'empêcher de sursauter violemment.

Bien que Miss Allison ne lui eût pas fait de remarque sur sa présence dans le corridor, la femme de chambre se mit aussitôt à la justifier, prouvant par là qu'elle avait dû écouter à la porte de Timothy. Patricia ne pouvait l'en blâmer, d'ailleurs, car c'était une des habitudes les moins agréables de Mrs. Kane de glaner tous les renseignements qu'elle pouvait grâce à l'espionnage adroitement pratiqué par Ogle auprès des autres domestiques. Et les incitations n'avaient pas manqué durant la dernière quinzaine. Habituée à cette déplaisante pratique, Patricia se contenta de sourire en disant : « C'est bien, Ogle, ne vous excusez pas. »

Les joues creuses de la bonne s'empourprèrent et elle dit, assez naïvement : « Moins la police viendra fourrer son nez ici et mieux ça vaudra. Ce qui est fait est fait. Pardonnez-moi, mademoiselle, mais si Timothy a coulé le bateau de Mr. James, ça, n'importe qui pouvait bien le prévoir et il n'y avait pas besoin de traîner la police là-dedans. »

Miss Allison haussa les sourcils : « Et pourquoi donc ?

— On n'en veut pas ici, dit Ogle butée. Ils ne trouveront rien, d'ailleurs, pas plus que pour Mr. Clement. Ils tracassent Madame, c'est tout ce qu'ils font.

— L'affaire de Mr. Clement n'est pas terminée, dit Miss Allison. Je vous ai déjà dit que l'enquête publique était simplement ajournée.

— Ils ne trouveront rien, répéta Ogle. Et puis, d'abord, on n'y tient pas. Poser des questions à Madame ! Un fameux toupet. En tout cas ils n'ont rien tiré de moi, c'est toujours ça. »

Miss Allison, jugeant que cela ne méritait pas de réponse, poursuivit jusqu'à sa chambre et finit par rejoindre le groupe dans le salon.

Comme à l'accoutumée, elle conduisit Emily dans sa chambre à dix heures, mais quand elle l'eut confiée à Ogle, elle redescendit et autorisa Mr. James Kane à l'emmener faire une promenade au clair de lune dans les jardins.

La nuit était belle et très chaude, mais des froissements dans un bosquet d'arbrisseaux en fleurs gâchèrent complètement le plaisir que Miss Allison éprouvait à être seule avec son fiancé. Elle était assez raisonnable pour penser que le bruit devait être dû à un chat ou un oiseau de nuit, mais il lui avait rappelé les dangers qui menaçaient Jim et elle ne tarda pas à trouver un prétexte pour rentrer dans la maison.

Il n'y avait plus que Norma et Rosemary dans le salon, Adrian s'étant glissé dans la bibliothèque. Quand Jim et Patricia entrèrent par l'une des portes-fenêtres, la première, assise droite comme un piquet à une petite table, faisait une réussite compliquée avec une rare énergie, tout en disant dans le même temps à Rosemary qu'elle serait beaucoup plus heureuse si elle se trouvait un But dans la vie.

Rosemary était tout à fait de cet avis, mais expliquait que son sang russe l'empêchait de rester attachée à un But unique pendant plus de quelques mois.

« Ma pauvre, ne me dites donc pas de bêtises, trancha Norma. Vous êtes paresseuse, voilà votre défaut. Pourquoi ne pas vous occuper d'œuvres sociales ?

— Je ne crois pas que ma santé y résisterait, répondit Rosemary. Je suis de ces infortunées dont les nerfs s'en vont en morceaux dès qu'elles s'ennuient.

— Dieu merci, je ne sais pas ce que c'est d'avoir des nerfs, dit assez imprudemment Norma.

— Oui, vous avez de la chance. Je suppose que vous ne sentez même pas *l'atmosphère* dans cette horrible maison, dit Rosemary en frissonnant.

— De l'imagination, pas autre chose, déclara Norma en battant prestement les cartes.

— Bien sûr, je savais que vous diriez cela. Mais n'empêche. Il y a une atmosphère épouvantable ici. Je suppose qu'il faut être assez sensible pour la percevoir. »

Lady Harte leva les yeux : « Je me soucie fort peu d'être jugée insensible, Rosemary, mais si, comme je le crois, votre remarque visait à me dénigrer, tout ce que je peux dire, c'est qu'elle était extrêmement impolie. »

La riposte était si inattendue que Rosemary resta un moment sans voix, rougit violemment et Lady Harte, étalant ses cartes d'une main ferme, profita de ce silence pour ajouter : « Cette sensibilité dont vous vous vantez sans arrêt, ma petite, n'a pas l'air de tenir grand compte des sentiments des autres. Si vous parliez moins de vous et plus de votre prochain, vous seriez non seulement plus heureuse, mais beaucoup plus agréable à vivre par-dessus le marché.

— Oh, c'est sûr, je sais parfaitement que je suis très égoïste, répondit Rosemary avec le plus grand calme. Ne croyez pas que je ne me connais pas à fond. Que si ! Je suis égoïste et terriblement capricieuse.

— Vous n'êtes pas seulement égoïste, dit Lady Harte, vous êtes indolente, superficielle, parasite et remarquablement stupide. »

Rosemary se leva, enfin mise en colère et dit d'une voix tremblante : « Que c'est drôle ! Vraiment je ne peux m'empêcher d'en rire.

— Eh bien, riez donc, conseilla Lady Harte, qui avait porté son attention sur Miss Allison.

— Quand vous aurez eu votre mari tué sous vos yeux, dit assez inexactement Rosemary, vous comprendrez peut-être ce que c'est que la souffrance. »

Lady Harte regarda fixement cette beauté outragée : « Mon mari, comme vous le savez, je crois, est mort de ses blessures il y a vingt ans. Je l'ai vu mourir. Si vous pensez que vous pouvez m'apprendre quelque chose sur la souffrance, dites-le, ça m'intéressera. »

Un silence inconfortable tomba : « J'ai parfois l'impression que je vais devenir *folle,* annonça Rosemary. Personne ne me comprend, personne ! Bonsoir !

— Bonsoir ! » dit Lady Harte.

Et la porte se referma avec un claquement décidé derrière Rosemary. Jim quitta l'embrasure de la fenêtre où il était resté cloué sur place avec Patricia pendant ce remarquable dialogue. « Vraiment, maman ! s'exclama-t-il.

— Quelques vérités simples et simplement dites, voilà ce dont il y a besoin dans cette maison. Je vous demande un peu ! Cette jeune péronnelle qui a le front de me dire que je ne sais pas ce que c'est de souffrir ! Elle... mais elle se délecte, elle se complaît à être veuve. Est-ce que vous croyez que je ne vois pas ce que j'ai sous le nez ? L'atmosphère ! Peuh ! »

Patricia sourit, mais dit : « Bien que je ne tienne pas à imiter Rosemary, je dois dire que je suis moi aussi consciente de cette atmosphère.

— Une dose de sulfate de soude la chassera sans doute », répondit crûment Norma.

Cette suggestion prosaïque contribua à restaurer l'habituelle sérénité de Miss Allison, mais quand elle monta se coucher, la conversation dans la chambre de Timothy lui revint à l'esprit. L'agréable théorie d'un Tueur Inconnu tapi au milieu d'eux ne la troublait pas sérieusement, mais elle aurait été plus heureuse si elle avait été sûre que Jim fermerait sa porte de chambre à clé avant de se coucher. Malheureusement, rien n'était moins vraisemblable que l'adoption de cette simple précaution contre l'assassinat.

De plus amples réflexions l'obligèrent à admettre qu'il ne serait pas très facile de trucider Jim dans son lit sans courir le risque d'être pris sur-le-champ. Dans la tiédeur d'une salle de bains bien éclairée, elle décida que ses terreurs étaient ridicules ; mais pendant le retour à sa chambre le long du corridor ombreux, sa certitude faiblit quelque peu et une fois au lit, avec le clair de lune qui se glissait dans la pièce par les interstices entre les rideaux, et une branche de vigne vierge qui tapotait la vitre, elle se remit à envisager plus sérieusement les théories de Timothy. Elle passa en revue dans son esprit tous les domestiques mâles de Cliff House et s'endormit enfin, l'esprit plein de fantasmes qui s'entrechoquaient.

Il lui sembla qu'elle ne dormait pas depuis plus de quelques minutes quand elle fut réveillée soudain par les échos d'un hurlement. Elle se redressa, doutant encore, et alluma l'électricité : les aiguilles de sa pendulette marquaient une heure et quart. Juste au moment où elle allait se rallonger, croyant que le cri avait été poussé dans ses rêves agités, il se répéta et cette fois, elle reconnut la voix de Timothy. Elle bondit hors du lit, attrapa sa robe de chambre au vol et se précipita dans le corridor où elle entendit Timothy hurler : « Jim ! Jim ! »

Elle se précipita dans la chambre du jeune garçon et à sa grande surprise la trouva uniquement éclairée par la lune. Ayant tourné le bouton, elle découvrit Mr. Harte tapi à l'extrémité de son lit, la sueur au front, les yeux dilatés fixés sur elle. « Il y a un homme, il y a un homme, bégayait-il, tétanisé. Jim, Jim ! Il y a un homme ! »

Miss Allison, dont les nerfs n'étaient pas dans un état tout à fait normal, fit un petit saut et s'exclama d'une voix étranglée : « Où ? Qui ? »

Sans prêter la moindre attention à elle, Mr. Harte haletait : « C'est le *Tueur !* J'ai vu ses yeux qui b-brillaient. Il est là ! Je l'ai vu ! Jim ! »

Miss Allison se retourna brusquement pour regarder dans la direction que fixaient les yeux terrifiés de Timothy. Elle ne vit rien d'alarmant et à cet instant Jim entra dans la pièce, ébouriffé, l'air endormi. « Qu'est-ce qui se passe donc ? demanda-t-il.

— Je l'ai vu, je l'ai vu, balbutiait Mr. Harte. Il y a un homme dans ma chambre.

— Oh, dit Jim en parcourant son demi-frère d'un œil exercé. Réveille-toi, petit idiot. »

Il dirigea sa lampe de poche droit sur le visage de Timothy qui revint à lui, le souffle coupé, frissonna et s'accrocha au bras de Jim : « Oh, là, là, sanglota-t-il. Un homme m-m-masqué ! Oh, là, là, je te jure qu'il y avait qu-qu-quelqu'un dans ma chambre.

— Quelle bêtise ! Tu as eu un cauchemar, c'est tout, dit Jim en le secouant.

— Oui, je s-s-sais, mais — *qui c'est ?* »

La note de terreur fit pivoter Miss Allison sur ses talons, mais tout ce qu'elle vit ce fut Sir Adrian drapé dans une robe de chambre en brocart, pas un cheveu déplacé, qui entrait dans la pièce.

Jim s'écarta pour que Timothy pût voir la porte : « C'est ton père. Ressaisis-toi. »

Mr. Harte détendit un peu ses muscles crispés, mais resta accroché au bras de Jim : « J'ai c-c-cru que c'était le T-Tueur.

— Tu as cru que c'était qui ? demanda Sir Adrian légèrement interloqué.

— Ce petit idiot a inventé une théorie rocambolesque, un Tueur caché dans la maison, si bien qu'il a eu un cauchemar. Pat, bécassine, vous ne valez pas mieux que lui ! Le gamin rêvait, c'est tout.

— Oui, bien sûr, dit Miss Allison qui se sentait assez secouée. C'est stupide de ma part, j'aurais dû savoir. Mais il avait les yeux grands ouverts et je suppose que j'étais à moitié endormie moi-même, alors je n'y ai pas pensé. » Elle prit soudain conscience de l'aspect qu'elle devait avoir, un bonnet sur la tête, un kimono noué autour des hanches comme un châle pendouillard, et dit, désolée : « Oh ! mon Dieu, je dois avoir l'air d'un épouvantail ! »

Cependant, Lady Harte entra juste à ce moment avec ses cheveux gris hérissés et un imperméable très culotté enfilé par-dessus un pyjama délavé, ce qui rassura Miss Allison ; son propre déshabillé ne pouvait être plus remarquable.

« Eh bien, Timothy ! Tu as eu un de tes mauvais rêves ? demanda Lady Harte.

— Oh, maman, j'ai cru qu'il y avait un homme dans la chambre, avec un masque ! C'était horrible.

— Bois un peu d'eau. » Elle alla au lavabo et remplit un verre qu'elle lui donna.

Timothy le prit et but quelques gorgées.

« Je pense qu'il n'y a personne qui rôde en bas ? demanda Lady Harte. J'ai remarqué que le hall était éclairé quand je suis passée en haut de l'escalier. Tu devrais aller y jeter un coup d'œil, Jim. Si j'avais un revolver, j'irais moi-même, mais grâce aux lois ineptes de ce pays, mes armes sont encore bloquées.

— Ne prenez pas cette peine, dit Sir Adrian. La lumière est allumée parce que j'en ai eu besoin. J'étais en bas en train de chercher quelque chose à lire quand Timothy a provoqué tout ce remue-ménage. Si l'agitation est retombée, je me propose de continuer mes recherches. Croyez-vous qu'un livre de sermons serait un soporifique ?

— Excellent, me semble-t-il. Prenez-en un pour votre rejeton, Adrian, répondit Jim.

— Timothy n'a pas besoin d'un livre, il a besoin d'une dose de calomel, déclara Norma.

— Oh, maman ! protesta Mr. Harte.

— Pas de chance, dit Jim compatissant. Mais ça t'apprendra à faire des peurs pareilles à Patricia. »

Le laissant aux mains expertes de sa mère, Miss Allison et lui repartirent dans leurs chambres respectives. Il n'y eut pas d'autres alertes pendant le reste de la nuit, et Mr. Harte apparut en grande forme au petit déjeuner, plein d'ardeur et de projets pour la journée. Rosemary, qui avait pourtant annoncé qu'elle avait le sommeil très léger, n'avait rien entendu de l'agitation nocturne, phénomène tout à fait inusité qu'elle expliqua par l'état d'épuisement nerveux où elle se trouvait ; mais à partir de trois heures elle avait été très oppressée par l'atmosphère de fatalité qui pesait sur la maison. « Voilà qui peut suffire, coupa lady Harte en se servant largement de confiture d'oranges. Nous avons eu assez de cauchemars. »

Mr. Harte qui, dans la confortable lumière du jour, avait tendance à considérer son exploit comme une bonne blague, dit qu'il n'avait pas eu de cauchemar aussi super depuis le jour où Jim l'avait emmené voir *The Ringer.* « C'est parce que je m'intéresse au crime. La vieille nanny dit que les choses me travaillent.

— Quand Jim t'a emmené voir ce film, dit sa mère toujours prosaïque, ce n'est pas le crime qui te travaillait l'esprit mais la langouste qui te travaillait l'estomac. Je me rappelle parfaitement, quand j'ai demandé à Jim ce que tu avais pris à dîner, il a récité une liste des plats les plus indigestes qu'on puisse imaginer, depuis la langouste jusqu'aux champignons sur toast. Alors ne dis pas de bêtises ! »

Ce souvenir accablant coupa évidemment tous les effets de Mr. Harte, qui retomba dans le silence et quitta la salle à manger aussitôt son petit déjeuner terminé pour chercher une société plus accueillante.

Plus tard dans la matinée, une rencontre avec l'inspecteur Hannasyde fut presque aussi décourageante. Il écouta le récit de la perte du *Goéland* avec un air de gravité totalement démenti par une petite lueur pétillante au fond de ses bons yeux gris. Le fait n'échappa pas à Mr. Harte et quand le policier dit gravement qu'il était bien dommage que personne ne crût l'histoire, il répliqua avec âcreté : « Non et personne non plus ne m'a cru quand j'ai dit que cousin Silas avait été assassiné, mais je parie qu'il l'a été. Et en plus, vous le croyez aussi.

— Laissons ton cousin Silas de côté et dis-moi ce que tu veux que je fasse pour le *Goéland* ? Le repêcher ?

— Non, parce que Jim dit que s'il a été saboté, la virure avec le trou dedans aura été complètement arrachée. Mais je trouve que vous devriez avoir Jim à l'œil. Patricia — c'est Miss Allison, vous savez — croit qu'il est en danger, tout comme moi je le crois et Mr. Roberts aussi.

— Oh, ne t'inquiète pas. Pour ce qui est de l'avoir à l'œil, je l'aurai à l'œil. »

Timothy lui lança un coup d'œil haineux et s'en alla chercher son ami le brigadier.

Celui-ci adoucit son amertume en l'écoutant avec tout l'intérêt et la crédulité souhaitables, puis lui demanda quelle était son idée. Grandement réconforté, Timothy le mit dans la confidence et lui exposa sa théorie du Tueur Caché.

« Ça ne m'étonnerait pas du tout que tu aies raison, dit le brigadier en hochant la tête. La Main de la Mort, voilà ce que c'est. J'ai lu des trucs comme ça.

— Et vous avez eu des affaires de ce genre-là ? demanda Timothy, tout émoustillé.

— Eh bien, je n'ai pas vraiment travaillé dessus, convint l'autre, parce que tu comprends, en général on les réserve aux gros bonnets.

— Dites donc, ça serait un fameux bon point pour vous si on avait affaire à un Tueur Caché ici, et si vous le démasquiez ?

— C'est juste ce que je pensais, dit le brigadier, mais si je devais lâcher mon boulot de tous les jours et partir chercher tout seul des Tueurs, le chef serait pas content.

— Je suppose qu'il y a beaucoup de jalousies à Scotland Yard ? demanda Timothy, l'air sombre

— Pas croyable, dit Hemingway. Terrible.

— Mais enfin, vous ne croyez pas qu'il faudrait surveiller les gens ? Pritchard par exemple. C'est souvent le maître d'hôtel et à ce qu'il me semble, personne ne l'a soupçonné jusqu'à maintenant. »

Une idée diabolique se présenta alors à l'esprit du brigadier, qui dit : « Très juste. Mais, tu comprends, on est handicapé parce qu'on est de la police, ce qu'il nous faut, c'est un assistant. Si tu surveillais Pritchard et tous les autres, on pourrait peut-être découvrir quelque chose.

— Super ! Je vais faire ça. Et s'il fait quelque chose de bizarre, je vous le signale tout de suite.

— Voilà, tu as tout compris, dit le brigadier. Le

lâche pas. » Racontant plus tard l'épisode à son supérieur, il conclut :

« Et si le maître d'hôtel ne devient pas criminel, ça sera un miracle.

— C'est un tour vraiment vache, décréta Hannasyde.

— Absolument, dit gaiement le brigadier. Mais moi, voilà comment je raisonne : si c'est moi ou lui, j'aime mieux que ça soit lui. Qu'est-ce que vous avez pensé du Naufrage de la Méduse ?

— Pas grand-chose. Ça paraît très invraisemblable. D'après ce que j'ai pu savoir, Oscar Roberts, qui a donné l'alarme le premier, n'y attache pas d'importance.

— Non, là, il a compromis sa réputation, dit le brigadier en riant. Timothy lui garde une sérieuse dent. Rien de neuf sur le Pétulant Paul je suppose ?

— Non. Il est certainement allé à Brotherton Manor pour jouer au tennis, exactement comme il l'a dit. Le jour où Clement Kane a été tué, il y est arrivé à quatre heures et demie. Tout ça concorderait très bien avec la possibilité d'exécuter Clement, mais ça n'en fait pas plus qu'une possibilité. D'après son histoire, il a déjeuné avec une Mrs. Trent ce samedi-là et puis il est allé chez elle à Brotherton Manor. Elle confirme jusqu'au moindre détail. »

Le brigadier, qui connaissait bien son chef, dressa l'oreille :

« Ah, oui ? Le Pétulant Paul l'a dédommagée de sa peine, sans doute ?

— Je n'en serais pas étonné, mais je n'ai rien pour le prouver. Une veuve blonde tape-à-l'œil. Un toupet d'airain. Je n'ai pas pu la prendre en défaut.

— Ah, on jase bien un peu sur elle... et Mr. Paul.

Est-ce qu'elle se rappellerait par hasard à quelle heure il l'a quittée samedi pour aller à ce tennis ?

— Elle dit qu'il est parti à trois heures vingt-cinq. Il y a à peu près dix-huit kilomètres entre chez elle et Brotherton Manor en passant par la route côtière qui longe Cliff House. Une bonne route, pas trop de circulation. Il a dû couvrir la distance en vingt minutes s'il a un peu appuyé sur le champignon, ce qui est probable.

— Des domestiques pour corroborer les précieuses indications de Mrs. Trent ?

— Non. Juste une bonne à tout faire qui est partie tout de suite après le déjeuner. C'était sa demi-journée de congé.

— Comme un soupçon d'anguille sous cette roche-là. Moi je trouve que ça ressemble à un coup monté. Pas un brillant espoir des forces de l'ordre qui se rappellerait avoir vu la voiture de Paul quitter la ville ?

— Pas de risque. Elle habite Gerrard Avenue et le seul carrefour important qu'il doit franchir avant de sortir tout à fait de l'agglomération est équipé de feux. » Dégoûté, le brigadier grommela : « Et c'est ça qu'on appelle le progrès. Je me demande où on va. »

Hannasyde sourit, mais dit : « Quelqu'un a pu voir la voiture. Carlton s'en occupe.

— Mais non, vous ne voudriez pas, dit amèrement le brigadier. Ou s'il y a quelqu'un, il ne sera pas capable de dire si c'était à trois heures moins le quart ou à trois heures et quart. Je connais !

— Pas absolument impossible tout de même que s'il ment et s'il a tué Silas Kane, quelqu'un ait vu sa voiture arrêtée à la hauteur de Cliff House. Il n'est sûrement pas passé par la grande grille et probablement pas par l'entrée de service non plus, à mon avis. Évidemment il n'y a pas de gardien à cet endroit-là, mais il n'aurait sans doute pas osé garer sa voiture dans le parc même. S'il a tué Clement, je pense qu'il a dû la laisser sur la route, entrer dans le parc par la porte de service et arriver jusqu'à la maison en se cachant dans les rhododendrons. Très simple.

— Chef, dit le brigadier, vous en avez vu combien de voitures garées sur la route de la falaise, avec les occupants qui font un petit pique-nique à l'intérieur ?

— Oh, je sais, je sais, répondit Hannasyde. Mais celle de Mansell doit être bien connue dans la région et elle a pu attirer l'attention de quelqu'un. Ce serait un coup de chance, mais enfin, les coups de chance, ça existe.

— Ça rate, surtout. » Le brigadier était décidément pessimiste. « Pur nœud d'embrouilles, voilà ce que c'est cette affaire-là. On ne sait pas où elle a commencé et si Timothy a raison on ne sait pas où elle va finir. On ne sait pas par quel bout la prendre et c'est ce qui me déplaît. Ça ressemble plus à un écheveau de laine quand le petit chat de la patronne s'en est occupé qu'à un meurtre convenable. Vous prenez un bout, vous commencez à suivre le fil et puis vous tombez sur un sacré nœud si serré que vous ne pouvez rien en faire. Alors vous prenez l'autre bout, vous commencez de ce côté-là et tout ce que vous trouvez c'est un morceau que le chat a mâchouillé et qui vous reste dans la main. Enfin, chef, je vous demande un peu ! D'abord, il y a le vieux. Ou il a été assassiné, ou il l'a pas été. Et s'il l'a été, c'est le même gars qui a dégommé Clement, à moins que ça en soit un autre qui s'est dit que c'était le moment de profiter de l'occasion. Ça me donne le tournis. Ça n'a pas de sens.

— Pas comme vous le racontez, en effet, convint Hannasyde. Je reconnais que c'est du genre labyrinthe. Il y a tellement de possibilités et le pire, c'est qu'on n'était pas là au départ.

— Si c'était le départ, coupa le brigadier.

— Comme vous dites, si c'était le départ. Je crois qu'on ne saura jamais exactement ce qui est arrivé à Silas Kane, encore qu'on puisse y arriver par déduction. La police locale a accepté ce que Clement a dit de ses propres mouvements cette nuit-là, or c'était le suspect le plus probable. Mais le fait d'avoir été tué n'en fait pas le meurtrier de Silas.

— A moins que toute l'affaire fasse boule de neige, dit le brigadier, avec chaque héritier qui fait la peau du précédent. Ça ne m'étonnerait pas de leur part.

— Tout de même un peu gros, dit Hannasyde. Essayez d'y voir un peu plus clair. Il faut considérer l'affaire sous plusieurs angles. D'abord, supposons que les deux hommes ont été tués par la même personne et probablement pour le même motif. Ça exclut Dermott, Mr. Kane, lady Harte et Rosemary Kane. Lady Harte n'était pas en Angleterre à l'époque et ni elle ni Rosemary n'auraient eu la force de précipiter un homme par-dessus le bord de la falaise. Nous restons donc avec James Kane et les deux Mansell. N'importe lequel des trois aurait pu commettre les deux crimes. James Kane n'a pas d'alibi pour le moment de la mort de Silas, celui de Joe Mansell dépend entièrement du témoignage de sa femme et celui de Paul de Mrs. Trent, l'ubiquiste avec qui il a passé la soirée.

— Oui, mais il y a un os, chef, objecta le brigadier.

— Il y en a même plusieurs, parce que jusqu'à maintenant, nous ne travaillons que sur des hypothèses. Deuxième angle de vue : les deux hommes ont été tués, mais par des personnes différentes et pour des motifs différents. »

Le brigadier poussa un gémissement : « Je peux pas avaler ça.

— Très peu vraisemblable, en effet, mais pas absolument impossible. Je ne suis pas sûr du tout que Clement n'aurait pas pu reconduire sa femme chez eux la nuit du meurtre de Silas et revenir à Cliff House sans qu'elle le sache. Ils ne couchaient pas dans la même chambre, rappelez-vous. Clement voulait terriblement avoir l'argent de Silas, pas pour lui, mais pour sa femme — il avait l'air d'en être amoureux fou. Supposez un instant qu'il a tué son cousin et voyez comme la suite s'enchaîne : au cas où il hérite de la fortune Kane, Rosemary qui, si l'on en croit les commérages, était sur le point de le quitter pour Trevor Dermott, balance immédiatement son gigolo. Bon. Eh bien, Dermott, vous l'avez vu. Exactement le type d'agité qui voit rouge à la moindre provocation et qui a un comportement violent. »

Le brigadier se caressa le menton : « Ça se tient, admit-il. L'ennui, c'est que toutes les théories se tiennent. On peut même prendre celle-là sans être obligé de croire que la mort du vieux Silas a été assistée.

— Ah, ça, c'est le troisième angle. Je n'ai pas

encore fini avec le deuxième. Après la combinaison Clement-Dermott, examinons l'autre. Clement reste le meurtrier de Silas...

— Et les Mansell ?

— Sûrement pas. Les Mansell et James Kane font forcément partie de la première hypothèse : les deux victimes tuées par la même personne pour le même motif. Donc, gardons Clement et écartons Dermott. Restent Mr. Kane, Ogle et lady Harte comme suspects pour le deuxième meurtre. Aucun n'est très vraisemblable, mais aucun n'est impossible. Maintenant, le troisième angle : mort accidentelle de Silas.

— C'est le pire de tous, dit le brigadier. Avec lui, toute la tapée est à soupçonner.

— Non, pas tout à fait. Je crois que nous devons éliminer les Mansell. S'ils n'ont pas tué Silas parce qu'il bloquait une transaction à laquelle ils tenaient, il n'est pas très vraisemblable qu'ils aient tué Clement pour la même raison.

— Enfin, c'est tout de même quelque chose, je veux bien, dit le brigadier. Mais ça ne change pas vraiment le tableau. On a toujours Jim Kane et sa mère, Mrs. Kane et sa bonne, Rosemary Kane et son gigolo, et puis pourquoi pas Timothy le Terrible. Ça fait sept.

— Je me refuse à envisager Timothy, riposta Hannasyde. Six.

— J'en sais trop rien. Avec ces films de gangsters et un gamin qui est louf de crimes, je ne jurerais pas que c'est pas lui. Enfin, marchons pour six.

— Il y en aura peut-être un septième, dit Hannasyde, mais il s'agit de savoir si quelqu'un essaie vraiment de faire disparaître James Kane ou pas.

— Mais alors » — le brigadier était complètement perdu —, « ça nous ramène aux Mansell ?

— Pas forcément. Il y a la cousine — réputée vivre en Australie. Pour plus de sûreté, j'ai câblé à la police de Sydney pour qu'elle nous donne tous les renseignements qu'elle peut avoir. »

CHAPITRE 12

La discussion que relançait continuellement Mr. Harte sur la cause probable de la fin du *Goéland* fut abruptement coupée par sa mère, qui lui défendit d'en dire un mot en sa présence. Comme elle n'ajoutait aucune créance à l'histoire, elle ne trouvait pas particulièrement mauvais qu'il exerçât son imagination, mais Emily Kane, surprenant une des envolées les plus échevelées du jeune garçon exigea de connaître toute l'affaire et en fut si bouleversée que Patricia eut toutes les peines du monde à la calmer.

Or chez elle, l'agitation engendrait invariablement la mauvaise humeur. Elle aurait eu honte de manifester la moindre faiblesse féminine, ou de demander de l'aide. Elle se rassura donc en ridiculisant l'idée que Jim pût être en danger, déclara qu'elle n'avait jamais entendu pareilles sornettes, se répandit en récriminations contre ceux qui l'approchaient et conclut que Timothy avait dû prendre ces idées stupides chez sa mère.

Sincèrement amusée, Norma se contenta de rire en disant : « Vous vous trompez complètement, tante Emily. Il doit ces inventions à son grand ami Roberts. Je les trouve parfaitement ridicules. »

Les lèvres d'Emily se crispèrent, elle foudroya lady Harte du regard et dit : « Cet individu, qu'est-ce qu'il a à voir là-dedans avec ses façons mielleuses ? Je ne peux pas le souffrir. »

Jim entra dans la pièce assez à temps pour entendre la phrase familière et dit aussitôt : « Quelqu'un vous a ennuyée, tante ? Vous avez un air horriblement féroce. »

Emily n'aurait toléré ce genre de plaisanterie de personne, Jim mis à part et comme il ne pouvait pas mal faire à ses yeux, elle se contenta de dire : « Si tu veux mon avis, tu l'enverras bouler.

— Qui donc ? demanda Jim en bourrant sa pipe.

— Ce Roberts. Ton cousin ne voulait pas entendre parler de son projet farfelu. Je ne sais pas ce qu'il veut, à traiter la maison comme si elle lui appartenait. »

Jim ne releva pas cette accusation assez injuste. « Je suppose qu'il essaie d'éclaircir le mystère de la mort de Clement. Il me semble parfois qu'il est sur une piste que la police n'a pas découverte, mais il ne dit pas grand-chose. »

Les mains noueuses d'Emily serrèrent plus fort encore le manche de sa canne en ébène ; « Quelle impudence ! Mettre son nez dans nos affaires ! Je voudrais bien lui dire ce que j'en pense.

— C'est sans doute ce que vous ferez, dit Jim en la regardant avec un petit sourire au-dessus de la pipe qu'il était en train d'allumer.

— Ce sera bien fait, dit Emily. Si les gens s'occupaient de leurs affaires, ça vaudrait mieux pour tout le monde.

— Oh, je ne sais pas, dit Jim. Si Roberts peut trouver la solution, j'en serai bien content. Je trouve que nous commençons à en être saturés et la police n'a pas l'air de faire grand-chose.

— Elle en fait encore plus qu'on lui demande, dit Emily furieuse. Elle nous traîne dans les journaux, elle déterre ce qui n'aurait jamais dû l'être. Je ne sais pas ce que ton grand-oncle en dirait s'il vivait encore.

— Il faut aller au fond des choses, tante, que ça nous plaise ou pas. »

Elle ne répondit pas, mais pinça les lèvres et resta immobile dans son fauteuil, les yeux perdus dans l'espace devant elle. Lady Harte déclara : « La publicité n'a aucune importance. On s'habitue à ce genre de choses. J'en ai eu tellement que je n'y fais absolument plus attention.

— Je veux bien le croire », dit sur un ton désagréable Emily qui posa son regard sur Jim : « Qu'est-ce que c'est que ce ramassis d'insanités sur ta vie qui serait en danger ?

— Exactement ça : un ramassis d'insanités.

— Un des romans de ce Roberts. Qu'est-ce qu'il va encore inventer, je me le demande. Plus vite on verra ses semelles et mieux ça vaudra. Bien la peine de fourrer des idées dans la tête de Timothy.

— Pour être juste, je ne crois pas qu'il ait abordé le sujet avec Timothy. Il m'a averti, moi, et si je pense personnellement, que ça ne tient pas debout, il faut convenir que c'était gentil de sa part. »

Emily eut un petit rire bref : « Il essayait de t'embobiner pour que tu acceptes son projet, ça ne fait pas de doute. Ne va pas faire des promesses inconsidérées. »

Il sourit et secoua la tête. Le regard d'Emily se fit soupçonneux : « Ces Mansell ont recommencé à te harceler ?

— Non, j'ai rencontré Joe Mansell à Portlaw aujourd'hui et il m'a dit qu'il voulait me parler de diverses choses. Je lui ai dit que je passerais à son bureau demain matin. Je suppose qu'il abordera la question à ce moment-là.

— Qu'est-ce que tu vas dire ?

— Rien. J'en ai parlé avec Adrian.

— Je me demande bien ce qu'il croit savoir.

— Oh ! Adrian n'est pas sot, s'exclama lady Harte.

— En fait, il ne croit pas savoir la moindre des choses, dit Jim. Il me conseille d'aller soumettre la proposition à Everard et Dawson — ce que je me propose de faire dès que les choses se seront un peu tassées ici. »

Incapable de trouver à redire au projet, Emily retomba dans un silence boudeur.

« Patricia sait que tu vas voir Joe demain ? demanda lady Harte.

— Non, je ne lui en ai rien dit.

— Eh bien, continue. Elle se mettrait martel en tête.

— Je n'en ai parlé qu'à vous deux — et à Adrian, bien entendu. Notez qu'à mon avis, même la personne la plus paniquarde — ce que Pat n'est pas — ne pourrait pas s'attendre à ce qu'il m'arrive malheur. En admettant que les Mansell soient décidés à avoir mon scalp, ils n'essaieraient pas de me braquer dans leurs bureaux. Mais elle est un peu perturbée par toute cette histoire. »

Lady Harte le regarda, l'air pensif : « L'idée est

absurde. Mais enfin, mieux vaut être prêt. Tu as un revolver sur toi ? »

Il rit : « Non, certainement pas.

— J'en aurais un, si j'étais toi. Chaque fois que je change de camp, je ne manque jamais de disposer une rangée de bouteilles et de faire un petit exercice de tir devant tout le village. Je n'ai jamais eu l'ombre d'un ennui. Je n'ai même pas été volée.

— Il n'y en a pas deux comme vous, c'est bien connu, dit Jim, admiratif. Mais nous ne sommes pas au cœur de l'Afrique ici et je doute que quelqu'un soit impressionné par mon adresse au tir.

— Quelle bêtise ! Tu n'es pas maladroit du tout. Ne te déprécie donc pas tant », dit sévèrement lady Harte.

Cependant, quand il partit pour Portlaw le lendemain matin, Mr. James Kane était sans armes et seul — seul grâce à l'intervention de son beau-père qui l'avait arraché aux filets de Mr. Harte.

Jim trouva Sir Adrian dans le garage où il remplissait fort maladroitement son briquet avec un gros bidon d'essence. Comme la plupart des gens habitués à travailler de la tête plus que des mains, il transformait la moindre tâche en une opération de première grandeur. L'air profondément dégoûté, il déclara à l'arrivée de son beau-fils qu'il aurait bien dû venir plus tôt.

« Quel gâchis pestilentiel ! dit Jim. Pourquoi ne faites-vous pas remplir ça par un buraliste ?

— Je peux ? demanda vaguement Sir Adrian. Je n'ai encore jamais possédé un de ces engins diaboliques. C'est votre mère qui me l'a donné. Je voudrais bien qu'elle essaie de refréner ses élans de générosité. » Il s'essuya les mains avec un chiffon huileux et considéra le résultat avec résignation : « Vous allez voir Joe Mansell maintenant ? Votre mère m'a tenu des propos insensés sur la nécessité pour vous d'emporter un revolver. J'espère que vous n'avez pas été contaminé par l'ambiance de mélodrame qui règne dans cette absurde maison.

— Pas de façon évidente, dit Jim en rangeant le bidon d'essence. Pat est allée avec tante Emily ?

— Non, elle a pris l'autobus de Portlaw. Votre mère est sortie avec Mrs. Kane. »

Jim sourit. « Je me représente mère roulant sagement dans une grosse Daimler ultrarespectable. Avez-vous besoin de quelque chose en ville ?

— Non, rien merci. Ah, Jim ! »

Jim, qui était déjà monté dans sa voiture, tourna la tête vers son beau-père.

Sir Adrian essuya son monocle et dit d'un ton neutre : « Ne prenez aucun engagement, Jim.

— Je n'en ai pas la moindre intention.

— Vous aurez peut-être quelque difficulté à traiter avec un homme qui pourrait être votre père. Il vous sera loisible d'indiquer que vous n'avez encore aucune indication certaine sur votre situation financière, ce sera parfaitement correct. Et puis, Jim !

— Oui ?

— Si vous voyez ce déplorable fils Mansell, ne cédez pas au désir trop naturel de lui casser la figure. »

Jim rit. « Vous devriez venir avec moi, Adrian.

— Ce serait tout à fait déplacé, croyez-moi, mon cher petit. Eh bien, Timothy, qu'est-ce que c'est ? »

Son fils, qui venait d'entrer dans le garage, dit : « Rien. Oh, Jim, tu sors ? Je peux venir avec toi ?

— Certainement pas, dit Sir Adrian. Jim va à Portlaw pour affaires.

— Je pourrais l'attendre.

— Non. Si bizarre que cela puisse te paraître, ta présence n'est pas désirée, dit Sir Adrian.

— Oh, il peut venir s'il veut, dit Jim en appuyant sur le démarreur. Il ne me gênera pas.

— Vous serez beaucoup plus tranquille sans lui. Non, Timothy.

— Mais papa, pourquoi... ? »

Le regard de Sir Adrian s'abaissa sur son fils. « Non, Timothy », répéta-t-il d'une voix patiente.

Mr. Harte soupira et garda le silence. Jim sortit du garage en marche arrière et dit, avec un clin d'œil malin : « Comment obtenez-vous vos résultats, Adrian ? La puissance du regard ? »

Sir Adrian sourit faiblement : « La force de la personnalité, c'est tout. »

Son fils, devinant que cet échange le concernait, renifla avec indignation et s'en alla.

Jim couvrit les sept kilomètres de la route qui suivait la côte jusqu'à Portlaw à son allure habituelle, c'est-à-dire rapide, et se glissa dans le flot des voitures jusqu'aux bureaux de Kane & Mansell situés dans une des rues les plus passantes. Un sergent de ville, devinant son désir de se garer dans l'artère principale, le dirigea fermement vers une cour derrière l'immeuble et là Jim trouva la voiture de sport de Paul Mansell abritée sous un appentis. Il rangea la Bentley à côté d'elle, en sortit et pénétra dans le bâtiment par la porte de derrière. Venant pour la première fois, il se perdit dans un labyrinthe de salles vouées à l'emballage ou aux classeurs, et créa une forte sensation parmi le personnel féminin.

Ces demoiselles, reconnaissant le nouveau directeur de la maison et très favorablement impressionnées par son apparence, trouvèrent cette arrivée par la porte de service extrêmement drôle. Il y eut des quantités incalculables d'yeux ronds, de gloussements et de « Oh Mr. Kane ! » avant que l'une d'elles, moins émotive que ses sœurs, offrît de l'escorter jusqu'au bureau de Mr. Mansell. Mr. James Kane n'était pas timide, mais sous cette batterie de regards curieux, admiratifs ou amusés, il changea perceptiblement de couleur et fut très soulagé de se trouver dans une partie moins peuplée du bâtiment.

Joe Mansell, qui était seul, accueillit son jeune visiteur avec de grandes effusions, lui tapota l'épaule, l'installa dans le meilleur fauteuil de la pièce et lui tendit une boîte de cigares. Dès la première phrase — « Eh bien, Jim, je pense que tu es complètement perdu, hein, mon petit ? » — le jeune homme se rendit compte que son beau-père avait eu raison de prévoir un entretien difficile.

En fait, les choses ne se passèrent pas si mal. Paul Mansell ne parut pas, et pendant la première demi-heure Joe se borna à exposer les buts et la situation de la firme. Jim l'écouta attentivement, posa plusieurs questions intelligentes et reçut de chaleureux compliments pour son sens des affaires.

« Bon, maintenant, il y a cette proposition australienne qui nous intéresse, dit Joe. Il faut que je te donne une idée de ce que tout ça signifie. »

Jim dit poliment qu'il serait très reconnaissant qu'on lui expliquât l'affaire et garda un silence alerte, intéressé, pendant que Joe parlait. Ce dernier, de plus en plus bourru et paternel, ne tarda pas à lui inspirer un peu du mépris de Silas pour ses capacités intellectuelles. Il sentit grandir son hostilité envers un projet présenté de façon si tendancieuse et au bout d'un moment s'interposa pour suggérer la possibilité de transformer la firme en SARL. Mais tout en le disant, il comprit qu'il n'avait pas la moindre intention d'abandonner le contrôle à Joe Mansell. C'eût été trahir Clement et Silas, John et Matthew Kane, le fondateur. Conscient pour la première fois de sa vie qu'il était fier de sa famille, il se dit : « Ces Mansell ne vont pas diriger mon affaire ! Nom d'un tonnerre, je suis un Kane ! »

Joe, qui épiait les réactions de son vis-à-vis, perçut la crispation de sa mâchoire et dans ses yeux une lueur métallique qui rappelait fâcheusement Silas. Refoulant sa propre exaspération, il devint encore plus paternel et déclara qu'il comprenait bien son point de vue, mais que Jim devrait lui faire confiance pour guider ses premiers pas.

Avant que celui-ci ait eu le temps de trouver une façon polie de dire qu'il n'avait aucune envie d'être guidé par un Mansell, une interruption se produisit. On frappa à la porte et aussitôt après, Oscar Roberts entra dans le bureau.

Jim, qui s'était attendu à voir Paul et commençait déjà à se renfrogner, se leva, l'air soulagé.

Pour Joe, à en juger par son expression, la surprise n'avait rien d'agréable. Il accueillit l'intrus avec un minimum de cordialité et lui dit avec un regard appuyé qu'il avait un entretien privé avec le nouveau directeur de la firme.

« C'est ce qu'on m'a dit, répliqua Roberts en regardant de ses yeux froids et calculateurs le visage épais de Joe. Je me figure que vous parlez de choses qui me regardent tout autant que le voisin, n'est-ce pas ? » Il serra la main de Jim. « Dites donc, Kane, si vous avez besoin de quelqu'un pour vous expliquer la proposition de ma maison, je suis l'homme qu'il vous faut.

— Bien sûr, bien sûr, dit Joe. Vous êtes arrivé au bon moment, Roberts. Nous étions effectivement en train d'examiner votre proposition.

— J'en avais comme une idée », dit ironiquement Roberts. Il regarda autour de lui avec étonnement. « Je ne vois pas Mr. Paul Mansell. Il est sorti ? » Joe rougit un peu. « Mon fils a énormément de travail. Sa présence n'est pas vraiment nécessaire.

— Ah ? Je pensais bien le trouver ici, dit Roberts en repliant ses longues jambes pour s'asseoir. Qu'est-ce que vous voulez que je vous dise, Kane ?

— Ma foi, je crois que vous n'avez pas besoin de me dire quoi que ce soit », répondit James en montrant du doigt des feuillets dactylographiés posés sur le bureau. « Tout est là, n'est-ce pas ? Avec votre permission, Mr. Mansell, je vais l'emporter chez moi et l'étudier à loisir.

— Bien sûr ! Certainement ! Mais le temps presse, vous comprenez, Jim. On ne peut pas laisser notre ami attendre ici indéfiniment.

— Moi, je veux que Kane étudie l'affaire par lui-même, dit Roberts, et qu'il prenne sa décision sans être influencé. S'il estime qu'il préfère ne pas accepter, je comprendrai très bien et j'irai ailleurs. »

Joe Mansell parut mécontent, mais acquiesça de mauvaise grâce. Après quelques minutes de propos oiseux, l'entretien s'acheva. Joe serra la main de Jim en prophétisant qu'il serait bientôt au fait de tous les problèmes, puis Jim et Roberts sortirent ensemble.

Jim dit alors d'un ton légèrement agacé : « Auriez-vous par hasard l'intention de me servir de garde du corps, cher monsieur ?

— Pas vraiment, répondit prudemment Roberts. Mais quand vous venez dans ce bureau, vous vous jetez dans la gueule du loup.

— Vraiment, vous ne croyez pas que vous êtes un peu absurde ? Vous vous attendiez à trouver un cadavre ou quoi ? »

Roberts rit : « Non, non, pas si épouvantable que ça. J'ai peut-être pensé que ça ne ferait pas de mal si les Mansell savaient que j'étais au courant de votre visite. Il faut être prudent, Kane.

— Je ne voudrais pas paraître ingrat, mais pour tout vous dire, j'en ai par-dessus les oreilles des drames. Joe Mansell est un ami de la famille depuis un demi-siècle et...

— Très bien, très bien, dit Roberts, imperturba ble. Quel est le drame dont vous parlez ?

— Mon beau-père le qualifie de mélodrame. J'aurais souhaité que vous ne répétiez pas votre sombre avertissement à ma fiancée.

— Vraiment ? Je suis tout à fait désolé d'avoir inquiété Miss Allison. Ça n'était vraiment pas dans mes intentions.

— L'ennui, c'est qu'elle prend les choses au tragique depuis l'accident qui est arrivé à mon bateau », dit Jim. Roberts le regarda : « L'accident à votre bateau ? » répéta-t-il.

Jim eut un petit rire gêné : « Oh, Timothy a soulevé un lièvre et il le poursuit depuis avec Patricia. Il en a même parlé à l'inspecteur Hannasyde. Sa théorie géniale, c'est que le bateau a été saboté, dans l'idée de me faire couler avec. Pas moyen de leur sortir ça de la tête.

— Non ? » dit Roberts.

Jim s'arrêta net. « Vous n'allez pas me dire que vous croyez à une histoire aussi idiote ?

— Oh, je n'irais pas jusque-là, dit Roberts, mais enfin, à votre place, je ne la rejetterais pas trop vite. Je suis désolé que l'idée en soit venue à Miss Allison. J'espérais qu'elle n'y penserait pas. Comme c'est un truc qu'on ne peut pas faire deux fois, je me disais que ce n'était pas la peine d'alarmer les dames.

— Grand Dieu, alors vous y avez pensé ?

— Bien sûr, répondit calmement Roberts. Mais quand on ne peut pas apporter de preuve, il vaut mieux se taire. Qu'est-ce qu'il en a pensé, l'inspec teur ?

— Je ne crois pas qu'il en ait pensé quoi que ce soit. Il est évident que Timothy a heurté quelque chose.

— Si l'inspecteur s'occupait de ce qui est moins évident, il avancerait peut-être un peu plus », déclara Roberts.

A ce moment, ils avaient traversé la rue et se trouvaient devant l'entrée de la cour où étaient garées les voitures.

« Écoutez, moi, je crois toujours que tout ça est impossible, dit Jim. Ma voiture est ici. Je peux vous emmener quelque part ?

— Très aimable à vous, mais je n'ai qu'un pas à faire. Vous emportez ma proposition chez vous et vous l'étudiez. » Il désigna du doigt le dossier sous le bras de Jim. « Si vous voulez bien, vous me passerez un coup de fil et je serai très heureux de venir en parler avec vous.

— Entendu, c'est convenu », dit Jim en lui serrant la main.

Il sortit sa voiture de la cour et remonta la petite rue pour rejoindre l'avenue principale. Là, alors qu'il attendait le moment de la traverser, il vit Miss Allison à l'arrêt de l'autobus, chargée de paquets. Trente secondes après, il ralentissait à sa hauteur : « Taxi, m'dame ?

— Seigneur, d'où sortez-vous ? dit Patricia en montant dans la voiture avec empressement. Je ne savais pas que vous alliez... » Elle s'arrêta et le regarda d'un œil accusateur : « Vous êtes allé au bureau !

— Voui.

— Quel idiot ! Vous me l'avez délibérément caché, mais pourquoi, Grand Dieu, pourquoi ?

— Écoutez, comme vous entriez en transes chaque fois que quelqu'un prononçait le nom maudit de Mansell, j'ai pensé qu'il serait plus charitable de ne rien dire.

— C'est tout simplement insultant, déclara Miss Allison. Comme si je pouvais avoir peur que vous alliez dans vos propres bureaux ! S'il y a un endroit où vous devez être en sécurité, c'est bien là. Dites-moi donc, j'aimerais bien que vous ne fassiez pas du cent cinquante à l'heure.

— Ma chère petite, nous sommes dans une zone où l'administration prévenante impose une limitation de vitesse et je la respecte, dit Mr. Kane.

— De toute façon, allez doucement, je veux vous parler.

— Ma chérie, je vous conduirai à bon port en troisième. Rien ne pourra vous alarmer.

— Je ne suis pas exactement *alarmée*, parce que je

sais que vous êtes un spécialiste. Mais avouez que votre façon de foncer sur cette petite route tortillée couperait le souffle à n'importe qui. »

Mr. Kane promit humblement de réformer sa conduite — dans tous les sens du terme — et adopta de fait une allure digne et posée. Au point que Patricia s'interrompit au milieu d'une phrase pour demander : « Jim, mon chéri, il y a un corbillard devant nous ?

— Il y en a qui ne sont jamais contents, dit Mr. Kane en accélérant légèrement au moment de négocier un grand virage. Elle commence par m'accabler... » Il s'arrêta net. La voiture ne répondait plus aux mains posées sur le volant. Il sentit les roues avant flotter, débraya rapidement et serra ses freins à bloc.

Miss Allison, levant les yeux vers lui d'un air interrogateur, vit qu'il avait le visage crispé et plutôt blanc, se rendit compte que la voiture était devenue folle, bégaya : « Attention au fossé ! » et se retrouva l'instant d'après projetée dans un buisson d'épines, avec son fiancé aplati sur elle. Il se dégagea très vite et la remit sur pied.

« Désolé, ma chérie. Pas de casse ?

— Non, rien de particulier, dit Miss Allison, avec un calme admirable. Qu'est-ce qui s'est passé ?

— La direction a lâché, répondit-il. Grâce à Dieu, nous roulions lentement. Si nous avions eu une allure seulement normale, nous serions écrabouillés tous les deux. Vous vous êtes égratigné une joue, ma chérie.

— Et meurtri une épaule », dit Miss Allison en se tamponnant la joue avec son mouchoir. Elle regarda la voiture affalée contre le talus, avec deux roues dans le fossé.

« A votre avis, qu'est-ce qui a fait lâcher la direction ? demanda-t-elle avec une négligence très étudiée.

— Aucune idée. Je pourrai vous le dire quand nous l'aurons récupérée, répondit Jim en époussetant son pantalon. Maintenant, mon amour, la première chose à faire, c'est de vous trouver un moyen de transport. J'ai bien peur que ce soit l'autobus finalement.

— Il va passer dans une minute ou deux. Qu'est-ce que vous allez faire ?

— Retourner à pied au garage Lamb et trouver une équipe pour remorquer la voiture. »

Elle hocha la tête. « Bien. Récupérez mes paquets s'il vous plaît. Je vous enverrai la Daimler dès que Mrs. Kane sera rentrée.

— Dites à Jackson de me prendre au garage. Et puis, Pat, ne donnez pas trop de détails sur cette histoire-là à la maison.

— Non, je dirai simplement que nous avons eu une panne. » Elle vit approcher l'autobus et hésita : « Je — je voudrais bien rester auprès de vous, Jim.

— Ne vous inquiétez pas. Il ne m'arrivera rien maintenant. »

Elle lui pressa très fort la main, força un petit sourire un peu tremblant et monta dans l'autobus.

Mr. Kane resta une minute ou deux, songeur, à regarder sa voiture. Mais il était évidemment impossible de voir grand-chose pendant qu'elle avait cette position dans le fossé, aussi, sans plus attendre, se lança-t-il à grandes enjambées dans la direction du garage le plus proche.

Une demi-heure plus tard, la Bentley, tirée du fossé et remorquée jusqu'au garage, trônait, soulevée par un cric au milieu de l'atelier, cependant que Jim, le contremaître et deux mécaniciens inspectaient la barre de direction qui pendait dangereusement du côté droit, provoquant ainsi le flottement de la roue avant gauche.

« Vous avez perdu l'écrou qui tient le joint à rotule de la bielle, monsieur, voilà ce que vous avez fait, expliqua le doyen des deux mécaniciens, passionnément désireux de communiquer son savoir. Regardez un peu comment que c'est du côté droit, ça vous montrera. Vous avez cet écrou, là, sur le joint et puis cette goupille double là pour le maintenir en place. Alors vous pouvez voir ce qui se passe si vous perdez votre goupille et que l'écrou se débine, pour ainsi dire. »

Le contremaître l'interrompit assez sévèrement : « Mr. Kane n'a pas besoin que tu lui dises tout ça. » Puis, regardant Jim : « Drôle d'histoire ! Ce que je comprends pas, c'est comment ça a pu arriver.

— Oui, dit Jim.

— Avec ça qu'on a fourré de la saloperie partout, dit le contremaître en lorgnant de près le filetage de la bielle.

— J'avais remarqué. »

Le contremaître lui lança un bref regard, puis se tourna vers le vieux mécanicien qu'il envoya faire une course. Le jeune, un Écossais solennel, avare de paroles, le regarda gravement et attendit :

« Mr. Kane, c'est pas naturel ce qui est arrivé. Votre voiture, je la connais. La goupille n'est pas tombée toute seule et la saloperie est pas venue là, sauf qu'on l'a tartinée. Si vous voulez mon avis, y a quelqu'un qu'a fait du sale travail. »

Le jeune Écossais émit un monosyllabe lourd de sens : « Ouais.

— On dirait bien, convint Jim. Pouvez-vous me prêter une voiture ? Je veux retourner à l'endroit où l'écrou a dû tomber et le chercher.

— D'accord, monsieur. Je vais envoyer Andy avec vous. »

Ce fut Andy qui, dans le virage où Jim avait perdu le contrôle de la Bentley, trouva la pièce qui avait roulé sur le bas-côté de la route et produisit une deuxième émission sonore : « Le v'là », dit-il en le présentant sur une paume crasseuse. Il ménagea une pause pour reprendre des forces et ajouta : « Plein de saloperie. »

Il n'ouvrit plus la bouche jusqu'à l'arrivée au garage. Là, au moment où Jim arrêtait la voiture, il sortit de ses profondes réflexions pour dire sobrement « qu'y avait des plans qu'avaient dû foirer ».

Le contremaître prit l'écrou et dit : « C'est çui-là, pas de problème. Et vous avez pas retrouvé la goupille, hein ? »

Jim secoua la tête : « Je n'y comptais pas. Écoutez, Mason, j'aimerais mieux que vous ne parliez pas trop de cette affaire.

— Mr. Kane, je suis prêt à jurer que votre voiture a été bousillée. Faut prévenir la police.

— J'y vais de ce pas. On viendra probablement vous interroger.

— Tant qu'y voudront. Je leur dirai ce que je sais, c'est que votre voiture était impec quand je l'ai révisée il y a deux jours. Et c'est de la belle camelote. » Il caressa amoureusement une aile froissée. « C'est pas de ces boîtes à sardines qu'on vend l'ouvre-boîte avec et pis en plus, vous êtes pas du genre à maltraiter la mécanique. Il y a quelqu'un qui a sorti la goupille et desserré l'écrou pour qu'il lâche. T'en dis, Andy ?

— Ouais », prononça Andy en hochant lentement la tête.

A cet instant, le chauffeur de Mrs. Kane entra dans l'atelier et salua Jim : « J'ai amené la voiture, monsieur. » Il lança un regard curieux et professionnel à la Bentley, puis se tourna vers Jim, l'œil interrogateur :

« Jetez-y un coup d'œil », dit Jim.

Le chauffeur obéit avec empressement, cependant que le contremaître et Andy le regardaient en silence. « Qu'est-ce que vous en dites, Jackson ? »

Le chauffeur regarda l'écrou que lui tendait Mason, puis Jim : « C'est du sabotage, monsieur, ou je veux bien être pendu. Jamais c'est arrivé tout seul. Il y a quelqu'un qui veut vous piéger, monsieur. Monsieur Timothy a raison.

— On croirait, oui, dit Jim. Conduisez-moi au poste de police, voulez-vous ? Je vais essayer de joindre l'inspecteur. »

Par chance, Hannasyde sortait juste du poste au moment où la Daimler arrivait. Il s'arrêta sur les marches et dit : « Bonjour, Mr. Kane. Vous vouliez me voir ?

— Oui, dit Jim. Pouvez-vous me donner dix minutes ?

— Bien sûr. Entrez donc. »

Jim le suivit, jusque dans un petit bureau nu ; Hannasyde referma la porte et tira une chaise près de la table. « Asseyez-vous, Mr. Kane, et dites-moi ce que je peux faire pour vous.

— Je ne sais pas, mais j'espère que vous pourrez faire quelque chose, répondit Jim avec un sourire un peu forcé. Je viens d'avoir un accident de voiture qui aurait bien pu être fatal.

— Vraiment ? » Hannasyde passa de l'autre côté de la table et s'assit : « Expliquez-vous, Mr. Kane. Où cela s'est-il passé et quand ?

— Sur la route côtière en allant de Portlaw à Cliff House. J'avais Miss Allison à côté de moi et heureusement, j'allais très, très lentement. Au moment où je prenais le premier grand virage, j'ai complètement perdu le contrôle de la voiture, j'ai senti mes roues avant qui flottaient et j'ai fini dans le fossé. Si j'avais conduit à une vitesse approchant la normale, nous aurions été tués tous les deux. Comme j'allais à une allure de corbillard, nous nous en sommes tirés avec quelques contusions. Vous vous y connaissez en voitures, inspecteur ?

— Un peu. Pas tellement.

— Donnez-moi un crayon, alors. Merci. Voilà. J'ai fait remorquer la voiture jusqu'au garage Lamb et là nous avons découvert que la barre de direction, c'est-à-dire celle qui relie les deux roues avant comme ça, avait lâché à une extrémité. » Il esquissa une figure approximative sur le dos d'une enveloppe. « A chaque extrémité de la barre de direction, il y a un joint à rotule qui s'y ajuste et qui est maintenu par un écrou, ici. Vous voyez. L'écrou lui-même est maintenu par une goupille double. Quand nous avons inspecté la voiture, l'écrou du côté gauche manquait. La goupille aussi, bien entendu. Je suis retourné sur place avec l'un des mécaniciens du garage et j'ai retrouvé l'écrou. Il avait été enduit de boue.

— Est-ce que vous suggérez que ça a été fait intentionnellement ?

— Je ne suggère rien du tout, répliqua Jim. J'affirme. Le coup a été fait intentionnellement, il ne peut y avoir aucun doute à ce sujet. Quelqu'un a ôté la goupille double tenant l'écrou et, très probablement dévissé l'écrou jusqu'aux tout derniers filets, l'a entièrement enduit d'huile ou de boue et laissé dans cet état-là. Le premier grand virage avec l'effort exercé sur les roues à ce moment-là a fait le reste. Si je n'avais pas eu Miss Allison avec moi, j'aurais certainement fait du soixante-soixante-quinze, auquel cas je me serais écrabouillé moi et la voiture — définitivement. »

Hannasyde qui examinait le croquis leva les yeux : « Oui, je comprends. A votre avis, la voiture a été sabotée à Cliff House ou ailleurs ?

— Ailleurs. Je ne peux pas penser que l'écrou, desserré comme il l'était, aurait tenu jusqu'à Portlaw et encore pendant la moitié du retour.

— Avez-vous laissé votre voiture quelque part à Portlaw ?

— Oui, dit Jim. Je l'ai laissée pendant une heure environ dans la cour derrière les bureaux de Kane & Mansell, Bridge Street. »

CHAPITRE 13

Hannasyde resta silencieux pendant un moment, regardant avec son air grave et réfléchi le grand jeune homme devant lui. Il avait reposé le croquis et tapotait doucement la table du bout de son crayon. « Dans la cour derrière les bureaux de Kane & Mansell, répéta-t-il. Nulle part ailleurs. »

Jim secoua la tête.

« Je ne crois pas que j'aie déjà vu cette cour. On la domine de quelque part ?

— Oui, des fenêtres de l'immeuble. Mais j'avais garé la voiture sous un appentis. Je ne crois pas qu'une personne la tripotant sous ce toit aurait été vue des fenêtres des étages et celles du rez-de-chaussée ont des vitres dépolies.

— J'irai y jeter un coup d'œil, dit Hannasyde. Vous avez rencontré quelqu'un dans cette cour ?

— Non, pas une âme.

— On vous attendait au bureau ?

— Oui. Mr. Mansell m'avait demandé de venir le voir pour parler de la situation générale.

— La question du projet australien en faisait partie ?

— Certainement, une grande partie même.

— Pardonnez-moi une question qui peut paraître indiscrète, mais : est-ce que vous allez adopter ce projet ?

— Je n'en suis pas sûr. Il ne me plaît guère et je n'aime pas qu'on manœuvre plus ou moins sournoisement pour m'amener à prendre une décision.

— Est-ce qu'il vous semble que les Mansell vous pressent exagérément ? »

Jim réfléchit : « Difficile à dire. Ils y tiennent tellement qu'il n'est pas surprenant, je suppose, qu'ils veuillent me bousculer un peu. J'ai trouvé Joe Mansell un peu trop persuasif pour mon goût. Il n'y a guère de doute, je crois, qu'il aimerait ou que je me retire carrément, ou que je me contente de faire de la figuration. On ne peut pas le blâmer. Ce doit être bougrement empoisonnant pour un homme de son âge et de son expérience de se retrouver avec un blanc-bec comme moi à la tête de la maison.

— Je suppose que vous n'avez pas l'intention de vous contenter d'une figuration même intelligente.

— Non, je ne crois pas. C'était une entreprise Kane à l'origine et je ne tiens pas à la laisser entre les mains de Joe Mansell.

— Vous le leur avez dit ?

— Pas vraiment, non. J'ai indiqué assez clairement que je n'entendais pas être mis sur la touche.

— Leur avez-vous donné une indication quelconque sur vos vues concernant le projet australien ? »

Jim réfléchit : « Je ne me suis absolument pas engagé. Mais j'ai dit à Paul que je savais mon cousin Silas et Clement plutôt hostiles. Ils ont probablement compris que je n'en raffolais pas

— Si ce projet était adopté, ce serait vous qui apporteriez les capitaux nécessaires ?

— Ça semble être l'avis général. Une manière de prêt à hauteur de vingt mille livres à peu près.

— Je vois. Mr. Paul Mansell était présent à votre entretien de ce matin ?

— Non, je ne l'ai même pas aperçu. Je pense qu'il était dans la maison, puisque sa voiture était garée dans la cour, mais il ne s'est pas montré.

— Vous avez eu un entretien avec Paul Mansell à Cliff House, il n'y a pas longtemps, à la suite de quoi Oscar Roberts est venu vous avertir que vous pourriez être en danger, n'est-ce pas ?

— Oui.

— Avez-vous tenu compte de cet avertissement ? Aviez-vous quelque raison de penser que vous couriez un risque en allant dans les bureaux de Kane & Mansell ?

— Au contraire. Il me semblait que je ne pouvais pas être dans un endroit plus sûr, même en supposant qu'ils essaient de me faire disparaître. L'idée que quelqu'un pourrait saboter ma voiture ne m'a pas effleuré et je ne crois pas non plus que Roberts y ait pensé. Il semblait croire que je risquais plutôt de recevoir un gnon sur la tête ou quelque chose d'aussi absurde. »

Hannasyde fronça les sourcils : « Il vous a dit ça ?

— Non, mais il a fait irruption au beau milieu de ma conversation avec Mr. Mansell, très évidemment comme mesure de protection. A ce moment-là, je trouvais qu'il en faisait vraiment trop, mais maintenant, non d'un tonnerre, je crois qu'il avait raison !

— Mr. Kane, d'après ce que vous savez des Mansell, vous paraît-il probable qu'ils assassinent deux sinon trois personnes simplement pour faire aboutir une transaction commerciale ?

— Absolument pas, répliqua Jim, très vite. D'un autre côté, ils pensent sans aucun doute qu'il y a de très gros bénéfices à attendre du contrat australien et il n'est pas douteux non plus que j'ai été victime d'un ou peut-être deux attentats. Je reconnais que ça peut paraître gros, mais n'oubliez pas que si j'avais coulé avec le *Goéland*, ou si j'avais été démoli avec ma voiture aujourd'hui, vous auriez eu bien du mal à prouver que j'avais été assassiné. Pour ce qui est du hors-bord, je doute que vous trouviez la moindre preuve même si vous faisiez les frais d'un renflouage. Si on a vraiment percé un trou dans la coque, la force de l'eau a dû arracher tout le fond. Et sans Miss Allison ce matin, j'aurais si bien bousillé ma voiture que vous auriez du mal à trouver la cause de l'accident.

— Cela ne m'avait pas échappé, Mr. Kane. Vous êtes tout à fait sûr que personne d'autre n'a pu avoir accès à votre voiture ?

— Oh, non, j'en suis bien loin. Pendant qu'elle était dans la cour, n'importe qui aurait pu entrer et la tripoter. Mais qui en aurait eu envie ?

— Et à Cliff House ?

— La même chose, oui, mais qui aurait eu un mobile ? dit Jim, un peu impatienté. D'ailleurs le chauffeur était en train de laver la voiture de ma grand-tante dès le matin de bonne heure et il n'a pas quitté le garage avant onze heures. J'avais sorti la mienne hier soir tard, ensuite j'ai fermé le garage à clef, donc ça n'a pas pu être fait hier. Ce matin, je suis allé chercher ma voiture après onze heures et mon beau-père était là, donc le garage a dû être vide cinq minutes au plus. »

Il y eut une pause presque imperceptible : « Qu'est-ce qu'il faisait dans le garage, votre beau-père ?

— Il remplissait son briquet. Dites donc, où diable voulez-vous en venir ? demanda Jim en sautant sur sa chaise.

— Je me renseigne sur toutes les personnes que l'on a vues près de votre voiture, répondit benoîtement Hannasyde.

— Oui, eh bien, laissez mon beau-père de côté, si vous voulez bien. C'est une idée absurde. Je suis dans les meilleurs termes avec lui et je l'ai toujours été. Vous pourriez aussi bien soupçonner mon demi-frère.

— Je ne soupçonne personne, Mr. Kane. Mais d'un autre côté, vous devez bien comprendre que je ne peux exonérer personne, simplement sur votre parole. Si je dois m'occuper de cet attentat — ce que vous souhaitez, sauf erreur —, il faut me permettre de mener toutes les recherches que je juge nécessaires. Vous me dites que Sir Adrian remplissait son briquet — aussitôt je trouve ça un peu étrange et je le relève. En général, les briquets sont remplis dans les bureaux de tabac. »

Jim sourit : « Quand vous connaîtrez un peu mieux mon beau-père, inspecteur, vous ne verrez là rien d'insolite. C'est parfaitement typique, au contraire. »

Hannasyde inclina légèrement la tête, comme pour accepter cette assertion. « Et vous n'avez remarqué personne d'autre dans le voisinage du garage ?

— Non. Enfin, c'est-à-dire, mon demi-frère est arrivé pendant que j'étais là, mais comme il avait terriblement envie de venir avec moi, je ne pense pas qu'il y ait lieu de le considérer comme un suspect possible. »

Hannasyde ne releva pas cette remarque assez sarcastique. « Il avait terriblement envie de venir avec vous, mais vous ne l'avez pas emmené ?

— Non. Mon beau-père lui a dit... » Jim s'interrompit, regarda le visage de l'inspecteur, puis éclata de rire : « Oh, c'est vraiment grotesque !

— Qu'est-ce qu'il lui a dit votre beau-père, Mr. Kane ?

— Que je ne voulais pas être encombré, que j'avais des affaires à régler, ce qui était tout à fait vrai. Sérieusement, inspecteur, il faut laisser mon beau-père en dehors de tout ça. D'ailleurs, soit dit en passant, je ne vois pas quel pourrait être son mobile.

— Vous n'avez jamais eu la moindre raison de penser qu'il pourrait être jaloux de l'affection que votre mère a pour vous ?

— Jamais, au grand jamais, dit Jim avec force.

— Très bien, Mr. Kane. Je vous promets d'opérer avec prudence. Et si possible, de ne pas offenser Sir Adrian, ajouta-t-il avec l'ombre d'un sourire.

— Merci, dit Jim en se levant pour lui serrer la main. Je m'en vais.

— Un peu de trac ?

— Pas vraiment, non. La providence a l'air de veiller sur moi, d'ailleurs. »

Hannasyde en convint et l'accompagna jusqu'à la porte du bâtiment, après quoi il eut une brève conférence avec Carlton et s'en alla rejoindre Hemingway pour déjeuner.

Ce dernier, qui n'avait rien tiré de la vieille nanny sinon la corroboration la plus stricte de la version donnée par sa maîtresse, était assez déprimé, mais il retrouva son entrain en écoutant ce que Hannasyde avait à lui dire, et fit remarquer qu'il l'avait prédit : personne ne pouvait savoir où cette affaire allait s'arrêter. « Ça fait un suspect de moins, c'est toujours ça, dit-il allégrement. On a l'air de pouvoir éliminer aussi la vieille dame, sans parler de Lady Harte.

— Là, vous allez un peu vite pour moi, dit Hannasyde. Je n'élimine personne pour le moment.

— Hein ! Pas même James Kane, chef ?

— Je ne pense pas. Je crois qu'il dit la vérité, mais il a pu manigancer l'accident pour nous détourner de la vraie piste ; c'est une possibilité qu'on ne peut pas exclure.

— Lui ? » Le brigadier était incrédule. « Croyez pas ça, chef. C'est pas le genre.

— Oh, vous, Hemingway, vous croyez que si un homme joue bien au foot et arrive en demi-finale du championnat de golf amateur, il ne peut pas être un assassin. »

Le brigadier, très vexé, riposta d'un air de défi : « Psychologie.

— Sornettes ! Mais enfin, Carlton a détaché un de ses jeunots pour avoir James Kane à l'œil et j'ai promis d'enquêter sur l'affaire. Je vais voir la voiture et questionner le personnel du garage aussitôt après le déjeuner. De là, je monterai à Cliff House. Vous, vous allez faire un tour du côté des bureaux de Kane & Mansell, bien examiner le bâtiment par rapport à la cour et voir ce que vous pouvez tirer du personnel. »

Pendant que l'inspecteur et le brigadier discutaient de l'affaire à la table du déjeuner, la Daimler de Mrs. Kane ramenait majestueusement Jim à Cliff House. Quand il arriva, ce fut pour constater que le reste de la maisonnée avait commencé à déjeuner et il se rendit compte, dès l'entrée, que Miss Allison n'avait pas pu calmer les soupçons de la famille. Alors qu'il prenait place à un bout de table en s'excusant d'être en retard, sa mère lui dit de sa voix de commandement : « Maintenant, Jim, pas d'échappatoires. Dis-nous exactement ce qui est arrivé ce matin ?

— A la Bentley ? dit Jim en dépliant sa serviette. La direction a lâché et nous avons fini sans mal mais sans grâce dans le fossé.

— N'essaie pas de me jeter de la poudre aux yeux, répondit Lady Harte. Tu n'as pas besoin d'avoir peur que mes nerfs lâchent eux aussi. J'ai affronté trop de dangers...

— Les nerfs, interrompit Emily, féroce. Les nerfs, personne n'en parlait dans ma jeunesse.

— Et on avait bien raison, dit Lady Harte. Je ne sais pas ce que c'est. Je ne l'ai jamais su.

— Vous ne connaissez pas votre bonheur, dit Rosemary avec un sourire de pitié.

— Au contraire, je le connais parfaitement. Jim, je veux avoir une réponse.

— Eh bien, mère, un écrou qui tenait l'un des joints de rotule s'est desserré et il a fini par tomber.

— Voilà, dit Sir Adrian en se servant de salade, qui explique tout, évidemment. Éclaire-nous, pauvres ignares que nous sommes.

— Je ne veux pas entendre parler d'écrous et de joints, annonça Emily. Si quelqu'un a saboté ta voiture, dis-le. »

Jim, relevant la tête, rencontra le regard interrogateur de Miss Allison.

« Est-ce qu'elle a été sabotée, Jim ?

— Traîtresse !

— J'ai bien essayé de faire passer la chose pour un accident, mais personne ne m'a crue.

— Naturellement, c'était pas un accident, déclara Timothy, méprisant. Et maintenant vous me croirez peut-être quand je vous dis que je n'ai pas jeté le *Goéland* sur des rochers.

— Je crois, dit Sir Adrian sur son ton tranquille, que pour couper court à cette floraison d'hypothèses vous feriez mieux de nous dire exactement ce qui s'est passé, Jim.

— Eh bien, il paraît assez évident que la voiture a été sabotée.

— Voilà qui est très inquiétant, dit Sir Adrian. Il faut en informer la police, si vous ne l'avez déjà fait.

— J'en viens et c'est ce qui m'a mis en retard pour le déjeuner. L'inspecteur va enquêter.

— J'espère bien, coupa Emily. Je ne sais pas où nous allons.

— Bien entendu, susurra Rosemary, ce que j'attends, c'est que quelqu'un essaie d'impliquer Trevor. Ou même, peut-être moi. »

Personne ne prêta la moindre attention à cette remarque, sauf Emily, et comme elle se contenta de dire que moins on parlerait de ce Dermott mieux ça vaudrait, Rosemary n'osa pas poursuivre le sujet.

« Je ne pense pas qu'on puisse m'accuser d'être alarmiste, dit Lady Harte, mais il est tout à fait évident que nous devons prendre des mesures immédiates. Les bornes de la plaisanterie sont dépassées. La police soupçonne qui ?

— Adrian », répondit Jim avec un large sourire.

Emily elle-même éclata de rire. Mais Norma réagit vivement :

« Adrian ? Grand Dieu, la police a perdu le sens commun. Adrian ne distingue pas l'avant de l'arrière d'une voiture.

— Je suis navré d'avoir produit une si mauvaise impression sur l'inspecteur, dit Sir Adrian en saupoudrant délicatement sa salade d'estragon. Quel est mon mobile, Jim ?

— Oh, le complexe du beau-père ! Une jalousie rongeante.

— Ah oui, bien sûr. Mais n'est-il pas un peu étrange, après vous avoir supporté pendant toutes ces années, de choisir le moment où vous allez quitter définitivement mon toit pour vous assassiner ?

— En fait, dit Rosemary qui avait écouté avec le plus vif intérêt, les gens qui souffrent d'inhibitions se comportent souvent d'une manière très irrationnelle. »

Emily la regarda avec une hostilité non déguisée. « Si vous n'avez rien de plus utile que ça à dire, vous feriez mieux de vous taire, déclara-t-elle brutalement.

— C'est sans doute très drôle, mais je ne *veux* pas qu'on dise de pareilles inepties sur mon mari, annonça Lady Harte. Je ne le supporterai pas, parce que personne n'aurait pu être un meilleur père pour Jim.

— Je me refuse absolument à accepter ça, dit Jim.

Jamais, de sa vie, il n'a joué les pater familias avec moi.

— Merci, Jim, dit Adrian, touché.

— Il faut faire quelque chose, reprit Norma, très martiale. Si j'avais un revolver — enfin cette fois-ci, plus d'hésitation. Jim, à partir d'aujourd'hui, tu porteras une arme.

— Je n'en ai pas, répondit Jim. Et d'ailleurs, d'après la tournure des événements, je dois être éliminé accidentellement.

— Le Tueur a échoué deux fois, dit Timothy. Il faut être prêt absolument à n'importe quoi maintenant. Dis-donc, c'est vachement excitant, hein, Jim ?

— Épatant, convint l'intéressé.

— Ce qui est extraordinaire, c'est que dès le début j'ai eu l'intuition que c'étaient les Mansell, dit Rosemary. Bien entendu, j'ai été accablée de sarcasmes, mais quand j'ai une de mes prémonitions...

— Il n'y a pas de doute, je pense, que c'est un des Mansell », dit Norma en regardant son fils.

A la surprise générale, Emily la contredit : « Joe Mansell est un imbécile et il l'a toujours été, mais il n'y a pas trace de méchanceté chez lui, que je sache, et je le connais depuis plus de cinquante ans.

— Oui mais, et Paul ? demanda Rosemary. Figurez-vous qu'il m'a toujours fait une impression curieuse. Je ne peux pas la décrire, mais... »

Emily renifla. « Si vous voulez dire que Paul Mansell a assassiné mon fils et Clement, je n'en crois pas un mot. Un blanc-bec comme lui !

— Si ce n'est pas lui, alors qui est-ce, tante ? demanda Lady Harte.

— Je n'en sais rien. Il me semble que les gens font

n'importe quoi, aujourd'hui, c'est insupportable », répliqua Emily.

Quand la famille se leva de table, un nombre considérable de procédés pour protéger Jim de son ennemi inconnu avaient été proposés et éliminés sans pitié. La nouvelle de l'arrivée d'un agent en civil pour surveiller la maison, semblait-il, ne fit plaisir à personne, sauf à Timothy qui se précipita aussitôt dehors pour faire sa connaissance. Hérissée, Emily déclara qu'ils en avaient assez de ces policiers qui fourraient leur nez partout et dérangeaient les domestiques. Patricia convint avec Lady Harte qu'envoyer un seul homme pour garder la précieuse personne de Jim était dérisoire, et Rosemary se plaignit que « ça lui rappelait trop de choses ». Jim, voyant que son garde du corps — jeune homme timide mais consciencieux — se proposait de l'accompagner s'il sortait de la propriété, décida d'annuler la visite d'une abbaye en ruine que Miss Allison avait souhaité voir. Quand cette dernière eut constaté que Mrs. Kane était confortablement installée dans son petit salon pour sa sieste habituelle, elle descendit rejoindre Jim dans le jardin, son plaisir considérablement terni par Rosemary déclarant qu'il devait être horrible de se dire qu'un meurtrier pouvait être tapi derrière n'importe quel buisson. Quand Mr. Harte, donnant libre cours à un sens de l'humour assez primitif, fila adroitement son demi-frère jusqu'aux lacs et lui ordonna soudain d'une voix de rogomme « Haut les mains ! », Miss Allison conclut que deux fauteuils sur la terrasse seraient plus indiqués pour ses nerfs en lambeaux qu'une promenade dans un parc trop boisé.

Vigoureusement tancé par Jim, Mr. Harte ne

perdit rien de son assurance : « Je vous ai fait sursauter, hein, dit-il avec une joie sadique. En réalité je te garde.

— Merci bien. Et tu vas me garder tout l'après-midi ?

— Pendant que tu seras dans le jardin, oui. Le brigadier Trotter — c'est le nouveau détective — a dit que je devais le faire.

— Je vais dire deux mots au brigadier Trotter, moi, dit Jim, rageur. Venez Pat, allons nous asseoir tranquillement sur la terrasse. »

Mr. Harte les accompagna jusqu'à la maison en bavardant avec son habituelle décontraction. Au milieu de la pelouse sud, il s'arrêta, ses yeux bleus brillant d'enthousiasme. « Dis donc, j'ai une idée formidable. Seulement, il me faut un peu de sous. » Il se planta devant Jim et leva sur lui un visage suppliant : « Tu as de l'argent, Jim ? Parce que, si tu en as, tu pourrais m'en donner un petit peu ? J'ai terriblement envie de quelque chose à Portlaw, et si tu me donnais dix shillings peut-être, ou une livre si ça ne te gêne pas, je pourrais faire un saut à bicyclette...

— Dis donc, ça n'est pas pour faire une mauvaise farce ? demanda Jim soupçonneux.

— Non, non, je te promets. En fait, c'est pour toi et je *sais* que ça te fera plaisir.

— Oh, Seigneur ! », dit Jim plein d'appréhension.

Mr. Harte dansait d'impatience : « Oh Jim, sois pas rosse !

— Enfin, si tu me jures que ça n'est pas diabolique et si ça signifie vraiment qu'on ne te reverra pas avant l'heure du thé..., commença Jim en sortant son portefeuille.

— Oh, chouette, tu es chic ! » s'exclama Mr. Harte sans en entendre davantage. Il empocha un billet d'une livre avec force remerciements fervents et s'apprêtait à s'en aller, quand une idée lui vint et il s'arrêta : « Dis donc, je peux garder la monnaie ? »

Jim acquiesça du chef et Mr. Harte disparut à toute vitesse.

Jim et Patricia s'installèrent sur la terrasse où ils jouirent d'une paix totale pendant une petite heure, après quoi une procession majestueuse sortit de la maison. Emily avait décidé d'abréger sa sieste et de se joindre au reste du groupe. La manœuvre nécessitait l'intervention du valet et du chauffeur pour la descendre au rez-de-chaussée, du maître d'hôtel pour porter son fauteuil favori sur la terrasse et d'Ogle qui fermait la marche avec couverture, châle et lunettes.

Quand Emily eut été enfin installée dans son fauteuil, son ombrelle et sa canne d'ébène à portée de la main, le groupe avait été augmenté par l'arrivée d'Oscar Roberts. Introduit sur la terrasse par Pritchard, il s'inclina devant Mrs. Kane et Patricia, puis alla serrer la main de Jim. « J'ai rencontré Timothy en ville, annonça-t-il, et ce qu'il m'a dit m'a donné envie de venir tout de suite vous voir. Vous allez encore me dire que je suis fou ?

— Je ne crois pas l'avoir jamais dit, répliqua Jim en attirant une chaise. Asseyez-vous, je vous en prie. Une cigarette ? »

Roberts en prit une dans l'étui qui lui était tendu et l'alluma. « Je pourrais savoir ce qui est arrivé à votre voiture, ce matin, Kane ? Je n'ai pas compris grand-chose à l'histoire de mon ami Timothy. Elle avait l'air bien sinistre.

— Oh, ce n'était pas sinistre du tout, répondit James négligemment. Quelque chose a faussé la direction, mais pas de dégâts. »

Roberts sourit : « A d'autres, Kane !

— Nous n'en parlons pas trop, vous comprenez. Un écrou s'est desserré et il est tombé. Nous aurions pu avoir un accident grave, mais nous nous en tirons bien.

— Nous ?

— Miss Allison était avec moi.

— Dites donc, Miss Allison, vous feriez bien de ne plus vous promener avec ce garçon-là, il est dangereux, dit Roberts sur le mode badin. Si vous voulez mon avis, jeune homme, vous devriez laisser votre voiture au garage jusqu'à ce que cette affaire soit éclaircie.

— Comme elle est un peu cabossée, j'y serai sans doute obligé, répondit Jim. Encore que je ne pense pas qu'on fasse le coup deux fois.

— Qu'est-ce que c'était, ce coup ?

— L'écrou tenant un des joints à rotule sur la barre de direction a été desserré et la goupille double qui le maintenait manquait quand nous avons examiné la voiture. »

Roberts l'interrompit : « Désolé, Kane, mais je n'y comprends absolument rien. Qu'est-ce que c'est donc que ce genre de direction ?

— Très courant. Je vais vous montrer. » Il sortit un crayon et une enveloppe de sa poche et dessina un schéma sommaire en l'expliquant au fur et à mesure

Roberts le suivit, les sourcils froncés, posant quelques questions tandis que le dessin avançait. Puis il prit l'enveloppe et l'étudia : « Je pense qu'il faut bien connaître cette marque de voiture pour pouvoir jouer ce tour-là. Mais si vous la connaissiez, ce ne serait pas difficile, n'est-ce pas ?

— Non. Extrêmement facile à condition d'avoir une clef et des pinces.

— En quelques minutes, vous croyez ?

— Je pense, oui. »

Roberts lui redonna l'enveloppe. « Ma foi, c'est intéressant. Vous avez vraiment l'air d'avoir affaire à forte partie. Je ne peux pas m'empêcher de me faire des reproches. J'aurais dû penser à votre voiture sans surveillance dans cette cour, comme pour attirer les saboteurs. »

Emily, qui l'avait écouté avec une impatience non déguisée, dit aigrement : « Je ne vois pas du tout pourquoi. Vous n'êtes pas détective, que je sache ? »

Roberts se tourna courtoisement vers elle : « Mrs. Kane, quand un homme voit commettre des meurtres sous son nez, il a tendance à s'en préoccuper.

— Scotland Yard a pris l'affaire en main », dit Emily de sa voix la plus sèche.

Roberts eut un petit sourire : « Sûrement, et je pense bien que quand il s'agit de résoudre les problèmes, ils sont très forts. Ils le sont peut-être un peu moins pour les empêcher. »

A ce moment, Sir Adrian sortit sur la terrasse avec Hannasyde. Jim dit aussitôt : « Seigneur, en sommes-nous là ?

— Non, pas encore, répondit Sir Adrian avec son calme habituel. Je suis toujours un homme libre

L'inspecteur souhaite s'entretenir un instant avec Mrs. Kane. »

Emily n'éprouvait aucune animosité particulière envers Hannasyde, qui avait fait montre d'un tact consommé lors de leur première rencontre. Mais sa réaction inévitable envers tous ceux qui lui demandaient la moindre chose était l'hostilité. Elle le toisa et lui dit : « Je me demande ce qu'il croit que je peux lui dire. »

Patricia se leva. « Je pense que vous souhaitez parler à Mrs. Kane seule.

— Asseyez-vous, dit sèchement Emily. Je n'ai pas de secrets. Si j'avais su quelque chose, je vous l'aurais dit tout de suite. Alors, qu'est-ce que vous voulez ? »

Hannasyde s'assit sur la chaise que Jim avait avancée. « Je suppose que vous avez été informée de l'accident qui est arrivé à la voiture de votre petit-neveu, Mrs. Kane ?

— Oui, je l'ai été, répondit-elle, et je vous serais bien obligée de veiller à ce que cela ne se reproduise pas. Je me demande ce que fait la police.

— Je ferai de mon mieux, promit Hannasyde. Je crois que vous pourrez m'aider. » Il parcourut l'assemblée du regard. « Voulez-vous que je parle franchement, ou préféreriez-vous me voir seul ?

— Non, je ne préférerais pas, rétorqua Emily.

— Alors je vais être très franc. J'ai vu le contremaître du garage Lamb, j'ai vu la voiture de Mr. Kane et je suis convaincu que l'accident ne s'est pas produit fortuitement. Il me reste à découvrir l'auteur du sabotage. Sir Adrian me pardonnera, j'espère, si je lui dis que sa présence dans le garage ce matin m'oblige à envisager la possibilité de sa culpabilité.

— Quelle ânerie ! interrompit Emily, en reniflant d'indignation.

— Il me vient une idée, dit Adrian en s'installant dans un transatlantique. Est-ce que j'avais un mobile pour assassiner Clement ? »

Les yeux de Hannasyde pétillèrent d'amusement.

« Je ne l'ai pas encore découvert, Sir Adrian.

— Le crime engendre le crime, dit Jim. Vous n'avez pas tué Clement, Adrian, son meurtre vous a simplement donné l'idée d'en faire autant pour moi. »

Sir Adrian plissa le front : « Je n'emprunte jamais mes idées aux autres, dit-il d'un ton plaintif.

— Si je vous mets de côté pour le moment, coupa Hannasyde, je reste, semble-t-il, avec deux suspects seulement.

— Joe Mansell est bien incapable de tuer qui que ce soit, si c'est ce que vous voulez dire, assura Emily. Je ne sais rien du fils et je ne veux rien en savoir.

— Mettons-le aussi de côté, dit Hannasyde. Il y a une seule autre personne qui bénéficierait de la mort de Mr. Kane et c'est son héritier. » Emily le regarda, les yeux ronds : « Maud ? Quelle sottise ! elle est en Australie.

— En êtes-vous sûre, Mrs. Kane ?

— J'ai reçu une lettre d'elle postée à Sydney. Qu'est-ce que vous voulez de plus ?

— Pourrais-je la voir, cette lettre ? »

Pendant un instant, on put croire qu'elle allait refuser et puis elle se tourna vers Miss Allison pour lui demander d'aller la chercher dans le secrétaire de son petit salon.

Patricia se leva et entra dans la maison. Hannasyde poursuivit : « Quand avez-vous vu votre petite-nièce pour la dernière fois, Mrs. Kane ?

— Quand elle était enfant, répondit Emily. Je ne sais plus quand. Je ne me suis jamais occupée de cette bande d'Australiens.

— Alors on peut penser, sans crainte de se tromper, que vous ne la reconnaîtriez pas aujourd'hui ?

— Pas la moindre idée. Elle était franchement laide. Je me rappelle qu'on l'habillait de façon ridicule. C'était bien d'eux. S'ils avaient un penny devant eux, il passait en beaux atours et en voyages en Angleterre. Je ne les ai jamais approuvés, jamais.

— Savez-vous quelque chose de l'homme qu'elle a épousé ?

— Jamais vu de ma vie. Elle écrivait toujours des lettres pour essayer de soutirer quelque chose à mon fils. Bien entendu, nous devinions que c'était à l'instigation de son mari. Il ne valait pas tripette.

— Vous n'avez jamais vu de photo de lui ?

— Jamais et si j'en avais vu une, elle ne m'aurait pas intéressée. Si vous voulez savoir quelque chose sur lui, adressez-vous à Mr. Roberts. Il vient d'Australie. »

Oscar Roberts, qui avait écouté, ses yeux froids et intelligents un peu froncés, dit lentement : « Je suis australien, c'est sûr, mais je ne connais pas très bien Sydney. Comment s'appelle-t-il, cet homme, Mrs. Kane ?

— Leighton. Du moins, c'est comme ça que signe ma petite-nièce.

— Leighton. » Le froncement s'accentua : « Le seul Leighton que j'ai connu, je l'ai rencontré dans un bar à Melbourne et à ma connaissance il n'était pas marié. »

Des recoins de sa mémoire, Emily tira soudain à la surprise générale, un fait nouveau : « Aucune importance. Il l'a quittée il y a des années. Je me rappelle que sa mère — une petite buse qui pleurnichait toujours pour une chose ou une autre — avait écrit à mon fils pour lui en faire part. Je me demande ce qu'elle s'imaginait que *lui* pouvait faire. Bien entendu, il n'a rien fait du tout. Maud a été assez bête pour reprendre ce type, mais ça n'a pas duré. Ça ne m'étonnerait pas du tout qu'il joue les joyeux célibataires à Melbourne ou ailleurs, où vous dites que vous l'avez rencontré. Je suis bien persuadée que s'il avait six sous en poche, il se soucierait de Maud comme d'une guigne.

— Ils ne sont pas divorcés ? demanda Hannasyde.

— S'ils le sont, je ne l'ai jamais su. Maud n'avait pas trace de fierté. Exactement comme sa mère. »

Hannasyde se tourna vers Oscar Roberts : « Vous le connaissiez bien, l'homme que vous avez rencontré à Melbourne ?

— Pas tellement. Si c'était le Leighton que vous cherchez, il ne tenait pas certainement le haut du pavé quand j'ai fait sa connaissance. Il faisait des petits boulots pour n'importe quelle boîte qui voulait l'employer. De la roupie de sansonnet. Son problème, c'est qu'il buvait. Vous pensez qu'il pourrait être à l'origine de ce racket ?

— Lui ou sa femme. Ou peut-être les deux.

— Ingénieux, admit Roberts. Certainement très

ingénieux. Mais ça ne va guère avec le clodo que j'ai rencontré.

— Vous le reconnaîtriez ?

— Sûrement, à moins qu'il ait une perruque ou quelque chose. Dites donc, inspecteur, vous me donnez des idées. Mais je vois au moins deux difficultés.

— Oui, Mr. Roberts ?

— D'abord, si le Leighton que j'ai connu est celui que vous cherchez, je doute qu'il ait pu rester à jeun assez longtemps pour réussir un coup comme celui-là. On ne parle peut-être pas du même type. Ensuite, c'est le nombre des crimes qui me gêne. Trop, c'est trop, inspecteur. Celui qui commettrait trois meurtres pour que sa femme hérite serait sûrement un genre superman. Vous pouvez m'en croire, une audace pareille, ça ne concorde pas avec mon Leighton et d'après ce que Mrs. Kane vient de dire sur le mari de sa petite-nièce, avec le vôtre non plus. Un type capable de préparer et d'exécuter un massacre à cette échelle-là doit en avoir assez dans le cabochon pour faire fortune par ses propres moyens !

— Un homme intelligent ne choisit pas toujours un moyen honnête pour faire fortune, Mr. Roberts. J'admets l'improbabilité de trois meurtres et je crois que s'il est à l'origine de l'affaire, il ne les a pas prévus au départ. Il est bien plus vraisemblable que, tout comme Mr. Kane, il a tenu pour certain que sa femme venait tout de suite après Mr. Clement Kane dans l'ordre de succession. »

Roberts le regarda avec une ombre de sourire : « Vous croyez que Mr. Silas Kane et Mr. Clement ont été tués par le même homme, et vous n'en démordez pas. Mais vous n'êtes pas frappé par la différence des procédés dans les deux cas ?

— Dans ma profession, Mr. Roberts, nous nous gardons des idées fixes. Je n'ai pas encore la preuve que Mr. Silas Kane a été tué.

— Moi, je crois bien que si, mais le prouver est une autre histoire. J'ai comme une idée que l'homme qui l'a poussé du haut de cette falaise est mort lui-même aujourd'hui. » Il jeta un regard vers Jim : « Il y a un moment, Kane, vous avez dit quelque chose qui était peut-être plus vrai que vous ne le pensiez, vous avez dit : " Le crime engendre le crime. " Je crois que c'est ce qui s'est passé, dans ce cas-là.

— Vous vous y intéressez beaucoup à ce cas, Mr. Roberts ?

— Oui, inspecteur. C'est un petit problème épatant.

— Vous avez une grande expérience du crime ? »

Roberts le regarda, la tête légèrement penchée sur le côté : « Tiens, pourquoi me demandez-vous ça ?

— Vous semblez le considérer d'un point de vue quasi professionnel.

— Vous voulez me flatter, inspecteur. Je m'intéresse au crime depuis bien des années, mais je ne prétends pas être à votre niveau. Seulement, d'après mon expérience, un meurtrier n'a qu'un truc dans son répertoire. Or, dans ce cas, vous avez un homme tué si adroitement que vous ne prouverez jamais l'intention criminelle, et un autre si ouvertement qu'il n'y a pas d'autre possibilité que le crime. Si je ne me trompe, les deux procédés indiquent deux sortes d'esprit très différents l'un subtil et l'autre non.

— Vous n'oubliez pas l'attentat contre Mr. Kane ? Est-ce qu'il n'entre pas dans la même catégorie que le meurtre de Mr. Silas Kane ?

— Eh bien, non, je ne crois pas, inspecteur. Les accidents arrivés au *Goéland* et à la voiture étaient des tours qui pouvaient facilement rater et qui l'ont fait. Pour moi, on dirait un type pas trop futé qui essaie de faire le malin. Le meurtrier de Mr. Silas Kane avait mis au point un plan qui ne laissait pas place à l'erreur. Il faut lui accorder ça. »

Jim s'interposa : « Si vous voulez bien, je pense que cette conversation a assez duré. Elle est pénible pour ma grand-tante. »

Roberts se tournait déjà vers la vieille dame, des excuses sur les lèvres, mais elle dit avec une sorte de rage contenue : « J'ai toujours pensé que mon fils avait été assassiné, mais la police ne le prouvera jamais. Les Mansell ! Ils ne l'ont pas fait. Qui gagnait à sa mort ? » Elle lança un bref éclat de rire sans gaieté et serra les mains plus fort sur ses genoux. Patricia, qui sortait à ce moment sur la terrasse par la porte-fenêtre du salon, se dit que, l'espace d'un instant, la vieille dame replète, le dos bien droit et les yeux bleu glacier, avait eu l'air presque terrible.

Un silence gêné tomba. « On ne peut pas le prouver, tante et... après tout, Clement est mort », dit Jim, fort mal à l'aise.

La bouche d'Emily se détendit un peu. « Oui, il est mort », répondit-elle.

Hannasyde, qui ne la quittait pas des yeux, dit brutalement : « Croyez-vous sérieusement qu'il a tué votre fils, Mrs. Kane ? »

Elle le foudroya du regard et lui dit de son ton le plus cassant, le plus dénué d'expression : « C'est mon affaire. Ce que je crois, ça ne vous aiderait pas. Vous ne prouverez jamais rien. »

CHAPITRE 14

Patricia, qui était restée immobile sur le seuil du salon, s'avança, dissipant ainsi une brusque tension. « Je crois que c'est la lettre que vous vouliez, Mrs. Kane. »

Emily y jeta un coup d'œil. « Moi, je ne la veux pas. Donnez-la à l'inspecteur. »

Hannasyde la prit avec un mot de remerciement, regarda de très près les timbres de la poste et tira de l'enveloppe une feuille pliée qu'il donna à Miss Allison. « Si je peux garder l'enveloppe, Mrs. Kane, je n'ai besoin que de ça.

— Gardez tout ce que vous voulez, lui dit Emily. Ça m'est égal.

— Merci. » Hannasyde la mit dans sa poche et se leva. « C'est tout pour l'instant. »

Jim l'accompagna jusqu'à la porte d'entrée en traversant la maison. « Merci pour le garde du corps, inspecteur. Entre lui et mon demi-frère, je ne risque rien.

— Je l'espère, répondit Hannasyde.

— Ils sont un peu assommants, mais la présence

de votre aimable brigadier Trotter prouve au moins que vous croyez un peu à mon histoire.

— Si j'ai pu vous amener à penser que je n'y croyais pas, j'en suis désolé.

— Très élégamment dit, inspecteur. Est-ce que par chance, c'est exact ?

— Que je vous croie ? Pourquoi pas, Mr. Kane ? »

Jim rit. « L'idée m'est seulement venue une fois rentré ici que vous me soupçonniez probablement d'avoir échafaudé toute cette mise en scène pour dérouter les soupçons. Mais enfin, je peux prouver mon innocence en vous priant de demander au personnel de mon bureau si mes mains étaient sales ou propres quand je suis entré par la porte de service.

— J'ai bien peur que ça ne soit pas une preuve, répondit Hannasyde avec son sourire lent. Vous auriez pu mettre une paire de gants de caoutchouc.

— Tonnerre ! Je n'avais pas pensé à ça ! Je resterai donc suspect. Heureusement, je suis en très bonne compagnie. C'est réconfortant. »

Hannasyde répondit sur le mode badin et prit congé, attrapant le premier autobus pour Portlaw.

Il fut accueilli avec une vive satisfaction au poste de police par son collègue Carlton, qui lui annonça non sans fierté qu'il avait des nouvelles : « Cet alibi de Mr. Mansell, eh bien, on l'a coulé. Une chance sur mille et c'était la bonne. J'ai là un jeune gars prêt à jurer qu'il a vu la Lagonda de Mr. Mansell arrêtée devant l'entrée de service du parc de Cliff House, à trois heures trente, le jour où Mr. Clement a été tué.

— Intéressant, dit Hannasyde en accrochant son pardessus. Un témoin sûr ?

— Certainement. Un mécanicien. Il attend dans mon bureau.

— Bon, je vais le voir tout de suite. »

Le témoin, un grand jeune homme avec une épaisse tignasse châtain, fut très précis. Il dit à Hannasyde qu'ayant eu son après-midi samedi au garage Jones, à Portlaw, il avait emmené sa connaissance faire une petite virée sur sa moto et ils étaient passés sur la route côtière à la hauteur de Cliff House vers trois heures et demie ; il se rappelait bien l'heure, sa connaissance l'ayant fait si bien poireauter à Portlaw qu'il se demandait s'ils pourraient arriver pour le thé à Bransome, un peu plus loin sur la côte.

« Oui, je vois, dit Hannasyde. Vous dites que vous avez vu la voiture de Mr. Mansell derrière Cliff House ?

— Oui, monsieur. Une Lagonda, quatre litres et demi.

— Vous avez remarqué le numéro ? »

Mr. Bert Wilson se gratta la tête d'un air méditatif : « Ma foi, je peux pas dire que je l'ai remarqué, ce qui s'appelle remarqué, si vous voyez ce que je veux dire. Je connaissais la ba ... la voiture. Mais si, en fait, je le connais ce numéro, c'est ...

— Non, ce n'est pas ce que je vous demande, interrompit Hannasyde. Après tout, il y a beaucoup de Lagonda sur la route. Vous êtes tout à fait sûr que celle-là appartenait à Mr. Paul Mansell ? »

Mr. Wilson n'avait aucun doute. Il proposa de jurer sur sa tête que c'était bien la voiture de Mr. Mansell, ajoutant : « Je travaille au garage Jones, voyez. En fait, quand j'ai vu la voiture devant la petite grille de Cliff House, comme j'ai dit à ma copine, j'ai dit, tiens c'est une de nos ba... de nos voitures, j'ai dit. Ce que je veux dire, on l'avait eue deux jours avant — lavage, graissage. On fait tout l'entretien pour Mr. Paul Mansell. Je la connais sur le bout du doigt comme on pourrait dire, cette Lagonda.

— Il y avait quelqu'un dedans quand vous êtes passés ?

— Non, monsieur. Garée avec les roues arrière juste en dehors de la route qu'elle était. »

Hannasyde le gratifia d'un de ses longs regards inquisiteurs : « Savez-vous ce qui s'est passé à Cliff House le samedi 10 août ? demanda-t-il.

— Mr. Clement qui a été buté, comme on pourrait dire ? Oui, bien sûr. Ça a fait du bruit en ville, je vous promets. Ce que je veux dire...

— Pourquoi avez-vous attendu jusqu'à maintenant pour donner ce renseignement ? »

Mr. Wilson passa son poids d'un pied sur l'autre et parut embarrassé. « Vous voyez, voilà comme ça a été. J'y avais pas fait bien attention, pas au commencement. Ça m'était sorti de l'idée, si vous voyez ce que je veux dire. Et puis, je vois l'avis sur les gens qui pouvaient donner des renseignements et je le montre à ma petite amie et elle me dit tout de suite : " Bert, tu sais quoi ? — Non, que je dis, quoi ? — Faut dire à la police, pour la voiture de Mr. Paul Mansell, qu'elle dit — Ah, bon, Doris, que je dis — elle s'appelle Doris — je suis pas du genre à aller mettre mon nez dans les affaires qui me regardent pas, je l'ai jamais fait. " Alors j'en cause à Mr. Jones, voyez. Et il me dit comme ça qu'y faut que je vienne tout de suite, alors je suis venu.

— Et maintenant, on va voir comment le Pétulant

Paul se tire de là, remarqua le brigadier Hemingway quand il fut mis au courant de cet interlude.

— Vous avez une prévention contre Paul Mansell, comme je ne vous en ai jamais connu contre personne, dit Hannasyde.

— Pas de la prévention, non, dit fermement le brigadier. Tout ce que je dis, c'est que c'est un sale petit faux-jeton visqueux qui surinerait sa grand-mère s'il voyait quatre sous à gagner.

— Très modéré, dit Hannasyde en souriant.

— Enfin, dit Hemingway piqué, ça se voit à vingt pas, non ? Si vous n'étiez pas mon supérieur... »

Hannasyde soupira. « Passez ce paragraphe-là, je le connais par cœur. Alors, qu'est-ce que vous diriez si je n'étais pas votre supérieur ?

— Je dirais, enchaîna promptement l'autre, qu'il faut être sonné pour aller suspecter un jeune homme bien comme Jim Kane pendant que vous avez un salopard intégral comme Paul Mansell qui vous pue sous le nez. Bien entendu, ajouta-t-il, je le dirais seulement si vous n'étiez pas mon supérieur. Les choses étant...

— Je voudrais bien que vous essayiez de vous sortir de l'idée que je suspecte Jim Kane plus que n'importe quel autre. Pas du tout. Je le soupçonne beaucoup moins que certains, mais j'essaie d'être impartial. Prenez-en de la graine ! »

Le brigadier lui lança un regard lourd de reproches : « Vous allez vous occuper du Pétulant Paul vous-même, chef ?

— Oui. Il est venu quelque chose du Yard pour moi ?

— J'y pense, oui, il me semble. » Et Hemingway partit voir.

Il revint au bout de quelques minutes avec une longue enveloppe qu'il tendit à l'inspecteur et l'observa d'un œil vif et rond pendant que celui-ci l'ouvrait, en sortait plusieurs feuilles pliées et les lisait rapidement. Au bout d'un moment, il se risqua à demander : « Du nouveau, chef ?

— Pas grand-chose. La police de Sydney ne sait rien du Leighton que je veux. Mrs. Leighton est bien là, elle, depuis environ un an, semble-t-il ; Melbourne câble qu'on ne sait rien d'Edwin Leighton depuis la fin de 1933, quand il est sorti de prison après avoir purgé une courte peine pour escroquerie. Il a l'air de s'être évanoui dans la nature.

— Enfin, dit Hemingway ragaillardi, s'il a été en taule, ils auront ses empreintes et sa photo. On les a demandées ?

— Oui, si la police les a. On nous envoie des fac-similés par avion.

— Description ?

— Rien de bien précis. Age : quarante-deux ans ; taille : 1,79 m, cheveux châtain, yeux gris.

— Pensez donc ! dit le brigadier, ironique. La femme a une idée de l'endroit où il pourrait être ?

— Apparemment, non. » Hannasyde replia les feuilles et les glissa dans sa poche. « Pas grand-chose à faire avant d'avoir la photo. Je vais aller faire une petite visite à Paul Mansell. »

Il se rendit à pied jusqu'aux bureaux de Kane & Mansell où il fit passer sa carte et très vite on le conduisit au premier étage où Paul travaillait. Tout en montant les escaliers et en longeant un large corridor, il observa les lieux et ne manqua pas de remarquer la porte palière (large ouverte pour laisser entrer un peu d'air frais) qui donnait sur un escalier de fer descendant en spirale jusque dans la cour.

Quand Hannasyde fut introduit, Paul Mansell, qui avait sa secrétaire avec lui, était plongé dans un épais dossier. Il ne releva pas la tête immédiatement, mais lorsque le policier s'avança vers le fauteuil à côté du bureau, il parut s'apercevoir de sa présence : « Ah, bonjour ! Un instant, s'il vous plaît. Miss Jenkins, prenez encore ceci. »

Il dicta une lettre qui parut assez peu importante à Hannasyde, congédia la secrétaire et dit : « Désolé de vous avoir fait attendre. Qu'est-ce que je peux faire pour vous ? »

La jovialité forcée du ton n'échappa pas à l'enquêteur, qui répondit calmement : « Vous pouvez me dire, Mr. Mansell, ce que faisait votre voiture près de Cliff House à trois heures trente le 10 août ? »

Paul Mansell perdit un peu de ses belles couleurs. Il riposta aussitôt par une question rapide : « Qui vous a dit que ma voiture était là où vous dites, cet après-midi-là ?

— J'ai des témoignages indiquant qu'elle était arrêtée au bord de la route, devant l'entrée de service. Voudriez-vous vous expliquer ? »

Paul alluma une cigarette, et avala une bouffée de fumée avant de répondre : « Je voudrais bien savoir d'où vous tenez ce racontar.

— Désolé, mais je ne suis pas en mesure de révéler la source de ce témoignage, dit Hannasyde, nullement troublé.

— Vraiment, je... » Paul s'arrêta, visiblement indécis. « Je n'ai pas envie de répondre à cette extraordinaire question sans savoir... » Rencontrant le regard de l'inspecteur, il s'arrêta de nouveau.

« Est-ce que vous niez que votre voiture était garée le long du parc de Cliff House cet après-midi-là, Mr. Mansell ? »

Paul le regarda un instant, les yeux mi-clos.

« Non, je n'ai pas dit que je le niais. Mais ça n'a rien à voir avec cette affaire, je vous assure. En fait, la *raison d'être** est si simple.

— Je vous serais obligé de bien vouloir me la donner, cette *raison d'être**, interrompit Hannasyde.

— Oh, certainement, aucune objection. Comme je vous l'ai déjà indiqué, j'étais invité à Brotherton Manor pour jouer au tennis. Je suis resté à bavarder avec Mrs. Trent plus longtemps que prévu. J'ai dû m'arrêter à Cliff House pour prendre ma raquette, c'est tout.

— Pourquoi ?

— Pourquoi ? Parce que je l'y avais laissée, évidemment. Si vous ne me croyez pas, vous pouvez aller demander à ma sœur, Mrs. Pemble, ou à son mari. Ils étaient là tous les deux.

— Là, où ?

— A Cliff House, la veille de la mort de Silas Kane. Il y avait un petit groupe pour jouer au tennis. Oh ! à peine un groupe, juste nous et Patricia Allison. Mes parents n'ont pas de court et Silas Kane nous laissait utiliser les siens quand nous voulions. Ce jour-là, il s'est mis à pleuvoir juste avant le thé et nous nous sommes repliés dans la gloriette en espérant que le temps allait s'arranger. Pour passer le temps, nous avons joué à des petits jeux idiots — le

* En français dans le texte. (N.d.T.)

mistigri, la bataille, vous voyez. Comme la pluie continuait, nous sommes rentrés dans la maison pour prendre le thé. Seulement, moi, j'ai laissé ma raquette dans la gloriette, je l'ai oubliée, vous voyez. Le temps ne s'est pas arrangé, alors finalement, ma sœur, Pemble et moi, nous sommes rentrés chez nous sans repasser par la gloriette. Je me suis rappelé ma raquette en arrivant à Portlaw, mais je savais où je l'avais laissée et j'étais bien sûr qu'elle ne risquait rien puisque je l'avais mise dans sa presse. C'était l'essentiel. Bien entendu, je ne suis pas revenu dare dare à Cliff House pour la récupérer. Après ça, il y a eu l'affaire de la mort de Silas et puis Clement s'est installé et avec tout ça je n'ai plus repensé à ma raquette jusqu'au jour où j'ai dû jouer au tennis à Brotherton Manor. Bien entendu, je me suis aussitôt rappelé où elle était et je l'ai prise en passant. C'est tout. Pas vraiment passionnant, n'est-ce pas ?

— Voulez-vous dire, Mr. Mansell, que vous avez traversé tout le parc jusqu'à la gloriette, sans que personne le sache, que vous avez pris votre raquette et que vous êtes reparti ?

— Exactement. Qu'est-ce que vous croyez ? Que j'allais aller en voiture jusqu'à la grande porte, sonner et demander au maître d'hôtel de me donner ce foutu engin ?

— J'aurais pensé que le procédé le plus usuel aurait consisté à demander d'abord la permission de prendre votre raquette. »

Paul balaya l'objection d'un revers de main. « Parfaitement inutile, je vous assure. Je connais si bien les Kane — je veux dire, j'y suis presque comme chez moi. Je ne dis pas que si j'avais eu vingt minutes à perdre, je n'aurais pas pris des gants, et fait passer ma carte, comme vous le suggérez. Mais j'étais déjà en retard. Vous devez bien connaître Cliff House maintenant. Savez-vous où sont les courts de tennis ? A une journée de marche de la maison. J'ai toujours trouvé que c'était complètement débile de les avoir fourrés là, mais enfin il ne s'agit pas de ça. L'important, c'est que si vous vous enfilez par l'entrée de service et si vous prenez la première allée à gauche, vous arrivez à la gloriette en moitié moins de temps à peu près que si vous partez de la maison. Autre chose ?

— Oui, dit Hannasyde. Pourquoi avez-vous caché cette démarche parfaitement innocente ?

— Oh, voyons inspecteur ! Je ne l'ai pas *cachée* !

— Je vous demande pardon : quand je vous ai réclamé un compte rendu précis de vos mouvements dans l'après-midi du 10 août, non seulement vous n'avez pas fait mention de cet incident, mais vous avez évidemment dû donner une heure fausse pour votre départ de chez Mrs. Trent après le déjeuner. Si proches que soient l'entrée de service et les courts de tennis, il ne vous était pas possible, en quittant le domicile de Mrs. Trent à trois heures vingt-cinq, de vous arrêter à Cliff House, de reprendre votre bien et d'arriver à Brotherton Manor à trois heures quarante-cinq. »

Paul fuma un moment dans un silence gêné, puis : « Eh bien, si vous voulez savoir, j'ai paniqué un peu. Stupide de ma part, bien sûr, mais quand j'ai appris que Clement avait été tué, je me suis rendu compte que je devais justement être dans le parc à ce moment-là et qu'un étranger pourrait trouver bizarre mon comportement parfaitement ordinaire. Notez bien que si j'avais vu ou entendu la moindre des choses, je n'aurais même pas attendu qu'on m'interroge pour le signaler, ça va sans dire. Mais sachant que ma présence là-bas n'avait absolument aucun rapport avec l'affaire, je me suis tenu coi. Je ne dis pas que c'était très malin de ma part, mais...

— C'était même tout le contraire, Mr. Mansell ; vous devez bien voir vous-même que ça vous met dans une situation extrêmement défavorable, pour ne pas dire plus. Pouvez-vous produire quelqu'un, en dehors de votre sœur, pour corroborer votre déclaration selon laquelle vous avez oublié votre raquette dans la gloriette le jour du tennis ?

— Oh, mon Dieu, oui ! déclara Paul avec une nonchalance peu convaincante. Mrs. Trent savait que je devais m'arrêter à Cliff House parce que je le lui avais dit.

— Vous auriez intérêt, Mr. Mansell, à vous demander si, en raison de la confirmation instantanément apportée par Mrs. Trent à une partie de votre déposition dont vous reconnaissez maintenant l'inexactitude, son nouveau témoignage aurait beaucoup de poids pour moi, dit désagréablement Hannasyde.

— Alors à qui voulez-vous que je vous adresse ? Je ne vois vraiment pas. Miss Allison se rappellerait peut-être l'incident, mais il est très possible qu'elle n'en ait rien su. Je n'ai pas fait une histoire parce que j'avais oublié cette sacrée raquette dans la gloriette. Elle n'a sans doute pas remarqué que je m'en allais les mains vides. Ça vous paraît probablement louche, mais je n'y peux rien. Et si c'est tout ce que vous avez à me demander...

— Non, ce n'est pas tout, dit Hannasyde. Voulez-vous me dire où vous étiez entre onze heures et midi ce matin ?

— Mais enfin, en quoi est-ce que ça vous regarde ? demanda Paul perdant un peu de sa jovialité.

— Vous avez une objection, Mr. Mansell ?

— Je n'ai pas d'objection, mais enfin...

— Alors, permettez-moi de vous conseiller de répondre. »

Paul éclata brusquement : « Sacrebleu, je ne suis pas obligé de le faire.

— Certainement pas. Dois-je indiquer au procès-verbal que vous refusez de répondre ?

— Seigneur, en voilà une histoire ! Je veux bien répondre, mais je n'aime pas être interrogé sans rime ni raison apparentes !

— Très bien, Mr. Mansell. Alors je vais vous dire qu'il s'est produit un événement qui m'oblige à vérifier pendant cette heure-là les mouvements de toutes les personnes ayant un rapport quelconque avec l'affaire. Où étiez-vous ?

— Je n'en sais rien. Ici, je suppose. Où est-ce que j'aurais pu être ?

— Je dois vous demander d'être un peu plus précis, Mr. Mansell. Vous pouvez sûrement vous souvenir de ce que vous avez fait ce matin.

— Je ne reste pas assis à regarder la pendule ! J'ai mieux à faire. J'ai fait ce que je fais habituellement — d'abord la correspondance, j'ai dicté des lettres à ma secrétaire. »

Hannasyde jeta un coup d'œil autour de lui. « Elle travaille dans cette pièce, votre secrétaire ?

— Bien sûr que non. Elle travaille là », et Paul montra une porte donnant dans une pièce contiguë.

« Quand est-elle sortie de son bureau ce matin pour taper vos lettres ?

— Oh, vers dix heures et demie. Je n'en suis pas sûr.

— Est-ce qu'elle est revenue à un moment quelconque entre onze et douze ?

— Non, je ne crois pas. J'en suis même sûr.

— Qu'est-ce que vous avez fait après ?

— J'ai continué à travailler, évidemment.

— Dans cette pièce ?

— La plupart du temps. Je suis descendu une fois à l'emballage et une fois au fichier, c'est tout. »

Hannasyde se leva et alla vers la fenêtre. Elle donnait sur la cour et au-delà de l'appentis construit perpendiculairement à l'immeuble, il apercevait tout juste l'arrière de la voiture de Paul Mansell qui dépassait. Le reste du véhicule était caché par le toit très bas de l'abri.

Paul Mansell le regardait faire, l'air vaguement inquiet : « Qu'est-ce qu'il y a ? Qu'est-ce que vous cherchez ? »

Hannasyde tourna la tête vers lui : « Je constate que vous avez vue sur la cour. Avez-vous vu Mr. James Kane y garer sa voiture ce matin ?

— Non. Je ne me précipite pas à la fenêtre chaque fois que j'entends une voiture dans la cour. Dites-moi donc, qu'est-ce que c'est encore que cette histoire ? »

Hannasyde revint près du bureau. « En rentrant à Cliff House ce matin, après son entretien avec votre père, Mr. Kane a eu un accident. »

Paul Mansell bondit : « Mon Dieu, vous ne voulez pas dire qu'il est mort ?

— Non, répondit Hannasyde Mr Kane est

indemne. Mais les recherches ont établi que l'accident avait été provoqué par le desserrage d'un des écrous qui maintiennent en position le joint à rotule gauche de la voiture. »

Paul le fixa, les sourcils froncés : « D'où vous déduisez que j'ai saboté sa foutue bagnole ?

— Pas nécessairement, dit Hannasyde, toujours aussi calme.

— J'espère bien, dit Paul furieux. Quelle raison est-ce que j'aurais eue d'essayer de tuer Jim Kane ? Ou son cousin Clement, d'ailleurs. C'est un comble que la police ait le culot de me suspecter ! Vous croyez que je serais assez crétin pour supprimer deux zigs — ou même trois — simplement pour signer un contrat à la noix ?

— Vous n'avez pas besoin de vous emporter aussi fort, Mr. Mansell.

— Eh bien moi, je trouve que si ! Il serait temps qu'on remette les pendules à l'heure. J'ai très bien compris vos manigances depuis que vous êtes ici. Qu'est-ce que vous croyez ? Et en plus, je sais très bien qui vous a donné le tuyau, c'est cet abruti de Roberts qui traîne partout à jouer les détectives. »

La porte s'ouvrit et Joseph Mansell entra, l'air un peu effrayé : « Qu'est-ce qui se passe ? Qu'est-ce qui se passe ? Paul, mon petit, vraiment ! J'ai entendu ta voix de mon bureau. Inutile de hurler. Bonjour, inspecteur. Alors, qu'est-ce qui est encore arrivé ?

— Oh, rien, dit Paul en se rejetant dans son fauteuil. L'inspecteur Hannasyde m'accuse d'essayer de supprimer Jim Kane, c'est tout.

— Supprimer James ? Grand Dieu, qu'est-ce que c'est que cette histoire ?

— Votre fils se trompe, Mr. Mansell. Je ne l'ai accusé de rien. Tout ce que je lui ai demandé, c'est de rendre compte de ses mouvements ce matin, pendant que Mr. Kane était dans votre bureau !

— Bon, bon, il n'y a pas de mal à ça ; vous devez faire votre devoir. Mais qu'est-ce que Jim Kane vient faire là-dedans ? »

Hannasyde l'expliqua brièvement. Joe parut très ébranlé, dit faiblement qu'il devait y avoir erreur, qu'il en était persuadé et ajouta qu'à coup sûr, l'inspecteur ne pouvait pas soupçonner son fils d'être mêlé de quelque façon que ce soit à l'accident.

« C'est là où tu te trompes, dit Paul, moqueur. Il croit que j'ai tué Clement et probablement Silas aussi. Maintenant, je boucle le parcours avec Jim. Et ce que je dis, c'est qu'une idée aussi dingue ne lui serait jamais venue, si ce fouinard prétentieux de Roberts ne la lui avait pas soufflée.

— Paul, mon petit Paul ! Doucement ! Je suis sûr que l'inspecteur ne pense pas une chose pareille, pas plus que Roberts. Il ne faut pas te laisser aller. Tous ces soucis te tapent sur les nerfs.

— Et qu'est-ce que ça a d'étonnant ? riposta Paul. J'ai déjà des détectives qui fourgonnent et qui flairent autour de moi à me donner la nausée et comme si ça n'était pas assez, voilà Roberts qui me suit à la trace, qui est à deux doigts de dire que j'ai tué Clement et qui l'aurait déjà dit si ça n'était pas un enfoiré, en plus de tout le reste. » Il se tourna brutalement dans son fauteuil pour faire face à Hannasyde et ajouta, venimeux : « Si vous tenez à courir après la lune, essayez donc Roberts. Ça vous changera. Moi j'en ai assez ! Il avait autant de raisons que moi pour tuer Clement.

— Paul, dit son père sévèrement, ça suffit ! Il ne faut pas parler à tort et à travers. Tu sais parfaitement que Roberts n'aurait pas pu tuer le pauvre Clement même s'il avait eu une raison, et il n'en avait pas. Il faut garder ton calme. Après tout, l'inspecteur ne fait que son devoir. »

Paul parut se ressaisir. Il rougit et marmonna qu'il était désolé, mais que toutes ces histoires lui portaient sur les nerfs. Hannasyde, comprenant qu'il n'en tirerait rien, prit congé et quitta la pièce avec Joe Mansell, qui l'accompagna jusqu'à l'escalier en essayant d'excuser l'éclat de son fils.

Des bureaux de Kane & Mansell, Hannasyde se rendit aux Cèdres, la confortable résidence victorienne de Joe Mansell, située dans une large avenue partant de l'Esplanade. Il trouva la maisonnée subissant la corvée journalière du moment-avec-les-enfants, après le thé. Le rituel n'était apprécié que par Betty, mais elle était si convaincue que tous les visiteurs assez imprudents pour venir aux Cèdres l'après-midi pendant qu'elle s'y trouvait étaient dévorés par un désir irrésistible de voir ses enfants, qu'il était impossible, même à une dame aussi décidée qu'Agatha Mansell, de protester contre l'invasion de son salon. La sensibilité de Mrs. Pemble en eût été trop offusquée. Donc les enfants, lavés, brossés et endimanchés, faisaient régulièrement irruption tous les jours à cinq heures en réclamant très haut des sucreries et des divertissements.

Quand Hannasyde fit passer sa carte pour demander un moment d'entretien avec Mrs. Pemble, Jennifer et Peter, après avoir consenti à serrer la main de deux visiteurs et à répondre poliment aux questions ineptes invariablement posées aux jeunes par les adultes, étaient lancés dans un jeu simple mais très amusant qui consistait à se jeter sur le divan, à malmener les coussins, à se laisser glisser par terre, puis à recommencer la manœuvre. Au début, leur mère s'exclama avec horreur : « Oh, mais je ne peux pas venir *maintenant.* » Puis après réflexion, elle consentit à s'arracher à ses rejetons : « Juste une minute, mes amours ! »

Cette limitation, si elle avait été respectée, aurait bien fait l'affaire de Hannasyde. Il avait prévu que l'entretien ne durerait pas plus de cinq minutes au maximum, mais trente secondes après avoir fait la connaissance de Mrs. Pemble, il avait compris qu'elle n'était pas de celles qui peuvent donner une réponse directe à une question directe. Bien plus, il s'écoula un certain temps avant qu'il pût même la poser. Il dut d'abord démêler d'un flux de paroles confuses que Mrs. Pemble avait joué avec ses enfants, qu'elle jouait toujours avec eux après le thé et bien entendu à d'autres moments aussi, qu'elle ne pouvait absolument pas imaginer pourquoi il souhaitait la voir, qu'elle ne savait rien sur rien, qu'elle ne pouvait lui accorder qu'une minute, qu'elle trouvait toute l'affaire trop affreuse, qu'elle essayait de ne pas y penser et enfin qu'elle était terriblement sensible, bien qu'elle se fît une règle de ne jamais parler d'elle.

Hannasyde, qui n'avait pas eu de thé, se sentit quelque peu assommé par toutes ces confidences haletantes, mais il parvint néanmoins à les interrompre le temps de poser sa question : Mrs. Pemble se rappelait-elle ce que son frère avait fait de sa raquette de tennis la dernière fois où il avait joué à Cliff House, la veille de la mort de Clement Kane ?

Quand Betty fut parvenue à se remémorer l'occasion — ce qu'elle fit en recourant à des repères comme « le jour où Jennifer avait eu une indigestion », ou « le jour où Peter était tombé dans l'escalier » —, son mari était arrivé et il put donner une prompte réponse à Hannasyde : « Oui, plutôt. Il l'avait laissée dans la gloriette. Je me rappelle qu'il l'a dit en revenant à la maison. »

Cette fermeté eut pour effet de rendre un brin de sang-froid à son épouse. « Oh, oui, bien sûr ! Je me rappelle parfaitement. Nous n'avons pas pu retourner la chercher parce que j'avais promis aux enfants que je rentrerais pour les border dans leurs petits lits, n'est-ce pas, Clive ?

— Merci, dit Hannasyde. C'est tout ce que je voulais savoir.

— Si seulement je pouvais vous dire autre chose, je serais ravie, dit Betty, très enthousiaste. Je veux dire je trouve que c'est si affreux — ça me tourmente énormément. N'est-ce pas Clive ?

— Oui, plutôt », dit son dévoué compagnon.

Hannasyde la remercia, éluda une invitation à dire ce qu'il avait découvert et partit. Mr. et Mrs. Pemble retournèrent au salon et dans les intervalles de leurs ébats avec les enfants, Betty débattit à fond les diverses causes qui pourraient expliquer les questions bizarres de l'inspecteur. Quand les enfants eurent été emmenés — non sans protestations — par leur nurse, elle appela Rosemary Kane au téléphone pour l'inviter à venir passer un moment aux Cèdres après le dîner : au programme, une agréable causerie intime

Rosemary, en dépit de sa conviction souvent exprimée que Joseph ou Paul Mansell avait tué son mari, accepta immédiatement, ce qui permit au reste de la maisonnée de passer une soirée relativement calme à Cliff House. Lady Harte montra à Emily les photos qu'elle avait prises au Congo, Sir Adrian lut, Jim et Patricia jouèrent au billard et Timothy disparut pour vaquer à de mystérieuses occupations.

Quand Rosemary revint, elle constata qu'Emily était déjà montée se coucher, et que les autres étaient sur le point de l'imiter. Comme on lui demandait si elle avait passé une bonne soirée, elle répondit qu'échapper à l'atmosphère de Cliff House était toujours un soulagement, mais qu'elle ne se sentait pas sur le même plan que Betty Pemble.

Peu avant une heure, Sir Adrian, qui avait l'habitude de lire très tard dans la nuit, reposa son livre et tendit l'oreille. Au bout d'un moment, il se leva, enfila sa robe de chambre chamarrée et sortit doucement dans le corridor, armé d'une torche. La maison semblait plongée dans l'obscurité. Il alla jusqu'à la porte de son beau-fils, l'ouvrit très doucement, fit un pas dans la chambre et brusquement, le silence fut fracassé par le tintamarre de ce qui semblait être d'innombrables clochettes. « Mon Dieu ! » s'exclama Sir Adrian, très ennuyé.

Jim, réveillé en sursaut, alluma précipitamment sa lampe de chevet : « Bon sang de bonsoir... Tiens, c'est vous, Adrian ! Qu'est-ce que c'est que ce boucan ?

— Je n'en ai pas la moindre idée. J'étais venu vous dire que j'entendais quelqu'un marcher en bas, mais j'imagine qu'il ou elle a eu dix fois le temps de décamper. Ces clochettes ne vont donc pas s'arrêter ?

— Ah, l'infernal petit drôle ! Vous pouvez parier que c'est son invention. » Et Jim sauta en bas de son lit en jurant.

Le bruit avait réveillé toute la maisonnée, sauf Timothy. Lady Harte, Patricia, Rosemary et un groupe de domestiques effarés s'étaient agglomérés dans le corridor demandant à savoir ce qui se passait et l'on entendait Emily qui, de sa chambre, appelait Miss Allison. Pendant que celle-ci allait rassurer la vieille dame, Jim localisait l'origine de la perturbation : un ingénieux système d'alarme glissé sous une peau de mouton juste devant sa porte. Il ne lui fallut pas longtemps pour arrêter la clameur, après quoi Rosemary put se découvrir les oreilles et demander d'un ton indigné qui était le responsable d'un vacarme aussi inutile.

« Timothy, bien sûr, et dire que c'est moi qui lui ai donné l'argent ! répondit Jim.

— Vraiment, je commence à croire que cet enfant ira loin, déclara Lady Harte, son orgueil maternel agréablement flatté. Je trouve ça extrêmement intelligent de sa part — beaucoup mieux que tout ce que la police a fait jusqu'ici. Qu'est-ce qui l'a déclenché ?

— Moi, répondit Sir Adrian. J'ai cru entendre quelqu'un marcher au-dessous de ma chambre et je suis venu réveiller Jim, mais je n'avais pas l'intention d'ameuter toute la maison. »

A ce moment, Ogle apparut en haut de l'escalier, les cheveux serrés dans deux nattes, une robe de chambre en flanelle rouge retenue à la taille par une cordelière et une tasse fumante à la main. « Qu'est-ce qui fait ce bruit bizarre ? demanda-t-elle furieuse

C'est juste bon pour faire une frayeur terrible à Madame.

— Est-ce vous qui rôdiez en bas ? demanda sévèrement Lady Harte.

— Non, Madame, sûrement pas. Rôder, moi ! J'ai fait une tasse d'Ovaltine pour Madame ! Elle ne peut pas dormir et c'est pas étonnant, voilà ce que je dis, moi. En voilà de belles, oui. » Elle fendit le groupe d'autorité et entra, raide comme un piquet, dans la chambre d'Emily.

« Merci, Adrian, dit Jim d'une voix brisée par l'émotion. Vous m'avez sauvé la vie ! »

CHAPITRE 15

Mr. Harte, apprenant les événements de la nuit à la table du petit déjeuner, se trouva déchiré entre la fierté due au succès de son invention et l'amer regret d'avoir dormi pendant tout le drame. Il jugea excessivement drôle que son père eût déclenché l'alarme et quand son demi-frère lui reprocha véhémentement d'avoir posé un piège à loups devant sa porte, il déclara avec indignation qu'il ne s'agissait pas du tout de ça et comment aurait-il pu deviner, d'ailleurs, que son père se mettrait à errer dans la maison au milieu de la nuit ? Sa mère le soutint énergiquement et décréta qu'il faudrait mettre l'alarme en place toutes les nuits. Mr. James Kane dit que c'était comme ça qu'on poussait un homme à quitter son foyer et exprima le désir de voir la police se hâter de dissiper le mystère.

« Je dois dire qu'à mon avis il serait en effet grand temps ! dit Lady Harte. Je commence à me demander s'ils font quelque chose. Très décevant. »

Elle aurait peut-être été réconfortée si elle avait su que Hemingway disait à peu près la même chose. « On n'avance pas, grommelait-il. On n'a pas moins de neuf suspects pour la mort de Clement et si, à première vue, l'attentat contre le jeune Kane a l'air de diminuer un peu le nombre, quand on examine les choses de plus près, on s'aperçoit que l'embrouillamini est devenu encore pire qu'avant. Prenez le Pétulant Paul. On aurait pu croire qu'il était fait quand on a découvert qu'il était sur les lieux au moment où Clement a été tué. Ah, ouiche ! Il sort de son chapeau une histoire qui ne tient pas debout et ces Pemble se précipitent pour la confirmer. C'est décourageant, chef ! Est-ce qu'on cherche un assassin ou deux, c'est ça que je voudrais savoir ?

— Moi aussi, dit Hannasyde.

— A mon point de vue, c'est une seule personne qui tire les ficelles et je mets mes sous sur Paul Mansell. Moi, je ne vois pas du tout Jim Kane dans ce rôle-là. S'il a été assez malin pour chauffer deux cousins sans laisser de trace, je me demande bien pourquoi il aurait besoin d'attentats bidons contre lui-même. On n'avait strictement rien contre lui et il devait bien le savoir. En plus, si c'est lui qui a desserré cet écrou, il prenait un fameux risque. Supposez que le truc soit dégringolé en pleine ville et qu'il soit rentré dans un autobus. Il aurait été dans un bel état. Et s'il y avait eu une autre voiture, venant en sens inverse ? Pour les deux premiers crimes, je vous l'accorde, il remplit les conditions, mais pas pour le troisième. Si on cherche quelqu'un qui aille pour les deux meurtres et les deux attentats, on n'a plus qu'une paire de Mansell et moi je miserais sur Paul et ce Leighton qu'on n'a pas vu. Vrai, chef, je ne peux pas comprendre pourquoi vous hésitez tant à épingler le Pétulant.

— Son mobile ne me plaît pas, dit Hannasyde. L'enjeu n'est pas assez important.

— Oh, je ne sais pas, dit le brigadier. J'ai vu des types buter leur mère pour quelques centaines de livres en assurances.

— Nous n'avons pas affaire à un criminel des classes pauvres et je ne connais personne qui ait tué trois fois pour quelques centaines de livres.

— Il devait espérer en écluser quelques milliers.

— Sans doute. Mais il y a une différence entre espérance et certitude. Il y a aussi un autre facteur dont vous ne tenez pas compte. Quand Clement Kane a été tué, James Kane, qui se trouvait dans la véranda, n'a rien vu. Pas même un mouvement dans les buissons. Vous pouvez soutenir que l'assassin aurait eu la possibilité de tirer par la fenêtre du bureau et de foncer sous le couvert des buissons en quelques secondes. Mais j'ai vu cette véranda. James Kane dit que la porte donnant sur le jardin était fermée ; il aurait pu voir dehors quand même puisque le haut des battants est en verre. Le bruit d'un coup de feu si près a dû lui faire tourner la tête immédiatement. Réaction involontaire. Il dit qu'il a bien regardé tout autour et qu'il est aussitôt sorti par la porte ouverte. Je suis allé moi-même dans cette véranda, Hemingway, et j'ai constaté qu'elle a vue sur les bosquets. Je n'arrive pas à comprendre comment James Kane aurait pu ne pas voir le moindre mouvement dans le jardin. Si le meurtrier s'est enfui non pas par les bosquets, mais par le chemin qui longe le côté de la maison et aboutit à l'allée centrale, il est incroyable que Kane ne l'ait pas au moins aperçu quand il a regardé dehors. Il n'a pas entendu de pas sur le gravier, ni avant ni après la détonation. On peut dire que, comme il venait juste d'entrer dans la véranda quand le coup a été tiré, il n'était pas forcé d'entendre quelqu'un s'approcher du bureau. Mais il aurait sûrement entendu quelqu'un s'enfuir. Si nous exonérons James Kane, nous nous trouvons en face d'une éventualité bien plus abracadabrante : que la vieille Mrs. Kane ait tué Clement et que James Kane le sache.

— Vengeance ? demanda le brigadier.

— Ça et puis la rage de le voir lui et sa femme solidement installés à Cliff House. Elle croit que Clement a tué son fils, ça au moins ça semble certain. Un des doutes qui persistent dans mon esprit, c'est au sujet de l'arme : a-t-elle pu manier un revolver aussi lourd que le 11.43 ?

— Oui, et puis si elle a fait le coup et si James Kane le sait, pourquoi ces attentats contre lui ? objecta le brigadier. Pour vous, c'est Sir Adrian ?

— C'est une possibilité. Mais il a pu aussi les simuler, en partie pour me détourner de la piste de Mrs. Kane et en partie pour se protéger. Compliqué, je sais, mais le cerveau humain est compliqué. »

Le brigadier soupira. « A vous entendre, chef, c'est encore pire qu'avant. Je veux bien être pendu si je vois où on en est maintenant.

— Sur une fausse piste, rétorqua immédiatement Hannasyde. Il faut trouver l'arme qui a tué Clement Kane.

— Un rien, en somme. Si c'est James Kane qui a tiré, il a dû l'emporter en mer avec son bateau et la jeter par-dessus bord. Si c'est le jeune Mansell, allez savoir ce qu'il en a fait. Bien sûr, j'ai jeté un coup d'œil dans les bosquets, mais nulle part la terre n'avait l'air fraîchement remuée. Pas trace d'indice et pour tout vous dire, j'y comptais pas. C'est pas dans la nature humaine de laisser l'arme si près des lieux du crime, hein ?

— Argument tout fait qui ne résiste pas à l'examen, répliqua Hannasyde. J'admets que c'est vrai dans neuf cas sur dix, sauf bien entendu quand le crime a été maquillé en suicide. Mais plus je travaille à cette enquête et plus je suis convaincu que nous avons affaire à quelqu'un de très astucieux. De plus, à moins que le meurtrier soit Paul Mansell ou Trevor Dermott, il ne faut pas oublier qu'il a eu très peu de temps pour se débarrasser de l'arme avant de se trouver en face de Carlton. Il est vrai que celui-ci n'a fouillé personne, mais je ne crois pas quc le meurtrier ait été assez inconscient pour courir le risque d'être trouvé avec l'arme sur lui. L'instinct l'aurait poussé à s'en débarrasser immédiatement.

— Oui, bonne psychologie, ça, chef, concéda le brigadier. Qu'est-ce que vous allez faire ? Draguer le lac ?

— En dernier ressort. Mais ni James Kane ni Mrs. Kane n'ont pu jeter le revolver aussi loin que ça de la maison, outre qu'ils auraient forcément été vus par Dermott et Mrs. Clement Kane qui étaient là. Je crois qu'il doit être caché dans la maison ou tout près.

— Cette banquette de rhododendrons ? Le Terrible Timothy l'a fouillée et moi aussi.

— Non, j'y ai pensé, mais je ne crois pas que nous le trouverons là. Si le meurtrier l'a caché là, il l'a sûrement enterré, parce que nous étions forcés de chercher dans les rhododendrons. Je ne le vois pas faire ça. Il lui aurait fallu du temps, il pouvait être vu de la maison et un jardinier passer à n'importe quel moment. S'il s'est débarrassé de l'arme sur les lieux, il a dû le faire vite. Voyons, il n'y a pas un gros tonneau pour l'eau de pluie à quelque trois mètres de la fenêtre du bureau ?

— Oui, bien sûr, mais vous voulez dire que quelqu'un aurait eu le culot infernal de lâcher ce revolver là où on pouvait le découvrir d'une minute à l'autre, chef ? Il aurait fallu qu'il soit fou. Le fait que ce tonneau soit si en vue aurait bien suffi à l'en détourner.

— Il a peut-être compté que nous penserions ça », dit Hannasyde avec un léger sourire.

Le brigadier se gratta le menton. « Je dois dire que c'est à peu près le dernier endroit où je chercherais ce revolver. D'ailleurs, j'ai jamais beaucoup compté qu'on le trouverait ici.

— Moi non plus. C'est pourquoi je me dis que nous avons peut-être eu tort. Allons voir un peu ce que ce tonneau a dans le ventre. »

Mais quand le brigadier se trouva devant l'énorme fût peint en vert qui ressortait de façon si agressive sur le mur de la maison, il secoua la tête et déclara : « Il aurait jamais osé.

— Le criminel quel qu'il soit, ne manquait pas d'audace, répondit sévèrement Hannasyde. Regardez voir si vous pourriez trouver un long bâton.

— Pas difficile », et Hemingway se dirigea vers un massif de rosiers au-delà des bosquets pour arracher tranquillement le tuteur qui soutenait un des arbustes. Hannasyde le prit, escalada la plate-forme de briques sur laquelle le tonneau était posé, souleva le couvercle de bois, plongea le bâton dans l'eau et remua. Son acolyte le regardait, intéressé, mais sans espoir. « Il y a quelque chose dans le fond, dit Hannasyde. Je viens de le déplacer. » Il retira le bâton et le jeta de côté, puis descendit de la plate-forme. « Ouvrez ce robinet, brigadier. Je veux voir ce tonneau vide.

— Voilà qui va nous mettre bien avec le chef jardinier », murmura Hemingway, qui ouvrit néanmoins le robinet et recula tandis que l'eau ruisselait sur le gravier de l'allée formant d'abord un étang, puis une rivière.

Ce ne fut pas le chef jardinier qui s'offusqua de l'inondation, mais Ogle, qui sortit d'un bond de la véranda. « Voulez-vous bien fermer ce robinet et tout de suite ! Quelle idée, faire toute cette saleté ! Vous n'avez pas le droit de venir abîmer les massifs de fleurs. On ne peut même plus approcher de ce coin-là. Qu'est-ce que vous lui voulez à ce tonneau ? Qui est-ce qui vous a donné la permission d'y toucher, je voudrais bien savoir ! »

Sans prêter la moindre attention à elle, Hannasyde laissa son subordonné les débarrasser de la perturbatrice, tâche qu'il accomplit en un temps record. Elle rentra dans la maison aussi vite qu'elle en était sortie en annonçant qu'elle allait raconter à Mr. James les dégâts qu'on faisait à sa propriété, et de fait, quelques instants plus tard, elle revint avec lui. « Regardez, Monsieur ! Dites-leur de s'arrêter et tout de suite. Madame n'aurait jamais autorisé ça ! Effrontés !

— C'est bon, Ogle, filez maintenant. » Il regarda le lac à ses pieds, puis l'inspecteur et dit, tandis qu'Ogle se repliait à regret : « Dites donc, c'est obligé, ça ? Vous n'arrangez pas ce coin du jardin. Pourquoi faites-vous ça ?

— Je ne le ferais pas si je ne pensais pas que c'est

nécessaire, Mr. Kane, dit Hannasyde, assez bref. Je peux vous assurer que votre jardin ne subira aucun dommage durable. Le tonneau n'était qu'à moitié plein.

— Merci beaucoup, dit Jim, la mâchoire un peu crispée. Et peut-être m'expliquerez-vous exactement ce que vous faites.

— Certainement, dit Hannasyde, le regardant en dessous. Je poursuis une enquête. Des objections ?

— Oui, dit Jim. Je proteste très fortement contre la dégradation de ma propriété sans que l'autorisation en ait été préalablement obtenue.

— Je vous demande bien pardon, dit instantanément Hannasyde. Ai-je la permission de vider ce tonneau ? »

L'espace d'un instant, les yeux rieurs de Jim prirent une expression carrément rébarbative. Puis son excellent caractère reprit le dessus, il rit et conclut : « Continuez !

— Merci », dit Hannasyde qui regardait diminuer le débit de l'eau sortant du robinet.

Jim craqua une allumette et appuya ses larges épaules contre le chambranle de la porte, à moitié au dedans et à moitié au dehors de la véranda. « Comme exemple de foi genre charbonnier cet exercice doit être à peu près sans rival », remarqua-t-il.

Hannasyde releva la tête ; « Oui ? Et pourquoi Mr. Kane ?

— Ne soyez pas ridicule. Croyez-vous que je n'aie pas compris ce que vous faisiez ? Vous êtes très évidemment en train de chercher l'arme du crime. Bien entendu, elle ne peut être que dissimulée dans un tonneau pour l'eau de pluie sur les lieux du crime.

— Nous allons voir, dit Hannasyde. Donnez-moi un coup de main, brigadier. »

Celui-ci, qui partageait secrètement le scepticisme évident de James Kane, s'engagea dans les flots pour aider son supérieur à descendre le lourd tonneau de sa plate-forme, puis à le poser sur le sol. En le penchant sur un côté, ils entendirent quelque chose qui glissait à l'intérieur et raclait le bois. « Cul en l'air ! » ordonna Hannasyde.

Le brigadier obtempéra et un colt tomba dans la flaque d'eau, avec un gros plouf.

« Nom de D... ! » Jim avait les yeux hors de la tête.

« Parfois, Mr. Kane, l'endroit le plus évident est le bon », dit calmement Hannasyde en se penchant pour ramasser l'arme.

C'est à ce moment assez inopportun que Mr. Harte contourna l'angle de la maison d'un pas nonchalant ; toute son attitude indiquait qu'il s'ennuyait ferme et ne savait à quoi s'occuper. Mais à la vue des deux détectives, le nuage qui obscurcissait son front se dissipa et il se précipita vers eux en piaffant, plein de zèle et de curiosité : « Bonjour ! Qu'est-ce que vous faites ? Oh là, là, quelle saleté ! Dites donc, qu'est-ce que vous avez trouvé ? »

Le brigadier, qui était resté les yeux fixés sur le revolver, comme hypnotisé, se ressaisit brusquement et dit : « Mets les bouts, fiston, et va te raconter une petite histoire. On est occupés.

— Vous avez trouvé le feu ! s'exclama Mr. Harte. Sapristoche ! Et qu'est-ce que c'est le truc bizarre au bout du canon ? »

Hannasyde, qui lui aussi regardait le revolver, leva les yeux et contempla d'un air méditatif le visage illuminé de Mr. Harte. Le brigadier essayait de le repousser en douceur, mais le jeune garçon n'avait pas la moindre intention de se laisser faire. « C'est bon, Hemingway, laissez-le. Ça n'a pas d'importance. »

Le brigadier lui lança un rapide coup d'œil assez perplexe, mais cessa d'écarter Timothy.

Jim dit alors en fronçant les sourcils : « Je ne comprends pas. Ça, c'est bien un silencieux ?

— En effet, oui, répondit Hannasyde.

— Mais alors, ça ne peut pas être l'arme que vous cherchez. Elle a fait un bruit de tous les diables. On l'a entendue dans le hall.

— Curieux, n'est-ce pas ? » dit Hannasyde impavide. Il glissa le colt dans sa poche et se tourna vers la maison. Son regard inquisiteur tomba sur la petite plate-forme de briques construite pour y poser le tonneau, il s'en approcha et se pencha pour l'examiner de près. Il ramassa quelque chose, très soigneusement : « Maintenant, je commence à comprendre. »

Les trois autres se tordirent le cou pour voir ce qu'il y avait sur la paume de sa main. « Un morceau de mèche brûlée ! s'exclama Jim.

— Seigneur ! marmonna le brigadier, qui s'agenouilla à côté de la plate-forme. En voilà encore un petit bout, chef. Ça a l'air d'être tout.

— A peu près 45 centimètres, dit Hannasyde en mesurant les fragments à vue de nez. Trois minutes de combustion. » Il regarda le tuyau qui alimentait le tonneau. « Elle a dû glisser derrière le tonneau » – il s'arrêta et leva la main jusqu'à un des crochets qui fixaient le tuyau au mur — « depuis là », conclut-il en retirant sa main qui tenait un autre fragment minuscule de la mèche. « Il devrait y avoir un détonateur. » Il regarda Mr. Harte et lui dit avec un léger sourire : « Si tu veux te rendre utile, regarde donc si tu pourrais le trouver.

— Vous parlez ! » dit Mr. Harte avec ferveur. Et sans plus attendre, il se mit en devoir de bouleverser une épaisse plantation de mufliers disposée le long de la maison.

Le brigadier, les yeux fixés sur le visage de Hannasyde avec un air à la fois interrogateur et choqué, ouvrit la bouche pour parler, rencontra le regard insistant de son supérieur et la referma. Il se joignit à Timothy pour trouver le détonateur et au bout d'un moment, ce fut le jeune garçon qui poussa un glapissement de triomphe en exhibant entre le pouce et l'index, un petit objet en cuivre ressemblant à une cartouche dont l'extrémité ouverte avait été pincée : « Regardez ! C'est ça !

— C'est ça », dit Hannasyde en le prenant.

Jim avait toujours l'air effaré « Comment ça a marché ?

— Très simple, expliqua Hannasyde. Un bout du cordon était enfoncé dans cette extrémité, ensuite les côtés de la coiffe étaient soigneusement pincés pour bien le serrer. Vous voyez ? Ensuite le tout a été suspendu au crochet, l'autre extrémité fendue et allumée. Le cordon standard, et on peut penser que c'est de lui qu'il s'agit puisqu'il est blanc, brûle à la vitesse de quinze centimètres par minute et j'estime que nous en avons trouvé environ 48 cm. Ce que vous avez entendu, Mr. Kane, vous et les autres, ce n'est pas le coup qui a tué votre cousin, mais le détonateur qui partait.

— Mon Dieu et voilà pourquoi je n'ai vu personne quand j'ai regardé dehors, dit Jim. Mon cousin avait été tué quelques minutes plus tôt. » Hannasyde approuva de la tête. « Oui, mais je ne comprends toujours pas bien. Je crois que ça me dégage complètement, mais...

— Quelle a été la raison pour monter ce cordon, à votre avis, Mr. Kane ?

— L'alibi, haleta Mr. Harte, en exécutant une petite danse du scalp. Whoopee !

— Un alibi, oui, répéta Jim, oui, bien sûr. Désolé d'être si obtus, mais...

— Oh, Jim, ce que tu es bête ! s'exclama Timothy. Tu ne peux pas l'avoir fait parce que tu ne t'es pas cherché d'alibi. Mince alors, ce que c'est amusant !

— Ça, j'avais compris, dit Jim. Mais ce que je ne saisis pas à première vue, c'est lequel d'entre nous a été avantagé par ce dispositif. Aucun des deux Mansell n'y a gagné un alibi, ni Dermott, ni — en fait personne d'entre nous, sauf Miss Allison, et je ne pense pas que vous soupçonniez sérieusement... »

A ce moment, Mr. Harte fixa un œil aussi brillant qu'accusateur sur le brigadier. « Je vous l'avais bien dit ! Je vous l'avais bien dit qu'il fallait le surveiller.

— Qui ça ? demanda Hannasyde.

— Pritchard, bien sûr ! C'est évident.

— Pritchard ? répéta Jim. Qu'est-ce qu'il a à voir dans tout ça ? Il n'est employé ici que depuis la mort du vieux Parker, l'année dernière. Il ne peut donc pas espérer un legs. De plus... »

Mr. Harte dansait d'impatience : « Le Tueur Caché ! Il savait que cousin Silas sortait cette nuit-là et naturellement, il l'a suivi. Et puis après, il a manigancé ce truc pour avoir un alibi quand il a flingué cousin Clement et personne n'a pris la peine de savoir où il était *avant* de répondre à la sonnette de la porte, parce que ça avait l'air impossible qu'il l'ait fait.

— Mais pourquoi ?

— Le mari de cousine Maud, souffla Timothy.

— Tu dérailles, dit Jim méprisant.

— Je te parie que j'ai raison ! Je te parie que Mr. Roberts trouvera que c'est rudement intéressant parce que la seule chose qui l'a détourné de la piste Pritchard, c'est qu'il était dans le hall quand on a entendu le coup de feu. C'est pas la peine de faire cette tête-là ! C'est tout ce qu'il y a de vrai. J'en ai parlé à Mr. Roberts quand vous avez commencé à vous inquiéter de ce Leighton et il a dit que c'était une idée qui lui était venue presque tout de suite, mais qu'elle ne menait à rien, parce que Pritchard avait un alibi en béton. »

Hannasyde, qui l'avait écouté sans rien manifester de ce qu'il pensait, lui dit alors : « Il ne faut pas parler de ça à Pritchard, hein, ni aux domestiques.

— Pas de risque ! Naturellement j'en soufflerai pas mot. Je peux le dire à Mr. Roberts, par exemple ?

— Oh, oui, tu peux lui dire si tu veux, répondit Hannasyde. Aidez-moi donc à remettre ce tonneau en place, brigadier. »

Jim intervint alors, le front plissé : « Vous croyez qu'il peut parler de ça à qui que ce soit ? Je sais que ça n'est pas mon affaire, mais...

— Ce qu'il dit à Mr. Roberts n'a aucune importance, répondit Hannasyde. Il ne faut pas que ça vienne aux oreilles du maître d'hôtel. Mais ça, il l'a bien compris. C'est tout, Hemingway.

— Vous rentrez à Portlaw ? demanda Timothy en voyant que les deux détectives se préparaient à partir. Parce que si c'est ça, j'irais avec vous jusqu'à Victoria Place.

— Très bien, dit Hannasyde en regardant sa montre. Mais si nous voulons attraper le bus de dix heures quarante-cinq, il faut faire vite.

— Attendez, juste une minute, reprit Jim. Qu'est-ce que vous allez faire à propos de cette découverte ? C'est bien joli de partir d'un pas léger et désinvolte, mais il se trouve que cette affaire me concerne et d'une manière qu'on pourrait dire vitale !

— Je ne l'avais pas oublié. Je vais au poste de police pour envoyer un certain nombre de questions urgentes à Scotland Yard. Je serai peut-être en mesure de vous donner les réponses ce soir, ou alors demain. En attendant, je crains que vous ne soyez obligé de prendre patience.

— Et ma précieuse vie ?

— Le brigadier Trotter en répond, répondit Hannasyde avec un léger sourire. Je ne crois pas que le danger soit immédiat. »

Hemingway et Hannasyde, séparés par Mr. Harte, descendirent à vive allure la grande allée et ils arrivèrent juste à temps pour attraper le bus de Portlaw. Comme le véhicule était vide, Timothy put charmer l'ennui du trajet en échafaudant des hypothèses sur l'affaire et en essayant de soutirer quelques renseignements à ses compagnons. Il les laissa à Victoria Place, non sans avoir promis de se comporter avec le maximum de circonspection.

A peine était-il descendu de l'autobus que le brigadier poussa un profond soupir et dit :

« Eh bien, j'aurais jamais cru vivre assez vieux pour connaître une journée pareille, c'est sûr.

— Bonne surprise pour vous.

— Chef, qu'est-ce qu'il vous prend ? Si quelqu'un m'avait dit que vous mèneriez une enquête avec deux spectateurs et que vous leur expliqueriez tout par-dessus le marché, je lui aurais ri au nez, voilà ce que j'aurais fait.

— Vraiment ? dit Hannasyde qui ne prêtait pas grande attention à ces propos désabusés.

— Parfaitement, rétorqua le brigadier avec emphase. Vous m'avez dit de ne pas virer le Terrible Timothy et je l'ai pas fait. Mais vous jouez à quoi ?

— Cherchez bien », répliqua Hannasyde.

Le brigadier émit une sorte de grognement et enchaîna : « Qu'est-ce qu'on fait maintenant ?

— D'abord on téléphone au Yard et on les charge de demander des renseignements chez Colt en Amérique. Il faut savoir où ce revolver a été acheté.

— Ma foi, je ne suis pas étonné que James Kane se demande ce que vous mijotez », dit le brigadier.

Cependant James, pensant que l'inspecteur savait ce qu'il avait à faire, ne perdait pas son temps en vaines spéculations. Il résolut de ne parler ni à sa fiancée ni à sa famille de la découverte du revolver, résolution qu'il ne put tenir longtemps, Ogle ayant informé sa maîtresse des ravages infligés au jardin. Dès qu'elle descendit, habillée pour sa promenade matinale en voiture, Emily exigea qu'on lui dît immédiatement ce que signifiait cette conduite.

Comme elle s'était adressée à Jim devant Miss Allison et Lady Harte, qui se joignirent aussitôt à elle, Jim jugea préférable de divulguer le fait brut : Hannasyde avait trouvé le revolver dans le tonneau pour l'eau de pluie.

Quand Timothy revint une heure plus tard, la première personne qu'il rencontra fut sa mère et il lui raconta immédiatement l'histoire de bout en bout. A l'heure du déjeuner tout le monde, sauf les domestiques, était en possession des faits et Miss Allison, connaissant la force des liens entre Mrs. Kane et Ogle en conclut que les nouvelles se répandraient sans tarder à l'office.

« Je vous avais bien dit que Mr. Roberts m'écouterait ! » Timothy triomphait.

« C'est l'idée la plus dingue que j'aie jamais trouvée sur mon chemin, dit Jim. J'imagine sans peine que Roberts ait pu l'avaler sans boire parce que depuis le début, il déborde d'idées dingues, mais je ne croyais vraiment pas que l'inspecteur s'emballerait pour ça. Qu'est-ce qu'il mijote, maintenant ? Tu le sais ?

— Non, mais je sais que Mr. Roberts est allé au poste de police pour le voir, parce que, dès que je lui ai parlé du silencieux et du cordon, il m'a dit que ça plaçait l'affaire sous un jour entièrement nouveau et qu'il fallait qu'il aille voir tout de suite l'inspecteur. Alors je suis rentré. Je me demande bien ce qui se passe, hein, pas vous ? Est-ce que vous croyez qu'ils vont venir arrêter Pritchard ?

— Non, et pour l'amour du ciel fais un peu attention à ce que tu dis ! Si Pritchard entend ce genre de charmant babillage, nous allons nous faire arrêter pour diffamation ou quelque chose comme ça. »

A mesure que la journée s'écoulait sans nouvelles d'Hannasyde, Timothy avait de plus en plus de mal à supporter le suspense avec une âme égale. Errant dans la maison, dans les jardins, il assommait de ses théories tous les infortunés qui le rencontraient, si bien que, réduit au désespoir, Jim l'emmena au golf le plus proche pour lui donner une leçon de coups d'approche. Quand ils revinrent, il était temps de se changer pour le dîner. Pendant le repas, la présence de Pritchard empêcha toute allusion à l'affaire, mais quand la maisonnée se rassembla ensuite pour le café dans le salon, Timothy ne fut pas le seul à manifester le désir irrésistible d'en discuter *ad nauseam.* Tant et si bien que Sir Adrian, protégé des commentaires et des théories par le journal du soir, finit par le baisser et dire d'une voix lasse que le sujet étant apparemment devenu une obsession pour sa famille, il serait personnellement très reconnaissant à Hannasyde de résoudre le mystère.

Il avait à peine fini de parler que Pritchard entrait pour informer Jim que l'inspecteur Hannasyde était là et serait heureux de le voir.

Jim se leva, mais fut aussitôt arrêté par un chœur indigné, composé de sa mère, son demi-frère et sa fiancée. Emily, immuable dans sa grande bergère près de la cheminée, déclara : « S'il veut vous voir, il n'a qu'à venir ici. Je suis excédée de toutes ces cachotteries. » Elle fit un signe de tête impérieux à Pritchard : « Amenez-le ici. »

Quelques minutes plus tard, Hannasyde entra, mais au grand dépit de Mr. Harte, il ne fit aucun effort pour retenir le maître d'hôtel. Au moment où la porte se refermait doucement derrière Pritchard, Mr. Harte, incapable de se contenir, lança : « Dites donc, vous n'allez pas l'arrêter ? »

Pour la première fois durant ses rapports avec Hannasyde, la famille l'entendit rire. « J'ai bien peur que non. Désolé de te décevoir.

— Alors, c'est pas lui qui a fait le coup ? » demanda Timothy tout aplati.

Hannasyde secoua la tête. Jim dit alors : « Asseyez-vous, je vous en prie. Est-ce que l'affaire est toujours en suspens, ou est-ce que vous l'avez débrouillée ?

— Je n'en ai pas encore fini, mais il subsiste si peu de doutes que je suis venu vous tranquilliser, Mr. Kane. Vous ne risquez plus d'être assassiné.

— Il a été en danger ? demanda Lady Harte en reposant les cartes de sa réussite et en retirant ses lunettes cerclées de corne.

— Oui, presque certainement.

— A l'époque, vous ne le pensiez pas.

— Il faudra me pardonner, Lady Harte, si je... je réservais mon jugement. Je lui avais donné un garde du corps, si vous vous rappelez. » Hannasyde reconnaissait les signes de « la tigresse défendant son petit ».

Emily frappa le sol de sa canne en ébène. « Assez tourné autour du pot ! dit-elle sèchement. Savez vous qui a assassiné mon fils ?

— Je n'ai pas la preuve que votre fils a été assassiné, Mrs. Kane, mais je sais qui a assassiné votre petit-neveu, Clement Kane.

— Qui ça ? demanda Timothy. Mr. Roberts vous a mis sur la voie ? »

Hannasyde le regarda assez gravement : « Pas tout à fait comme tu le crois. »

Sir Adrian se leva de son fauteuil, traversa la pièce avec son habituelle nonchalance et prit une cigarette dans le coffret posé sur l'une des tables.

« Ah, alors, c'était Roberts lui-même, n'est-ce pas ? » demanda-t-il, intéressé.

Hannasyde hocha la tête. Un silence atterré régna pendant une demi-minute peut-être. Timothy était devenu très blanc et regardait fixement Hannasyde, les lèvres serrées. Sir Adrian tendit le coffret au policier. « Edwin Leighton ?

— Oui, répondit Hannasyde. Je ne crois pas qu'il subsiste le moindre doute à ce sujet. Nous ne pouvons pas l'identifier avec certitude avant que Melbourne nous ait envoyé ses empreintes digitales, mais elles vont arriver d'un jour à l'autre.

— Roberts ! s'exclama Jim. Mais c'est dément ! Est-ce que vous suggérez sérieusement que c'est lui qui a percé un trou dans la coque du *Goéland* et desserré un écrou de ma voiture ?

— Oui, je le pense.

— Mais enfin, inspecteur, c'est lui le premier qui m'a prévenu que ma vie pouvait être en danger !

— Habile, n'est-ce pas ? »

Lady Harte se leva de la table à jeux et vint s'asseoir devant Hannasyde : « J'exige de connaître toute la vérité, annonça-t-elle. Je reconnais sans hésiter que je ne l'avais jamais soupçonné. Depuis quand le saviez-vous ?

— J'ai eu des soupçons depuis l'instant où j'ai envisagé les Leighton comme éléments possibles de l'affaire, Lady Harte. Je n'ai été sûr que ce matin quand nous avons trouvé le revolver avec son silencieux et le morceau de cordon. Cela m'a semblé décisif. Je me suis employé pendant le reste de la journée à réunir les preuves que l'arme lui appartenait bien.

— Grosse affaire, dit Lady Harte, très pro. Un colt 11.43, n'est-ce pas ? Vous avez pu remonter la filière ?

— Oui, après pas mal de difficultés. Scotland Yard a reçu une réponse des États-Unis à cinq heures de l'après-midi. Leur police câblait que les fabricants avaient vendu cette arme-là à leurs agents de Melbourne. Alors le Yard a envoyé un radiogramme en Australie et je viens d'avoir le résultat : le revolver a été fourni à un magasin de détail à Melbourne et acheté par un homme disant s'appeler Oscar Roberts, il y a six mois.

— Vraiment, je trouve que c'est merveilleux, dit Lady Harte. Il est en ce moment dix heures et demie du soir et depuis dix heures et demie du matin vous êtes en contact non seulement avec l'Amérique, mais avec l'Australie. Quand on tient compte du décalage horaire, cela semble à peine croyable !

— Eh bien, voyez-vous, la police de Melbourne a reçu notre câble aux petites heures et elle s'est probablement procuré aussi vite que possible le renseignement dont nous avions besoin. Dès que les maisons de commerce ont été ouvertes, en fait. Elle n'a visiblement pas eu de difficultés à retrouver la trace du revolver, puisque Scotland Yard a reçu la réponse par radiogramme à dix heures précises. On m'a appelé aussitôt et j'ai pris le bus de dix heures quinze pour venir ici.

— Oui, vous avez été épatant, dit Jim, mais laissons de côté ce qu'a fait la police australienne.

Vous avez établi, nous dites-vous, que l'arme appartenait à Roberts et donc la question est réglée. Il a dû tuer Clement et je suppose qu'il doit être Edwin Leighton. Et pourtant j'ai peine à le croire. C'est lui qui a provoqué toutes les frayeurs que nous avons eues. Alors que le reste d'entre nous pensait que cousin Silas avait perdu pied dans le brouillard, il se répandait partout en laissant entendre qu'il avait été tué. Il m'avait averti de faire attention.

— Oui, répondit Hannasyde, mais si vous y repensez, vous constaterez qu'il n'a jamais prétendu savoir quelque chose avant que les autres commencent à exprimer des soupçons. De la minute où il s'est rendu compte que certains d'entre vous au moins estimaient qu'on n'avait pas regardé d'assez près la mort de Mr. Silas Kane, il vous a donné à entendre qu'il y avait pensé dès le début. Quand votre hors-bord a coulé et que vous étiez convaincu, comme tout le monde, que votre demi-frère l'avait heurté contre un rocher, est-ce qu'il vous a dit qu'à son avis le bateau avait été saboté ?

— Non, il s'en est bien gardé, gronda Timothy.

— Non, en effet, pas à ce moment-là, mais quand je lui ai dit ce que Timothy et Miss Allison craignaient...

— Il a dit qu'il l'avait soupçonné dès le début.

— Heu, oui, exactement, avoua Jim.

— Bien sûr. C'était sans risque du moment que l'idée de malveillance vous était venue à l'esprit. Il a essayé de vous faire croire — et à moi aussi, incidemment — que Mr. Paul Mansell était le traître de la pièce. Il a très bien joué son rôle, mais hier il a fait un faux pas. Jusqu'à ce moment-là, je le prenais pour un détective amateur assez assommant — nous en rencontrons beaucoup. Mais cette erreur m'a fait tiquer et je l'ai observé de plus près. Vous vous rappelez, Mrs. Kane, que j'étais venu voir ce que vous pouviez me dire sur les Leighton ?

— Oui, dit Emily. D'ailleurs, je ne savais rien.

— Roberts était là, poursuivit Hannasyde, et mes questions ont dû lui donner un rude choc, parce qu'il a fait une faute. Il a laissé entendre assez clairement que Mr. Clement Kane avait tué son cousin et il s'est donné beaucoup de mal pour démontrer qu'il était peu probable que deux crimes aussi dissemblables aient été commis par la même personne. Jusqu'à ce moment, il avait insinué que Paul Mansell était responsable des deux.

— Tout à fait exact, dit Sir Adrian. On est amené à supposer qu'il ne s'attendait pas à ce que vous regardiez au-delà des Mansell — ou de moi peut-être. »

Hannasyde encaissa le coup avec un sourire, mais Lady Harte intervint vigoureusement : « J'en ai assez de cette ineptie, Adrian ! Toute l'affaire me stupéfie. Je ne m'émeus pas facilement, j'ai trop bourlingué à travers le monde pour ça, mais l'idée d'un homme qui prend délibérément des mesures pour éliminer trois personnes afin que sa femme hérite d'une fortune m'épouvante littéralement ! »

Rosemary, qui jusqu'alors avait été trop stupéfaite pour dire un mot, apporta alors sa contribution à la conversation. « De la part de cet homme rien ne peut m'étonner, annonça-t-elle, intense comme toujours. Depuis l'instant où je l'ai vu pour la première fois, il m'a produit une impression absolument extraordinaire. Je ne voulais rien dire, mais mon instinct ne se trompe presque jamais.

— Vous l'avez déjà dit, coupa Emily. N'interrompez pas ! » Elle regarda Hannasyde. « Il croyait que Maud était l'héritière de Clement, je suppose ?

— Très probablement, répondit Hannasyde. Moi aussi j'ai peine à croire qu'il ait prévu dès le début le meurtre de trois personnes. Avec deux il pouvait s'en tirer ; le troisième, inévitable une fois que les deux précédents étaient commis, rendait sa position très périlleuse. Seulement, il jouait si gros jeu et il était allé si loin qu'il ne pouvait pas se résigner à abandonner. Alors au lieu de quitter la scène et de reparaître par la suite comme Edwin Leighton à Sydney, il était obligé de rester ici jusqu'à ce qu'il ait réussi à éliminer Mr. James Kane.

— Très hasardeux, dit Sir Adrian. Je suppose que si sa femme avait effectivement hérité de Clement Kane, il aurait continué à jouer les maris insaisissables jusqu'à ce qu'elle soit en possession de la fortune.

— Je pense, oui. Bien entendu, nous ne savons pas si elle était au courant de ce complot. Personnellement je ne le crois pas, mais d'après ce que m'a dit Mrs. Kane, j'ai conclu que s'il décidait de lui revenir, elle ferait exactement ce qu'il lui dirait de faire.

— Je pense bien ! » dit Emily, méprisante.

Jim s'approcha d'une desserte sur laquelle Pritchard avait posé un plateau plus tôt dans la soirée et se mit à servir des boissons. « Cette histoire m'a mis complètement à plat, avoua-t-il. Quelle machination diabolique ! Il a dû calculer à une seconde près le temps qu'il lui faudrait pour aller de la porte-fenêtre du bureau à la porte d'entrée. Il avait même pris un rendez-vous avec Clement pour trois heures et demie cet après-midi-là, sans doute en partie pour égarer les soupçons et en partie pour être sûr que mon cousin serait dans son bureau. S'il n'y avait pas été, le crime aurait été reporté. Un vrai démon !

— Non, pas tout à fait, dit Lady Harte. Il a sauvé Timothy. Ça, je ne peux pas l'oublier.

— C'est horrible, dit violemment Mr. Harte. Il faisait semblant d'essayer de protéger Jim et pendant tout ce temps-là, il attendait le moment pour le tuer. C'est.. c'est dingue ! Ça m'est bien égal qu'il m'ait repêché. J'aurais mieux aimé ne pas être sauvé par lui et j'espère bien que vous allez le pincer !

— Oh, c'est fait, dit Hannasyde. Tu nous as beaucoup aidé, tu sais.

— Vrai ? demanda Mr. Harte. Vous ne vous moquez pas de moi, au moins ?

— Non, tu as vraiment aidé. Quand j'ai trouvé le revolver ce matin, j'étais sûr que Roberts était bien l'homme que je recherchais, mais je n'étais pas sûr que le Yard arriverait à identifier le propriétaire de l'arme. Tu lui as dit que je l'avais trouvée, avec le cordon, et que je savais que le bruit n'avait pas été provoqué par le coup tiré contre Clement Kane. A partir de ce moment-là, il n'avait plus une chance et il le savait. Tu l'as amené à penser que je soupçonnais Pritchard, il a vu là son unique chance de nous échapper et il l'a saisie. Dès qu'il s'est débarrassé de toi, il a rasé sa barbe et sa moustache et il a pris le train d'onze heures trente pour Londres. Le brigadier Hemingway le filait et il a été appréhendé à trois heures cet après-midi. »

Mr. Harte avait l'air un peu dubitatif : « Beuh ! Il me semble que j'ai pas fait grand-chose, dit-il, candide. Je veux dire, je n'ai jamais su que je faisais quelque chose.

— Ça ne fait rien, dit Hannasyde. Tu l'as fait détaler et c'est ça que je voulais. » Il accepta le verre que lui tendait Jim Kane : « Merci. »

Lady Harte se leva et lui serra vigoureusement la main. « Eh bien, vraiment, je pense que nous vous devons beaucoup de gratitude, inspecteur, dit-elle. Vous avez tout tiré au clair d'une façon très satisfaisante. Pour ce qui est de moi, je vous suis très reconnaissante. »

Jim et Miss Allison firent écho à ce sentiment et Sir Adrian, qui sirotait son whisky, dit aussi : « Je vous félicite, inspecteur. Une affaire étonnamment difficile. »

Hannasyde eut l'air un peu embarrassé et se défendit tout aussitôt de posséder un flair hors du commun.

« Quelle sottise ! dit prestement Lady Harte, vous avez fait du très beau travail. N'est-ce pas, tante Emily ? »

Emily, qui se sentait fatiguée, dit : « Je veux bien croire qu'il a été très habile, mais je ne suis pas du tout surprise. Je n'ai jamais aimé ce Roberts. » Elle donna une pichenette à son châle et ajouta avec une certaine satisfaction féroce : « J'ai toujours dit que ces Kane d'Australie avaient les doigts crochus. »

Cet ouvrage a été composé
par l'Imprimerie BUSSIÈRE
et imprimé sur presse CAMERON
dans les ateliers de la S.E.P.C.
à Saint-Amand-Montrond (Cher)
en octobre 1989

35-67-8179-01

ISBN : 2-213-02407-3

N° d'édit. : 3983. N° d'imp. : 8829/1363
Dépôt légal : octobre 1989

Imprimé en France

35-8179-0